Best Time

白 马 时 光

# 十年一品温如言

下册

书海沧生 著

目 录
CONTENTS

Chapter 80 始终不明白的爱 657
Chapter 81 交给世人的定义 667
Chapter 82 梦想真实是两边 676
Chapter 83 浮光掠影划过去 684
Chapter 84 生如夏花败不开 691

Chapter 85 富贵未解其中味 700
Chapter 86 最后一味桃花劫 710
Chapter 87 云在山高月在明 718
Chapter 88 年复一年白发留 726
Chapter 89 从来未曾喜欢你 747
Chapter 90 醉花荫前华阴昧 755

Chapter 91 夜深忽梦少年事 762
Chapter 92 曾经沧海难为水 770
Chapter 93 能看你幸福到老 778
Chapter 94 心里有座长生墓 786
Chapter 95 不想听说的谎言 794
Chapter 96 已经忘了天多高 802
Chapter 97 一副棋盘江山定 811

I

# 目 录
CONTENTS

Chapter 98　我一直都在左右　819

Chapter 99　谁为谁不惧流年　826

Chapter 100　了却身旁天下事　836

Chapter 101　过去吹散似尘埃　845

Chapter 102　笑了吗我的宝们　853

Chapter 103　心中一段未完成　861

Chapter 104　苦是甘糖甜是霜　868

Chapter 105　这年谁爱谁太多　875

Chapter 106　一切都突然安静　884

Chapter 107　那一天春暖花开　893

Chapter 108　一个人两个人啊　902

Chapter 109　这是一段浪漫史　909

Chapter 110　十年一品温如言　920

番外一　你永远不知道的（孙鹏篇）　927

番外二　当我们重新相遇（小言希篇）　935

番外三　琐碎时光　947

番外四　浮生记　959

番外五　与我无关的盛世（陆流篇）　969

番外六　也是兄弟（陈佗篇）　981

番外七　娃哈哈八点半（言齐篇）　994

番外八　小女婚事　1001

## Chapter 80
## 始终不明白的爱

阿衡随着李先生的研究小组进驻医院的时候,是递交申请表后的第七天。

她本来承诺三月中旬的时候要回一趟B市,现在行程匆忙,已顾不得。临行前,只得同言希电话道歉。

言希的声音听着比之前有精神了许多,他要她放心去,注意别感染。如果能抽出时间,他会去H城看她。

阿衡笑了,在他挂断电话时,趁着四下无人月黑风高,偷偷亲了话筒一下,埋进夜色,仗着无人看见,脸红了一路。

吾家有女初长成,咳,理所当然。

谁偷笑?不许昂,憋着!

咱孩子脸皮薄。

宿舍只去阿衡一人,小五帮着她收拾行李,忽而发问:"言希是不是准备辞掉演艺圈的工作?"

阿衡手上的动作缓了缓,纳闷儿道:"怎么说?"

小五说:"这段时间言希的工作一直由新人代班,他之前定下的各项节目走秀平面也推掉了七七八八，坛子里正议论这事儿。"

阿衡说："我也不太清楚，他时常任性，性格起伏不定，但等他考量清楚就是定论，谁也动摇不了。"然后，摇头叹气，宠溺微笑，"你们容他想想吧。"

总之，容他想一想，如果真的喜爱他，便再多些宽容吧。

小五捏孩子脸，拈醋鼓腮，来了一句："你还真爱他。"

却不知，是吃谁的醋。

吾家言希虽尚不知是谁家良人，可是，吾家小六却实实在在是吾家小妹。

去医院时只说是提取病毒样本做实验的，却万万没有想到，会发展到一种无法控制的状态。

重症病房中，戴着氧气罩的病人痛苦挣扎，常常青筋裸露着便在夜间停止了呼吸，而医院却只能用普通的镇静剂和抗生素注射静脉。是身为医护人员无法忍受的无可奈何，却在日益增多的病人的重压下，灵魂备受折磨。

来时的十八个人，到最后坚持下来的只剩下五个，包括李先生和四个学生。

阿衡留在了那里。她记不得自己为什么留在了那里，只是冷眼旁观着同窗的离去。

论死亡，谁不怕？可是抱着那样生着病的小孩子，看着他大咳，看着他气喘，看着他窝在她的怀中哭闹着找妈妈，心中总是万分难过。

那个孩子小名叫笑笑，是李先生指派给她的任务。很小很小，刚刚学会说话却得了这种病，甚至因为病症的突出而被隔离，无法触碰从不曾离开的妈妈的怀抱。

笑笑的妈妈没有哭，只是求阿衡好好照顾小孩子，拿了许多巧克力糖，说是笑笑喜欢吃的。

阿衡明明知道小孩子得的是肺炎，不能沾刺激性的食物，却不忍心，收了糖，抱着笑笑的时候拿糖哄他。

笑笑很闹人，总是伸着小手去抓她脸上的口罩，他从不曾见过阿衡的样子，只是含混不清地喊着："叽叽。"

阿衡笑，把笑笑抱进怀里喂他吃饭，说："错，是姐……姐，姐姐，笑笑。"

笑笑咯咯笑："叽叽，叽叽，叽……叽。"

小脑袋歪着，头发软软的，笑啊笑，稚气可爱。

一同留下的顾飞白总是皱眉，警告："不要同他太近，虽然是小孩子，但毕竟还是病人。"

阿衡说："虽然是病人，但毕竟还是个孩子。这样子，你觉得话是不是也能说得通？"

顾飞白淡淡地瞥她一眼，收紧了手指，高傲离去。

道不同不相为谋。

笑笑的病症起初并不十分严重，但是后来夜间突然发了烧。孩子小不能打强针剂，笑笑一直高烧不退，冰敷、酒精擦浴、降温毯全部都试过，却毫无效果。

主治医师说："孩子不行了，通知家长吧。"

阿衡抱着笑笑发了一夜愣，额头紧紧贴着他的，机械地换毛巾给他擦身体，她说："笑笑，你等等，妈妈很快就来了，很快的。"

可笑笑却睡得很香很甜，小手紧紧握着几块巧克力糖，直至晨光熹微，才丢了手。小小的孩子，身体还很柔软，却渐渐，凉了，凉了……

笑笑的妈妈赶到时，从她手中夺过孩子，哭声凄厉。她哭着捶打阿衡："你还我的笑笑，笑笑，我的笑笑啊！"

阿衡看着她，摘下了口罩，轻轻低头说对不起。

转身的时候，医院的长廊很深很深，没有日光，没有灯光，一片漆黑冰冷。

身后，有顾飞白的声音，他喊："温衡。"

阿衡却没有回头，一身白衣，双肩柔弱。她已有两个月未和任何人联系过，日日夜夜守在这个医院。

她抱着医院长廊的公共电话，轻轻开口："言希，你知道吗，我的第一个病人，去世了。"

她说："言希，你不知道，那是个多么可爱的孩子，每一天都会笑，像只小猫窝在我的怀里，喊我叽叽。他爱吃巧克力糖，因为很小，夜晚睡觉还会尿床，揉着眼睛找叽叽。可是，我一直戴着口罩……他甚至不知道我长……什么样子……"说着说着她蹲在地上，终于哽咽了起来，痛哭失声。

"言希，我该怎么办？言希，我很难过，你告诉我，我该怎么办……"

"言希……"她喊那个人的名字，是崩溃了，脆弱了，寻求信仰的悲伤。

不远处，站着那个骄傲冷清的男子，看着她的背影，眼波冷静，却红了眼眶。

这部电话，早已坏掉，她怎么可能拨得出去？

只是一个寄托，而已。

她怎么舍得，让那个人替她担心？

是兀自言语着，真的情绪，真的痛苦，真的……思念。

他甚至从未真正见过她口中的言希，即使听到过他电话中的声音，即

## Chapter 80　始终不明白的爱

使那个人，每一次都在电话彼端，拘谨低声地说："谢谢你照顾阿衡，谢谢你。"

可阿衡，甚至从不知道，她从 B 市逃到 H 城的时候，有一个男人一路相随，直至把她安全送到他的身旁。

整整两个秋冬，那个男子说，天冷了，能否多陪在她身边？

能否给她多买一些糖果？

能否带她去一趟游乐园？

能否每一天都对她说宝宝你很了不起？

能否……给她一个温暖的家？

能否呢？

他和她可以很亲密，握住她的手，却不知道她害怕寂寞，害怕被否定，喜欢吃甜的，人生最大的梦想就是当贤妻良母。

甚至她出走的那一日，那个在电视上常常强大高贵的少年，常常飞扬着眉眼的凌厉男子，还在低声下气地问他："能否，在 1 月 10 日零点对她说一声'生日快乐'。"

多可悲，他自诩自己爱这个女子极深，钟情刻骨，却不知她的生日。

他常常声音冰冷地问那个打电话来的漂亮少年："你在以什么身份和我对话？"

那个叫作言希的人却不复人前的伶牙俐齿，他常常无措，狼狈着说："对不起，你或许可以把我当作她的父亲或者兄长，嫁女儿嫁妹妹都是这样的心情的哎，请你谅解。"

可是，谁家父兄做到极致，连上节目时都常常用温柔的语气提起 H 城，说那是一个多好的地方啊，山美水秀，等我年老死去的时候把我埋在那里吧。

那个多好的地方，多好多好，有你当年的阿衡，我日后的妻子，我子女的母亲。

顾飞白无法言语,脑中闪过的场景也只是闪过而已。

一切前尘,烟消云散。他想他,只是对当年B市那个小小的少女着了迷。

当年,在那个小少年身旁,曾经有一个穿着软毛衣的小少女,在面具被摘掉时,微笑温和地对他说,对不起。

"对不起,我不是你要找的那个人。"

当时是1999年。

2003年的顾飞白伸出手,拉起那个白大褂的温柔女子,说:"傻姑娘,不要再哭了。"

他红着眼睛笑了,把手机递给她:"不过是思念,这有多困难。"


李先生带着他们回到学校的时候,已经是六月份。

当时,全校已经封闭,下了禁令,全校学生都不准私自离校,否则开除学籍。

阿衡刚回寝楼没几日,楼里接二连三地有人发烧,被送到了校医院隔离。后来,进校医院的确诊了两个。

于是,她们要在宿舍中隔离观察半个月。

小五十分悲切,整天号:"我的男人啊,他好不容易来一次H城,我还不知道能不能赶得上!"

阿衡心念一动,结结巴巴地问她:"五姐……你说,言希什么?"

小五白她一眼:"没良心的,只知道和顾飞白在医院逍遥快活。言希前些日子公布,他参加主持完全国大型慰问巡回演出后,会完全退出公众视线。H城Z大大礼堂是最后一站。"

阿衡傻眼,讷讷:"他没有跟我说呀。我给他打电话,他什么都没说……"

小五问："那你们说了些什么啊？"

"我说我还活着，活得很健康，然后最近全校隔离我已经很久没吃到糖了；他说他也还活着，并且活得很好，然后他们学校没有隔离他不爱吃糖所以也很久没有吃到糖了……"

小五吐血，压抑住拍死俩小孩儿的冲动，然后叹气，看着她："现在你知道了，言希确实要来。"

阿衡问："什么时候？"

小五说："五天后。"

阿衡泪："那我们不是还在隔离着……"

小五点孩子脑袋："怎么这么笨，这么笨？我找男同学在楼下接应着，咱们在二楼，铁定能翻出去！"

阿衡丧气："就是去了，这么多人，也不一定能看到他。"

小五握拳，龇牙："言希的最后一场主持啊，我们中午就等在大礼堂门口占位儿！我还就不信了！"


然后，两个孩子千辛万苦翻了出来。

再然后，蓦然回首，发现自己没票，悲剧了……

小五吐血："千算万算，老娘竟然忘了要票这茬子事儿。"

看着翻墙蹭的一手灰，咱孩子泪汪汪："五姐，你说一定能见言希的呀，我三个月没见他了呀，言希！"

小五讪笑："要不，咱在外面听个响儿，言希主持声音老大了。"

阿衡继续泪汪汪，咣咣拍大礼堂的门："言希呀！"

思念就是这么个东西，孩子憋呀憋，憋到便秘，憋得想不起来了也就没什么了。可关键你别给人孩子机会啊，好不容易心上人到跟前了，却被该死的一道门堵到了外面。

要你，你堵不堵，你堵不堵！

一个助理模样的眼镜男走了过来，把眼镜扒拉到鼻梁上，拿手上的照片比对了半天，拉孩子辫子："姑娘，是你吗，你是温衡吗？"

阿衡悲切，转头："谁啊你？"

眼镜男嘿嘿一笑："怎么比照片上黑了瘦了这么多？"

阿衡："您哪位？"

眼镜男："噢，忘了说，我是言希的助理，他让我瞅着你直接带到VIP座位。"

一瞬间，这个世界鸟语花香四季如春生机盎然。

小五亮了眼睛，拽着阿衡哧溜一下蹿了进去，拿着荧光棒，在人头攒动中骄傲地坐到了第一排。

咳，左边教务处主任，右边……教务处副主任。

刚挥舞了一会儿荧光棒喊着"DJ Yan，我爱你，就像老鼠爱大米"，后面就有人戳她："孩子，安静会儿。"

小五扭头，一看，哟，好眼熟好慈祥的老爷爷啊，这不是……这不是……校长吗？泪奔，看着台上，娘的，男人哟，你可真会安排位子。

言希报节目时正好看到她们进来，笑了笑，继续专心致志，朗音清拂，少年明媚。

阿衡坐在台下，认真地看着他。

和平时……不太一样呢。好像，全身都散发着盛夏萤火虫一般的光芒，柔和、美丽，却不清晰。

小五看节目表，尖叫了："阿衡阿衡，一会儿，言希还有一首歌，什么什么秋天的海。"

阿衡倒吸一口凉气:"他唱歌?"

"咋啦?"小五纳闷。

阿衡讪讪:"你先找个耳塞吧,一会儿耳朵聋了别怪我。"

小五激动了:"什么啊,你都不知道言希唱的 *My Prayer* 有多好听,我一日三餐就指着那首歌活呢。我告你,你不能仗着跟他住一间房子就诽谤他!"

阿衡:"我诽谤他?拉倒吧,就那个五音不全……"

然后,记不得是倒数第四个还是第五个节目了,言希拿着麦克风站到了舞台的正中央。那个男子,似乎在用生命吟唱。

  常半夜醒来寂寞地幻想
  若推开了窗能看见大海
  被遗忘时候它是否存在
  他选择离开也否定了爱
  从那一天起我发现自己
  某部分死了不想有未来
  大海不明白弄潮的人啊
  夏天过去了就不会再回来
  像沙滩脚印眷恋还清晰
  等时间掩埋
  始终不明白爱能被取代
  困惑的我不敢再伸手去爱
  灰蓝的心情想念着夏天
  那秋天的海

常半夜醒来寂寞地幻想
　　若推开了窗能看见大海
　　被遗忘时候它是否存在
　　大海不明白弄潮的人啊
　　夏天过去了就不会再回来
　　像沙滩脚印眷恋还清晰
　　等时间掩埋
　　始终不明白爱能被取代
　　困惑的我不敢再伸手去爱
　　灰蓝的心情想念着夏天
　　那秋天的海
　　始终不明白爱能被取代
　　困惑的我不敢再伸手去爱
　　灰蓝的心情想念着夏天
　　那秋天的海

　　他唱"被遗忘时候，它是否存在"，调整台步，走到了舞台的最前端，弯腰，从西装口袋中摸出一颗蓝色透明的糖果，深深地看着阿衡，轻轻喂进她的口中。然后微笑宠溺，摸了摸她的脑袋，向后倾倒，躺在舞台上，额头明亮，望着天际，单手拿着麦克风，在人海中，在唇畔，唱着一首镇魂歌。

　　他唱，他选择离开，也否定了爱。
　　他说，始终不明白，爱能被取代。
　　大海不曾明白，可是，亲爱的，你又是否明白？
　　你又是否明白？

Chapter 81

## 交给世人的定义

言希说:"你有什么很想和我一起去做的事吗?"

"为什么这么问?"

言希笑,卸去脸上的淡妆,微微转头,细长的指捏了孩子下巴,皱了皱眉:"好像,瘦了一些。"

他的背后是一面光滑的镜子,镜中的两个人影离得很近,仿佛相依。

阿衡口中还有水果糖的残留甜香,想了想,她低头轻声问他:"今年暑假,你能陪我看电影吗?"

那个少年对着镜子,蹭去唇角最后一抹渍,挑眉:"这就是你想和我一起做的事?非我不可的?"

孩子望天:"也不是,我就是很久没有看过电影了。不是你别人也行的,只是你不是大闲人嘛。"

言希抽搐:"我以为我的时间可以用美金计算的。"

阿衡笑眯眯:"那是今晚之前。今晚之前你是贴着金箔的 DJ Yan,今晚之后你就是马路牙子上的路人甲,虽然极可能某一天戴着眼镜站在公车上被某些姑娘花痴一声'美少年'。"

言希:"谢谢你给我这么高的评价,谢谢,谢谢。"

阿衡:"哈哈,不客气。"

他看她,目光中有一种食髓的妙意,纷繁的桃花摇落,要笑不笑:"真的没有其他想和我一起做的事了吗?"

阿衡说:"有啊,我们可以一起去南非淘金或者到印度卖艺,然后赚很多很多的钱,一半捐给 Government,一半留着买一套新的不锈钢厨具和一张冬天可以光着脚的波斯地毯。"

言希手臂搭在转椅上,大笑:"我现在也能给你买不锈钢厨具和波斯地毯。"

"可是,你不是说……两个人……一起完成的事吗?"

阿衡抿着薄唇,白皙的面孔有些发红。

他看着她,目光怜惜,轻轻把她抱入怀中,像是对着个小孩子,轻轻抚摸着她的眉:"傻瓜,还是那么喜欢言希吗,像是两年前?"

阿衡傻眼了。

她可不记得自己说过喜欢这人,心虚,装傻:"言希,最近你们学校有没有人被隔离?我跟你说我们学校可能会提前放假然后考试是开卷考试的呀。"

言希揉她的黑发,无奈了的表情:"喂,温衡,我们谈一场恋爱吧。"

虽然她是喜欢这人,在某种程度上还喜欢到一种如同瘾君子的程度,但是牵手、亲吻、拥抱、睡在一起,什么都干过了。

于是,用得着先上车后补票吗?

咳,其实她的意思,她的意思是,再过几年,大家年龄大了,妈妈、爷爷态度软了,他们两个凑合凑合,不用说明白,办个结婚证不就得了吗……

那人面子挂不住了,讪笑:"也是,大家都这么熟了……"

阿衡拽他衣角，目光和气得很，上至天空无穷远下至地心无限深，偏偏，不看他的眼睛，只小脸红了一大片："那啥，试试吧。"

"嗯？"

"你说的那个恋爱。反正即使我们合不来，也……分不开不是？"

言希和温衡从来都是两个极端，却像上辈子造了孽，这辈子，生给彼此折磨。

那个男子，眼睛很温柔很温柔，好像盛满了极深的深山中的泉水，欲溢未溢。

他说："可是，也许恋爱会把我们变得敌视挑剔。我不会像平时对待我的宝宝那样忍让宠溺，你也不会像对你的言先生那么宽容温柔。"

阿衡低头，呵呵地微笑："我也听说，一个人人生的四分之三总要给一个千娇百媚的陌路人，露水姻缘，风干不化，却难堪莫过，伴了一生的四分之一越老越丑。你说，你是要做四分之三，还是四分之一？"

言希说："你只有四分之一的潜力，我勉为其难，四分之三，我们俩，刚好成全一辈子。"

阿衡不作声，心中总觉得这么算似乎是不对的，可是究竟哪里不对，却一时想不出。

他说我们谈恋爱，然后隔着两地，两个人互相问问好，吃了吗？睡了吗？身体还好吗？

她说我们学校食堂的饭越来越难吃了，他就说我们学校正在开辩论赛我当观众；她说我们院里最近又有人谈了然后分了，他表示同意顺便提起对了最近我才发现我们院其实有很多很漂亮的女生；她说注意啊犯规了我们谈恋爱了按照别人的说法我得跟你闹脾气了，他说，哦，知道了。

然后两人沉默啊沉默。

她说:"今天天气真好哎。"

他抬头望天:"这里刚刚下过暴雨。"

她逮着话题:"啊,那你多穿些衣服。"

他"嗯"了一声看着天,耳中一下下模糊地跳动着雨声。

"然后,我们……挂了吧?"

"好。"

小五拿枕头砸她:"你们这叫谈恋爱吗?跟以前有什么差别吗?"

阿衡呵呵地傻笑,脸红,埋在被中:"不一样啊,五姐,不一样。"

虽然他和她每天通话不超过五分钟,但是,以前她说一声"言希是我的",旁边一堆人翻着白眼说迈克尔·杰克逊还是我的呢;现在她说"言希是我的",至少有一个人不能耍赖。

于是,耶稣、释迦牟尼啊,我真的已经准备好了,请不要吝啬,把幸福砸向我吧。

言希放假比阿衡早几日,但已经进了七月份,天很热,他不愿阿衡旅途拥挤,就和她约定开车接她回家。

阿衡考完最后一门解剖学时,教授抽调了几个学生清理实验室,阿衡不幸中选。

在一起的,还有杜清。杜清和她已经很久没有说过话,不是刻意,似乎,也就是没有机会罢了。

听说,杜清和顾飞白已经订了婚,宴席请了南方各大名流,风光异常,人人夸赞天作之合一对好儿女,整个院里都吃到了喜糖。

她们寝室得了一整盒,大家不好意思在她面前吃,阿衡只好笑,提笔"恭喜"二字,清逸俊雅,铺了沾了金粉的红纸,落款温衡,让院中同学帮忙带给一双新人聊表心意。

自然有人是想看她笑话的，可是，就是这么个过去，情深意笃两载总是陪伴，让他人审视又如何？

只是杜清看她还是有些不自在。几个同学拿干布擦拭试验台，这人，也是站在离阿衡最远的台前。

窗外夕阳渐落，热气消散了许多，微风吹送，透过窗，隐约能听到蝉鸣。

她微笑地看着窗前的翠绿，算算时间言希想必也快到了，便加快了手上的动作。

实验室的走廊前有脚步声，紧接着便有人叩实验室的门。竟是顾飞白和一个美貌利落的女孩儿。

杜清惊喜，走了过去招呼他们。

阿衡瞅着顾飞白身边的那个人眼熟，想了想，噢，是顾飞白父亲老朋友的女儿，见过一次没什么大印象，只知道好像姓张。

顾飞白皱眉，问还需要多长时间。杜清笑着说："快好了，让你们等等我还烦了不是？"

张姓姑娘说："我们晚上狂欢就差你了杜大小姐。你真慢，随便找个人帮你不就得了，还用你大小姐费劲儿啊？"

她和杜清看起来是极熟络，两个人笑闹了一阵。

最后一个试验台上有一瓶盐酸，不知是谁做完了实验没封口，挥发了大半。阿衡低头寻觅了半天，却没有找到瓶塞。

"后面储物柜里有备用的瓶塞。"顾飞白隔着老远看着她，淡淡开了口。

阿衡微笑颔首，多谢，从角落里寻到了原来的瓶塞，冲洗后盖上。

只是，杜清的脸色有些难看。

最后一步，完成。

阿衡和其他的几个同学道了别走到门口，看见那三个人，犹豫了一下，微笑点头，说了一声假期愉快。

杜清说"谢谢"，顾飞白默不作声，只看着她，目光有些说不出的难受。

那个张姓姑娘倒是冷笑了，柳眉挑起，口舌尖酸："哟，温小姐吧，咱们以前见过。"然后挽了杜清的小臂，说，"我是杜清的闺密，还请你多多指教啊。"

阿衡说"你好，再见"，心中倒也不甚介意，咚咚跑下了楼，只想着要和言希见面了看谁都挺可爱。

她拖着行李箱走到校门口，看到了言希的酒红色法拉利。透过暗色的玻璃，跑车中却没有人。

阿衡有些郁闷地蹲在了跑车旁，看着一辆辆开走的私家车，拾起一根小树枝数蚂蚁。

小时候倒是常做这些事，和在在一起浇蚂蚁窝逮蚂蚁，然后带到课堂上玩儿。那时候太小，几个小蚂蚁放塑料瓶里，拿着能高兴一整天。

然后，头上出现了一块阴影，一双微凉的手贴在她的脸颊上。

阿衡抬眼，那人却扑哧笑开。他拍拍她的面庞："哎哟哎哟，宝宝你真牛，蚂蚁都让你训得能走钢丝了。"

阿衡抖掉树枝上的蚂蚁，说："你上哪儿了？我等你等了好大会儿。"

那人穿着浅咖啡色的宽领 T 恤，蓝色牛仔裤，简单清爽却带着隐约的贵气。进演艺圈几年，穿着打扮已然有了自己的范儿。

言希晃了晃左手边的袋子，他说："你还没吃饭，我们一会儿上高速，所以给你买了点儿吃的。"

阿衡"哦",说:"你拉我起来吧,蹲了半天,脚麻了。"

言希半躬身捏她鼻子:"越来越会撒娇了,像个小孩子,还贤妻良母呢。"唇边挂着笑意,伸出右手,使力,把她拉了起来。

阿衡绷住红透的小脸:"谁撒娇了?咳。"

言希笑,按了车钥匙打开跑车,让阿衡坐进去。

不远处有一行三人笑笑闹闹,阿衡转身,恰好是顾飞白、杜清和那张姓姑娘。

"真巧,又见面了温小姐。"那张姓姑娘吊着眼睛,上下打量言希和法拉利,挖苦阿衡,"你这是要回家,还是准备再找个未婚夫养你啊?"

张姓姑娘一向看不起阿衡,从父母口中早就听说,阿衡是她父亲仗着和顾飞白伯父关系好硬塞给顾飞白的。后来父亲死了,怕顾飞白不要他,又巴巴地从家里跑到陌生男人家,实在不要脸至极。

言希却嗤笑了,拉着阿衡的手,挑眉:"这位小姐,是我们阿衡的同学吗?"

顾飞白站在言希的侧面,打量着他,看到阿衡在他身旁一副温柔灵动的小女儿姿态,心中明白了这是谁,脸色却不由自主地难看了几分,面无表情地看着他们。

张姓姑娘冷嘲热讽:"我可没这么不识抬举的同学,订婚宴不参加就算了,写几个烂字送过去,你寒碜谁呢?没有几斤几两,还真拿自己当个东西!"

言希打开车门,说:"阿衡,你进去。"

阿衡:"你干吗?不能打女人啊。"

言希抽搐,大眼睛瞪了半张脸,说:"我看着像那种人吗?"

孩子老实,吸鼻子,点头:"像。"

言希无语。

转身，叹气，拿出一张空白支票递给顾飞白，平淡开口："你看着填吧。温爷爷说了，孙女两年衣食住行，用了你们顾家多少便还多少，温家门庭虽小，但绝不受人恩惠。"

张姓姑娘看到支票有些心虚，却依旧硬着底气："哪个温家？"

言希淡笑："至少是你这辈子都进不去的温家。顾飞白，不知道当年你和阿衡定亲时，顾家大伯话是怎么说的？"

顾飞白指握成拳，面色冰寒，咬牙切齿："本不欲高攀，怎奈好友盛情！"

张姓姑娘，甚至杜清，听到顾飞白的话，脸都有些发白。

顾氏一族在江南声望如此，大半是靠顾家大伯在军中的权势。如今顾家大伯竟然说出"高攀"二字，那温衡家中又该是怎样的光景？

言希盯着杜清和张姓姑娘，平淡开口："阿衡在家中从来都是掌上明珠。好言奉劝，各位以后不要再做累及父母兄长前途的事。"

而后面色稍缓，向顾飞白礼貌地点了点头，转身打开车门上了车，踩油门，转方向盘，绝尘而去。

阿衡咬黄油面包，说："你真能掰，我在家什么时候成掌上明珠了？"

言希瞥她："怎么不是掌上明珠了？我在家都恨不得把你托头顶上了，你还不是掌上明珠啊？那你让别家没吃没穿看父母兄长脸色的姑娘怎么活？"

阿衡咬面包，点头，心想虽然在温家不招待见，但在言家至少还掌握着财政大权。

山不转水转，总有一处让人活。

上了高速，阿衡有些犯困，但是担心言希一个人开车更容易困，就强打精神陪他说话。但她考了一天试确实累到了极点,最后还是撑不住,歪在了座位上。

言希笑,合上车顶,从身后拿出外套盖在她身上,然后打开了收音机。

声音甜美的女 DJ 在点歌,车窗外夜色渐浓,高速公路上镶嵌的路灯穿梭而过,如同水流。

女 DJ 说:"手机尾号 6238 的朋友说他想点一首歌给灰姑娘和她的后母,他说大姨妈和肉丝都希望灰姑娘的后母再勇敢一些,变成王子,然后,带着灰姑娘私奔吧!"

言希望着远方,眼中有了雾色。

那个姑娘,一不小心,如多年之前,轻轻歪倒在车窗上,睡得安然。

他伸指,轻轻摩挲她的发,温柔的,颤抖的。

四周,一片安静。

Chapter 82
## 梦想真实是两边

这一年的夏天出奇的热。

傍晚，大人小孩早早提着小马扎坐在了翠树下，大蒲扇轻轻摇晃，讲几个不知名的神怪志异，看着满天繁星，日子似乎也就轻巧地溜过去了。

许多人不再敢上饭店大排档吃饭，那年"非典"从年初沸腾到了盛夏。《新闻联播》上总是说全世界又死掉了多少人，许多人似乎是莫名其妙地发现，死亡不只是贫穷国度的专利。

言希退了电台的工作后空闲了许多，时常陪着阿衡。

她买菜时，他跟在身后挑肥拣瘦。卖排骨的老大爷不悦，拿着明晃晃的刀在案板上重重剁排骨，言希在阿衡身后拉眼睑做鬼脸。

阿衡说："你不是最怕菜市场的脏？"

言希一角一角地数着刚刚老大爷找的零钱，并不抬头："比在电台有意思多了。"

阿衡笑，温声："不去也罢，总归是太累。你以后专注学习，毕业了找个正经的工作。我到时，也回来。"

她粗粗算了时间，她学医，读得快了，到时即使提前申请毕业也还要四年。而言希学的是法律，如果不读研，考下司考，两年后就能工作了。

## Chapter 82 梦想真实是两边

他们之间,大概还要相差两年。

言希不接话,从她手中提过菜篮子,任性地要求:"今天我要吃烧排骨烤排骨炸排骨煮排骨焖排骨。"

阿衡哼哼:"我说真的,言希,你娶排骨过一辈子得了。"

然后她想,言希你要是说我还是比较想娶做排骨的阿衡,我就原谅你。

那人却认真地开口:"阿衡,排骨用钱能买一辈子,媳妇儿不成哎,用钱买不来。"

阿衡脸绿,心想,你还想用钱买谁啊你?表面上,却要笑不笑:"我在乌水的时候,好多家的阿哥年纪大了,都是给了钱,趁着黑便把别家的姑娘抬回家了。给的钱是大数的话,家中姑娘要是多,十六七的年纪,还由你挑长得最好看的。"

言希窃笑:"那你是不是没人娶,才有机会来 B 市的?"

阿衡咯吱咯吱咬牙:"想娶我的多了去。只是刚塞了钱给我阿爸,就被在在用药罐子砸走了。要是你,在在肯定拿家里的药缸砸。"

言希摸下巴:"哎,你那啥便宜弟弟,是不是有恋姐癖啊?"

阿衡:"滚,你才恋姐癖,你们全家都恋姐癖!我们在在好着呢,从小就温柔懂事而且听话。对,就是听话,我跟你说,我们在在比你听话多了!"

言希瞥她:"你还真以为自个儿养的是只天使呢,我告诉你,一般长得纯洁的,那心绝对比煤渣都黑。到时候你被黑了,都不知道怎么掉坑里的。"

阿衡望天:"你嫉妒他。"

言希对着菜市场外的商店玻璃照镜子:"他有我长得好看吗他?"

阿衡心想,那是我养大的娃啊,坚定不移地点头:"比你好看多了。"

言希:"喊,你还真爱他!"

阿衡笑眯眯："我就爱，怎么了？"

言希嗤笑："你爱的东西还真多。前两天去动物园，你勾引大猩猩黑黑捶胸给你看的时候说的什么？"

阿衡："我最爱你了黑黑。咳，但这不代表，我不爱我们在在。"

言希笑："你的爱，好像一大把糖果，能分。"

阿衡说："我最近怎么听不懂你说的话？"

言希推商店旋转门："谁要求你听懂了。"

阿衡："喂，你进这里干什么，该回家了。"

言希："家里的家具有些旧了，是时候该换了。"

阿衡是第一次同他一起逛商店，总觉得有些新鲜。他们相处，大多的时间是在家中，处于一室，呼吸同一个空间。

说起来，也并不是时时刻刻在一起，但是心中安稳。如果两个人终能走到一起，这一辈子也便是这样的节奏了，细水流长，日光渐短。

阿衡看家具，有一套红木的，竹树雪梅，雕刻得精细，停了脚步端详，十分喜欢。

言希凑过去："怎么，喜欢这套？"

阿衡看标价，倒吸一口气，摇头。

言希笑眯眯："你结婚时，我送你。"

阿衡汗，这个想得倒美，她嫁给他还要承他的人情，可是，点头，煞有介事："好吧好吧，一定要送，不然不给你发邀请函。"

言希摸摸家具细微的纹理，沁人心脾的木香："说定了啊。"

阿衡看着不远处的欧式家具，目光被吸引，随口敷衍了一声："嗯。"

麦当劳到处派优惠券，言希说："你等着我给你买甜筒。"

虽然戴着鸭舌帽，回来的时候还是被一帮高中女生认出，被围了起来，无奈，写签名写到手软。

## Chapter 82　梦想真实是两边

阿衡一路寻来，在人群外看着他微笑。

言希拿下帽子，用手朝着她挥动。

一帮小姑娘问："言希哥哥，那人是谁啊？"

言希低头淡笑："她啊，是哥哥最不想相识的人。"

小姑娘捂嘴："吓，是敌人。"

言希摸着左边的胸口，有些疼："不，是最亲最亲的人。"

有一个言希、楚云最忠实的拥趸者，简称"言云派"的小姑娘很失望："哥哥，她是你最亲的人，楚云姐姐怎么办？"

言希哈哈笑："我和楚云会负责自己的幸福的，你们只需要负责慢慢长大就够了。"

他转身，向她走近。

呃，冰激凌有些化了。他像个小孩子低头啃甜筒，阿衡却笑，新奇地看着他，像是对着一个从未见过的人。

他啃啃啃："你怎么了？"

阿衡："像你这么幼稚无聊疯狂霸道的小孩子，原来在现实中真的有这么多人喜欢。我一直以为，DJ Yan 受欢迎只是因为你的声音好听。"

言希抬起大眼睛翻白眼："谢谢哈。说话越来越毒，真不知道……"

阿衡咳："都是你教的。"

言希闭嘴，压低帽子，伶仃着背，慢悠悠地向前走。

她看着他的背，心中是充实的感觉，总是不自觉欢喜，嘴角翘起很大很温柔的弧。

然后，心中是不安跳脱的冲动，她快步跑了过去，从背后抱住这个人。温和端正的拥抱，她的指间是他的外套挤出的纤维，紧紧的，却带着些不易察觉的占有欲。

言希诧异，扭头："怎么了？"

阿衡不说话，半晌才轻轻开口，笑："言希，我只是在单纯地完成一场拥抱。"

因为你，才有意义的拥抱。

阿衡上学校的论坛，总有人因为死亡伤感。大家一起闲聊，扯到当年的世纪谣传：2000年，地球会毁灭。

阿衡转身，言希刚沐浴完，坐在一旁擦头发。

她皱眉："言希，1999年的最后一天我们在做什么？"

言希指僵了僵，又继续擦头发，他说："你忘了，我们当时……不在一起。"

当时，他在维也纳，她在中国。

两个国度。

阿衡有些吃力地回避他生病那一段伤，轻轻感伤："要是当时地球真的毁灭，我们就见不到最后一面了。"

言希半开玩笑："喂，当时我跟你很熟吗，要死都非得死在一起？"

阿衡想反驳，怎么不熟了？我每天给你做排骨给你买牛奶别人欺负我你很生气很生气，然后你还说我是你的家人哎。

可是，终究没有说出来。因为，那时的她又怎么清楚，他对她的存在抱有那么大的幻想——还清温思尔的亏欠；而他也不知，她心中藏了这么一个男子。

两不相知，怎么能称得上很熟？

摇摇头忘却前尘，笑而唏嘘，还好，2000年世界没有真毁灭。

我们便还有机会，变得熟悉。

他常常看着画纸发呆，直到她喊他吃饭。

幼年时学画，老师曾让他描摹幸福的形状，他看着陆流，拿出了铅笔。

## Chapter 82　梦想真实是两边

可那人却因为很忙，没空理会他这个问题儿童，这画也就搁浅了。

他无奈地笑，把画笔放在一旁，洗了手去吃饭。

菜色依旧是他喜欢的，这人愈来愈可怕，攥住他的胃，牢牢固固。

窗外，锦带树开了满园，满眼的明颜花色。

他咬着筷子看了许久，然后埋头啃排骨。他说："等我老了，咬不动排骨了怎么办？"

阿衡笑："你也许喜欢上别的食物替代呢。"

浓郁的肉香还未散，他也笑，扒了扒晶莹白软的米粒，倒也是。他虽然一贯喜欢吃肉，但爱上吃排骨，是因为是极饥饿时吃到的东西。八岁的时候，他上山两日摘拐果给生病的爷爷，结果却被爷爷狠狠地打了一顿，关在了一楼的书房。他一整天没有吃饭，很委屈很委屈。最后，还是陆流偷偷带了吃的，从窗外踮着脚送了过去。

他记得，那个热气能埋住他的眼泪的饭盒中，放的就是排骨。

陆流趴在窗台上，玉一样的小脸，很认真、很温柔，叹气："言希，你太小了。"

小到，总是把暴露弱小当作理所当然。

陆流和他同龄，却在八岁那年，说出这样的话。

他常常想，长大这么快做什么？我还没有去够游乐园看够圣斗士玩够变形金刚，听说大人做这些会被笑的。可是，忽而，长大的时候，又似乎在一日之间泾渭分明。

酒吧爆炸的那一瞬间，火光燃烧了天空，他满身泥土，甚至想要寻求一个还可以长大的机会。

他住进医院，说："陆流，我不会恨你。我要站在你面前，即使比你活得长一天，也要让你亲眼看着我活。"

陆流依旧面目温柔，像个玉雕的菩萨："这很好。"

他说:"无论别人怎么说,你务必给我记清。把你抛弃,是我这辈子做过的最正确的选择。我要的言希,从来不是那个只会耍赖哭泣想妈妈的小孩子。"

他起身,走出病房,为他留下一隙微光窥伺。

没了深谙城府,竟然登台唱大戏,扮出了最不屑的孩子姿态,对着陆家老人害怕不安:"爷爷,有什么办法让我再也看不见言希?"

这一着,多险,与他有了敌人和恨意的名分。

言希想,也许,自己真的死了的时候,陆流也不会掉一滴眼泪。

他在回忆中抬起眼睛看着阿衡,轻轻地笑了:"笨蛋,嘴角有米。"

晚上的时候他们一起看电视,阿衡坐在小板凳上。

多年养成的毛病,起初是不想被言希从沙发上踢下去,后来就像小狗撒尿占地盘一样,总觉得沙发是他的,板凳是我的,我们各有各的。

《名侦探柯南》许久没看,新一依旧没变回来。所幸,小兰除了认认真真地思念,生活中更多的是琐碎和明日。阿衡甚是欣慰,虽然案件杀人的手法依旧变态。

被毁了容的"幽灵"长子从暗中出现,案件进行到了关键,言希问:"你害不害怕?"

阿衡想说我不害怕,他却伸手一捞把她抱坐在腿上。

阿衡浑身僵硬,那人若无其事,十指紧扣在她腰间,说:"我觉得这个人不是凶手。"

阿衡扭扭……扭头,所幸,他只是装得淡定,白皙的面孔不经意红得一塌糊涂。

她心中柔软,呵呵笑开:"是哎,我也觉得不是他。"

然后,两个人安安静静地看电视,夏夜起了风,吹了锦带花,红得这样妖娆,落在窗台。

她在他怀中,嗅到他身上干净浅淡的牛奶香,忽然有了无名的情绪。

片尾,凶手是最像好人的二儿子,她转头,把额抵在他颈间,温暖柔软,濡湿一大片。

言希愣了,修长的手抚上她的发:"怎么了,宝宝?"

她沉默,抬起头轻轻伏在他左耳,用只有彼此能听到的声音说:"言希,我喜欢你。"

她第一次,向一个人告白。

不由他聪明揣测,她主动投降解甲。

我喜欢你。

温衡……喜欢……言希呢。

是保留了空间,因着她的含蓄能够理解成爱的喜欢,不会再给别人的喜欢。

他眼光茫然,微微笑了笑,轻声问:"你说什么?我没有听清楚。"

她的心却瞬息变凉,指轻轻松开他的白T恤,转头轻笑。

"天晚了,早些休息。"

Chapter 83
## 浮光掠影划过去

　　阿衡放暑假，只回了温家三趟。

　　第一次，探亲，祖父好母亲好兄长好言姓温思尔也好，甚好；第二次，思莞通知，她的仙人掌不知怎么回事快要枯死，她回家抢救；第三次，母亲生病，咬牙，说你回来吧，给我收尸。她匆忙从隔壁的隔壁赶回，母亲昨日吃得太多，正在偷嚼健胃消食片。

　　阿衡看着她吃完药，泡了杯牛奶递给她，说："妈，那我先走了。"走到玄关，欲言又止，回头无奈含蓄："妈，你其实下次可以稍稍少吃些肉。"

　　然后，温妈妈目瞪口呆，看着她离开又生不出别的话。

　　某次宴会，京城各家夫人小姐八卦言笑："哎蕴宜你知不知道，张参谋长的儿子叫一个小歌星迷住了，整天地不着家，送了一件珍珠做的衣服，吓，要个好几十万，把张参谋快气死了。"

　　温母捋捋头发，笑得高贵贤淑，事不关己、高高挂起："不知道是哪个小明星，想是长得太标致了。"

　　其中一家夫人摸摸下巴："好像是姓言，不有名，但这姓少见，跟咱们言帅一个姓，我因此记得清。"

　　温母的脸却瞬间黑得像锅底，咬碎银牙："八成也是个小狐狸精。"

## Chapter 83　浮光掠影划过去

这厢，言希打了个喷嚏："阿衡，你排骨放的花椒太多了。"

阿衡从厨房探了个头，淡笑："我前些天看访谈，听说楚云排骨做得极好。"

言希干笑："这个排骨放了花椒，辣中带香香中带嫩，真是放得恰到好处。"

心虚，低头，乖乖吃排骨，辣得满眼泪花花，亲娘，这是放了多少花椒。

阿衡洗手，摘下围裙回到餐桌，排骨却被吃得一口不剩，她愣神："怎么……吃得这么快？"

言希咳得脸色发红："阿衡你以后别放花椒，我虽然能吃辣，但是吃不了这么多。"

阿衡抚额："谁让你吃光了，厨房还有一盘不辣的，我只是……"

言希笑得眼弯弯，孩子一般："我们阿衡做的排骨，有福气的人才能吃到哎。"

阿衡心口堵了什么，"你这个笨蛋，笨蛋……"反复地念着，却说不出别的话了。

他和她收到请柬，高中同学竟有人要结婚，吓得不轻，挽手去买礼物。

阿衡挑什么都觉得不慎重、不合适，皱了眉。言希说不如送红包，他们想买什么便买什么。

阿衡啼笑皆非："少爷，别人一辈子一次的婚礼，你好歹认真点。"

言希摸着下巴嘟囔："钱是多好的东西啊。"

阿衡说："钱要送，礼物也要送。钱是吃喜宴的钱，礼物却是老同学的一片心意。"

言希无话，两个人逛了许久，买了一个古式的屏风，湖绸面的，光滑可鉴，绣着好山好水好一对璧人。结婚的那个女同学高中是个小才女，就爱念些古诗词，想必喜欢。

婚礼那天，言希问："我该穿些什么？"

阿衡踮脚给他打领带，笑："怎么吓成这副样子，又不是让你去当新郎。"

"我当新郎，好像想象不出。"言希嘀咕，套上蓝色西装外套。

阿衡轻轻仰头端详他，眯眼："哎呀呀，言希，你好像又变老了。"

言希把额抵在她的额上："于是，你是不是还觉得自己是个孩子？"

阿衡抿着薄唇呵呵笑，眉眼俱是得意："总要比你年轻一些。"

言希低声在她耳边咬话："那你可不能比我先死。你死了，我看见你的坟，见一次，踩一次。"

阿衡："滚，我还没活够！"

他们手拉着手参加婚礼，一个蓝一个白，一个高傲一个温柔，真是好看。

旧时同窗大笑："两根光棍，两年不见，还你们俩呢？"

言希："其实……她是我女朋友。"

阿衡："其实……他是我男朋友。"

众人笑眯眯："孩子咋这么不实诚呢，没有对象就没呗，男男女女不就那么回事儿。大家兄弟这么多年又不笑你们，怎么这么放不开？"

阿衡看着言希。

言希说："那啥，我们是真的，真的，比金针菇还真。"

众人装作没听见，聊天喝茶，等着正牌新郎新娘。西式婚礼，洋牧师年迈，晒着阳光打瞌睡。

阿衡悲愤："我自认是诚信之人，可见是你这厮素行不良，可信度太低。"

## Chapter 83　浮光掠影划过去

言希抽搐:"为毛是我啊?"

不远处晃过来俩人,正是 Mary 仔和姨妈仔。

阿衡笑:"总算逮着你们了,一个假期影都不见一个。"

达夷躲在陈倦身后,拽着陈倦的衣角,浓眉垮成一团,大个子扮柔弱,可怜兮兮地看着言希。

阿衡纳闷,怎么达夷得罪言希了吗?言希却扑哧一声笑了出来:"瞅瞅你这点儿出息,还当大老板呢。"

达夷声音跟苍蝇嗡嗡似的:"言希哥,我有罪。"

噗,阿衡一口茶喷了出来。天下红雨了吗?达夷竟然喊言希哥,他不是喊美人就是言希的。

言希嘴角有笑,大眼睛干干净净的:"您能别这么自恋吗,我要是怪你,你还能见着今儿的太阳吗?"

陈倦讪讪:"我们达夷也没那么弱吧。"

阿衡又喷了一口茶。我们达夷,他俩什么时候这么亲了?

阿衡回眸,掺着阳光的夏风暖暖的,她笑:"我不在的时候,你跟达夷闹别扭了?"

辛达夷哭丧着脸,言希却低头淡笑:"没什么,小事情,我借他的钱赔了一些。"

随即站起身,走到达夷面前耳语了几句。

辛达夷站直一些,依旧皱眉苦着脸。

阿衡拍拍达夷的肩,微笑:"他说不怪你就不怪你的,不要放到心上。"

达夷眼中滚着泪花,不知道感动还是怎么的,握着阿衡的手,颤巍巍的:"兄弟,咱这辈子没求过你什么事儿,只要以后不要拿刀砍我就够了。"

阿衡含笑,不着痕迹地瞥了他一眼:"再说。"

新娘新郎白衣圣洁，双双站在牧师面前对视，笑颜，耶稣、释迦，随便哈利路亚还是阿弥陀佛，起个誓，我愿意便好。

阿衡端凝新娘，她手上戴着漂亮的戒指，远远地在阳光中闪着亮光。

心头，变得很暖。

这个姑娘曾经在高中时拿着本《唐诗全集》走到她的面前，促狭地调皮笑说："阿衡，我昨天念到一句诗，你看好也不好。"

"哪句？"

那个小才女拖着长腔："人非木石皆有情，不如不遇倾——城——色。"

阿衡当时脸红了，诧异别人竟看透，只轻轻道了一声"很好"。不远处阳光中，言希正闭着眼，靠着教室的窗背单词。

那年，也是这般的好日头，教人满心希冀。如今，小才女已是别家新娘，她和她的倾城色仍在抵死博弈。

她轻轻伸指，牢牢抓住言希纤细修长的指，她想，她是顶有耐心的，而言希生性浮躁，她总有胜他的一日。

言希诧异，低头，看着被阿衡握得发白的指节，反手握住她的手，唇角是平平淡淡的笑。

新娘笑得明媚鲜妍，捧着一束鲜花要向台下抛，待字闺中的好女们蠢蠢欲动，小才女却看着阿衡，狡黠地眨了眨眼，朝她抛了过来。

阿衡伸手去接，阳光中的花香，缓缓的，似乎下一秒就是幸福的抛物线。

很近很近，扑面而来。

不远处却有蜂拥的女孩把她挤到一旁，朝着花伸出手。

阿衡看着满手的空气，有些失落。

一双白皙的手却以迅雷不及掩耳之势稳稳地握住花束，笑得眼睛亮晶晶的："抱歉抱歉，各位，下次请早。"

众女倒："丫一男人抢这个干吗，准备出柜嫁人啊？"

## Chapter 83　浮光掠影划过去

那人抹眼泪："我们阿蘅这么呆，我这个当爹的不早些帮她筹备，你们还让不让我孩子嫁了？"

众女吐血："言希，你丫为了你家娃，简直无敌了。"

他笑意盎然，客气地对着四方眯眼说多谢多谢，把花束轻轻塞进阿蘅怀中，由她抱个满怀。转而，认真怜惜地抚着她的眉，殷殷开口："下次，想要的东西，一定要再主动一些。"

阿蘅颔首说："好，我尽量。"

她抱着花束，脸庞却是女儿家清澈的红晕，不知怎么欢喜才好。

他们吃完喜宴离去，小才女撩着白裙子在身后大喊叮嘱："阿蘅，既然遇到，便是木石，也要教他开窍。"

阿蘅呵呵地笑，回眸招手："我晓得。"

我晓得。

某一日，思莞拨言家宅电说要找言希。

言希接了电话之后脸色有些不好看，下午关在房中画了一下午，没画出什么子丑寅卯。到了晚上却说要出去一趟，让阿蘅不必做他的晚饭。

阿蘅有些诧异，自从她假期回家，他从未在吃饭的时候出去过，总是抱着瓷碗，乖乖坐在餐桌前等着，笑得像个大娃娃。

昼夜温差不小，阿蘅让他带了一件紫外套。

他回来时已经到了凌晨，满身酒气，几乎是看到阿蘅便支持不住，倒在了她的肩上。外套上也沾着大块的酒渍，不知是喝了多少。

她给他煮醒酒汤，他却一夜吐了好几次酒，连醒酒汤都喝不下，最后吐得胃空了才沉沉睡去。

接连几日都是如此，傍晚六七点出门，到了凌晨方回家。次次大醉，吐得胆汁几乎都要出来了。

阿衡问他做什么了，言希总是沉默，最后一次却说了是谈生意应酬。

阿衡纳闷："你什么时候做生意的？"

言希回得语气平淡："陆流的，他们人手不够，我帮忙应酬。"

阿衡皱眉，隐而不发。

言希却依旧故我，半夜才到家。阿衡为他守门，言希却自己拿钥匙开了门，不说话，扶着梯自己朝二楼走，脸红得很厉害，脚步只是强撑着不乱。

他装作没看到阿衡。

半夜，虽吐了酒，却是极轻的脚步声。

阿衡闭着眼，一夜未睡。

他白天和平时一样和阿衡谈天说笑，拉着她走遍整个古城的每个角落，带她吃遍了整个老城。小巷子里的猫耳朵，胡同中的炸年糕，沿着他幼时成长的痕迹，古色古香的茶坊，一杯花茶，耗过半轮夕阳落山。

他说："你如果幼时不曾离开，便是这样的一辈子。"

只是，阳光照不到的地方，他的面色有些苍白。

阿衡用手支着下巴，不凉不淡地问他："言希，你究竟，把我当作什么呢？"她认真请教。

他虚心回答："自然是女朋友。"

阿衡看着长长尖尖的壶嘴拖曳着滚烫的茶水分毫不差地落入杯中，轻轻开口："好，你从今以后，不要再和陆流牵扯不清了。"

她说："你为他这样，我不喜欢。"

Chapter 84
## 生如夏花败不开

　　言希手中的杯微震,溅出几滴茶色。他看着她,眸光不加掩饰:"阿衡,你呢,你又是怎么想我的?我在你眼中,是同性恋吗?"

　　言希轻松说出这三个字,表情没有什么大波澜。

　　他平平淡淡地笑,眼中是清晰的嘲讽。

　　阿衡的杯子却从手中滑落,精做的瓷,连碎了,缺口都细细腻腻。

　　她低头,愣神,同性恋啊同性恋,你怎么能说得这么随便,然后,跑神,杯子碎了不是好兆头哎,一辈子呢……看着挺值钱,要赔多少……

　　老板会做生意,殷勤地过来换杯子,言希望着木窗外的天色说不用了,从皮夹中抽出几张崭新的钞票递给他,攥住阿衡的手,投入黄昏。

　　不回头,步子很快很快。

　　阿衡被他拉得袖口皱成一团,她说:"言希,你松手,快松手,我生气了啊。"

　　那个夕阳下,颈子干净白皙的少年,却就着昏艳的金光,拉着她,跑了起来。

　　如果换个场景,依咱们言少出格前卫,不畏人言就怕没人围观的性格,他照理该横抱起温姑娘,深情爷们儿地说一句:"陆流算毛老子还看不到眼里，老子这个世界最爱的是我家宝宝。"

再换个场景，依好文不虐就不叫好文的真理，言少兴许应该无比纠结深沉地说一句："阿衡，我……忘不了陆流。"当然，温姑娘默默流眼泪说一句"我祝福你"才好。

咳，可惜，以上，都没有。

言少其实毛都没说，他就是扯着阿衡的手……啊，不，是袖子，憋足了劲儿地向前跑。

夕阳下，两个人喘得跟头牛似的，直到以前高中的校门口才松了手。

阿衡腿快跑断了，边喘气边指着言希："疯了！谁说你什么了，不就是我说我不待见陆流吗？怎么，还戳你心窝里了？"

语气，像酿了山西陈醋。

言希却低着头，轻轻放了握着的她的衣袖，笑了笑："陪我走走吧，有点想前些年。"

阿衡看着西门金闪闪的校牌，愣了愣，心中的火气和无奈教他蹩脚地转移了大半，颔首说："好，很久没进去过了。"

教学楼在即将暗下的日光中安安静静，微风和气，草色茵茵。不远处的篮球场上，几个带着青涩稚气的年轻男孩在打篮球，肌肉，汗水，碰碰拳，欢呼一声，进球，三分。

言希呈"大"字倒在了草地上，轻轻闭上眼，唇角是安谧的笑。

安谧这词形容他，多少有些违和。阿衡居高临下，眼睛温和，弯了起来。

他说："我昨天，做了一个梦。"

阿衡问："什么梦？"

"我娶了你，而且我们生了个小孩儿。你给他取了个很好听的名字，可惜我记不得了。然后，我们一家三口住在有欧式壁炉和波斯地毯的房子里。他还很小,坐在地毯上玩玩具,我们喊他吃饭,无论怎么喊,他都听不到。然后,我就醒了。"

阿衡手支下巴,笑了起来:"吓,我怎么这么倒霉,一辈子栽你手里不说,竟然还生了个小聋子。"

言希睁开眼睛,望着满天的霞光:"不过,你没见,那孩子实在长得很漂亮,有我的眼睛,你的嘴呢。"

那笑意,温柔得像是清晨日光下的第一滴露水。

阿衡脸红了红,觉得夏天的太阳到了傍晚也不愧是夏天的,怎的这么烤人?

他站起来,拍了拍身后的草,不远处篮球场上有人把球打偏,冲着他们的方向滚来。

言希挑眉,拾起篮球走近了几步,眯眼对着篮筐,那个架势,那个范儿,牛得很像突然出现的哪路大神,轻轻一投。

金光闪闪,闪闪,闪闪,言希觉得自己在放射金光。

然后……咳,球撞到了篮筐。

言希掩面,百思不得其解,怎么可能没中……怎么可能怎么可能……

篮球场一群半大小伙开始爆笑。

阿衡窘。

言希咳:"听说校史馆又重建了,咱们去看看吧,里面好像还有你的照片。"

阿衡啊:"怎么会有我的?"

言希笑:"每一届状元的照片都有,从建校开始。"

阿衡半信半疑地去看了,贴在玻璃窗内倒数第二格的果然是她的照片。

"啊,是这张。"她看着照片,揉眉,有些窘迫。

那是高三冬日,他病刚好的那些日子,她买了一块烤红薯,言希这厮一向不吃甜的,那一日也不知怎的,非要和她分食。他掰了一半正啃着,班主任说全校信息采集要拍照,红薯没吃完就去拍了照,照片出来,两人嘴上都长了一圈胡子。

言希指着照片哈哈笑:"阿衡,快看,其实这张是我们的合照。"

阿衡纳闷,眯眼,她身后有一个不甚清晰的穿着校服的影,被框到了同一个平面,手中还拿着一块黄灿灿没啃完的红薯。

那时候的她似乎比起现在,更容易拥有的样子哎。

他眼中有流光泛过,轻轻躬下身,用手使劲擦着玻璃,直到那个傻姑娘的面容益发清晰。

他端详,好似琢磨着什么心爱的东西,半晌,笑开:"阿衡,你那个时候不是一般的傻,别人说什么,只要是用比你熟练的京片子说的,你都信。"

他常常逗她,十四是十四,四十是四十,十四不是四十,四十不是十四;板凳长,扁担宽……

傻姑娘自小在南方长大,平翘不分,到最后小脸望天,到底是十十四四还是四十十四。

阿衡唉一声好挫败:"言希,你就指着我不生你的气——"

她话音未落,他却对着那个傻姑娘的照片,轻轻一吻。

他吻她的额头,祈祷天长地久。他点着照片中那人的鼻子,说傻子。

笑意天真,傻子傻子小傻子。

阿衡静静看着他,心中有些酸涩。

她想说,言希,你的人生怎么总是朝后看的?

有阿衡的时候,放不下陆流;有陆流的时候,放不下阿衡;有现在的阿衡的时候,放不下记忆中的阿衡。

可，世间安有两全法，不负前尘不负卿。

又到了温父的忌日。

阿衡睡觉总是做噩梦，飞机起航的轰鸣声渐渐清晰，冲击气流，飞向天堂。

"爸爸，不要坐飞机了，妈妈不让。回去她该骂我了，爸……"

"明天是你妈的生日，我很多年没有给她过过生日了。今年怎么着也要赶回去给她一个惊喜。再说，傻丫头，你不说我不说，你妈怎么会知道？"

"妈妈说绝对不可以。"

"明天是你妈的生日。"

"妈妈她说——"

"好，咱爷俩哪个回去先露馅，罚他，啊，罚他两年不准进家门。"

"咳，好吧，拉钩。"

"小孩子的东西，你爸顶天立地说话算话，拉什么钩。哈哈，这么大的惊喜，你妈肯定高兴。"

阿衡张开眼的时候，清晨阳光正好。

飞机的轰鸣声消失了，摸摸额角，竟都是汗。

她换了身清爽的衣服到卫生间刷牙，言希正顶着黑眼圈走进来。他不管不顾她生气，又喝了半宿的酒。

阿衡心里难受，可是她便是说了讨厌陆流又能怎么样。她从来是下不了狠心去逼他什么的，只是看一看自己在他心中是个什么位置罢了。

阿衡说："言希，你不要喝酒了，对身体不好。"

他用水冲脸："言希喝酒谁都不稀罕，言帅的孙子喝酒卖面子才有人看。"水声模糊中，他的声音有些清冷，"你是个女孩儿，这些事，不要管了。"

阿衡说:"我本来也没想管你,可前些天看电视,说喝酒死于肝炎的全国又多了几成,怕你早死。"

言希低头,发上垂着水珠,轻轻笑了:"我昨天……昨天回来的时候,看街上还有卖糖葫芦的,给你买了一串,在茶几的玻璃杯中插着,你去吃了吧。"

阿衡跑过去,天热,化了一夜,满桌的糖胶,像红色的眼泪。

她心中叹息,这个没有常识的笨蛋,想疼人却也是学不会的。

咬了一口,酸得掉牙。

言希皱皱眉:"不能吃了吗?扔了吧。"

阿衡摇头:"难得你送我个什么。"

他拿着毛巾擦脸的手僵了僵,别过头,眼中什么光景,别人大约是看不到的。他说:"今天是温叔叔的忌日,你跟我回温家看看吧。"

阿衡口中卡着一粒山楂,酸得直掉泪。

言希却拿着纸巾,把她抱进怀里:"哭什么,他们不喜欢你是他们心里犯糊涂,温叔叔通透着呢,家中儿女,最疼的就是你。"

阿衡眼里的泪光跟冰碴子似的,疼且扎人,低声:"可偏偏这个喜欢我的,还让我给害死了。"

言希轻笑:"你真老实,不让法院审,自己就招了。"

他放开她,看着她的眼睛,平淡开口:"坐一趟飞机,温叔叔心脏病病发,你怎么就成杀父凶手了?难不成飞机是你开的?"

阿衡说:"我该劝着爸爸不让他坐飞机的。"

他的眼睛很大很明亮:"这话我又不懂了,温叔叔大活人一个,你又是做女儿的,难道还能管住父亲的两条腿?照你这么说,我妈生我的时候难产差点儿没命,我生下来就该自杀谢罪,你们的逻辑都很好,怪不得她

## Chapter 84 生如夏花败不开

不喜欢我呢。"

他知道她心结在哪儿，不回温家不是因为母亲责骂，不是因为兄妹疏远，只是良心折磨，看到父亲的牌位内心煎熬。

他拍她的背，笑叹，露出白色的牙齿，他说："你不能一辈子躲到自己心里，也不能假装坚强。你要好好地活着，多多在他们面前做真阿衡，在言希面前的这个阿衡。余下的，我也会努力，好不好？"

阿衡含笑点头，重重的，却说不出话。这番安慰，听入她耳中，比万金珍贵。

他面色苍白："真抱歉，不能带着你和全世界作对。"他给不了她那么多的爱，让她生出勇气不再在乎温家。

阿衡看他，轻轻皱眉："总觉得你的面貌比之前变了许多。"

虽然还是同样的相貌，但却总觉得像一朵灿烂的向日葵慢慢枯萎了一般，少了许多生气和骄傲，无法挽回。

"嗯，不像……言希了。"

言希扑哧："是变得更帅了吗？"

阿衡抿着薄唇："呵呵，少了股明朗气儿，我还是喜欢你以前的样子，无法无天的。"

他却狠狠抱着她，闭上眼，轻轻开口："我什么都不在乎，只要你不垮下，还能站在这个世界上，我什么都不在乎。"

那声音，喉头是细微的震动。

"喂，言希你到底怎么了？"阿衡觉得他莫名其妙。

他牵他的手，却淡笑，认真地开口："一会儿到了温家，我说什么你跟着附和应声，话能顺下去再讲亲情。他们对你有思念有愧意，思莞和蕴宜姨的心思，我能猜出来几分。"

到温家时，温母和张嫂正在收拾叠好的纸元宝，码好要往车上放。温老坐在沙发上，满头银发，拿着块糖喂笼中的小百灵，没有多大的情绪。

思莞和思尔穿着淡素的衣服站在楼梯前，不知在辩些什么。思莞揪着个眉看着思尔，又无奈又生气。

他们转脸，看见言希、阿衡，思莞笑了笑，说："回来啦。"

阿衡却吓了一跳，他这模样竟像几年前和她还没有芥蒂时的样子。

思尔却冷哼一声朝门外走去，到言希身边的时候，淡淡地在他右耳讽了一句："你少喝些吧，这样卖命，不知谁会心疼你。"

温母表情也有些僵，可是走到言希面前，虎着脸："可算知道来看看我这老太太了，你要把我女儿拐到天边吗？"

言希却大笑："阿姨，您要是老太太，可教巩俐、张曼玉她们上哪儿去呀？"

温母抿嘴点他额头，却绷不住笑："从小就一张嘴会哄人。"

言希瞄了阿衡一眼，阿衡附和："对，妈，你可年轻可年轻了，不老太太。"摸摸鼻子，想不起别的话，又诚恳地补了一句，"真的。"

温母却笑，捏她的鼻子，温了嗓音："不成，我姑娘跟着嘴最刁的也不成，生来太老实。"

阿衡低头："妈，您不恼我了？"

温母却看向言希，这个孩子笑容好看飘忽，心头一酸，早知如此，早知如此！

她摇头，抱着阿衡，哭了："妈不恼你，妈有错，不该打你，不该不让你回家。你爸爸的事我从来没有怪过你，只是他心心念念想让你和顾家的孩子在一块儿，妈想完成他的遗愿。"

她只说出一部分原因，却保留了一些肮脏龌龊的东西，乱麻似的，她尚理不清，那些男人之间的事，又何苦让女儿遭罪？

## Chapter 84　生如夏花败不开

女儿被调包她不是没有怨恨，可是又能怎么样？为了保全全家，她除了爱思尔，还有什么好的办法？

阿衡，从生下来到成人，细细算来，在她身边的日子，竟还不到三百六十日。她出生的时候右手手腕有一颗红痣，她记得那样清，公公把失踪的孩子再寻回来的时候痣却无端没了。做母亲的心存芥蒂，想痛哭想大闹，可面对婆婆哀求的眼睛和丈夫整日的愁云惨淡，又能怎么样？

那年，她听说隔壁的隔壁，言家闹得人尽皆知的狐狸精难产而死，一尸两命。

公公却看着她，鹰隼一般锐利的眼深不可测，他说："蕴宜，你该笑，我温家总算保住了一点血脉。"

她的心血淋淋地撕了个大口子，夜夜无眠，晃着思尔的摇篮一遍一遍告诉自己："这是我的女儿。"

直至十五年后，她的小阿衡带着右手的红痣回到她的身边，可是，她的女儿早已是思尔。

想来，是没有做母女的缘分的。

给丈夫烧纸的时候，合十了手，愿你保佑，安国。

身后，那对小儿女十指相扣，天造地设。

Chapter 85
## 富贵未解其中味

阿衡第二次在阳光下碰见那个重量级的情敌时,心轻轻颤了下。

看这如玉般无懈可击的美貌,看这高贵不动声色的气质,看这通身金做的外壳,想起两个字:羡慕。

她拉了拉言希,呆呆开口:"你跟我一同做乌鸦吧。"轻轻地央他,"别做凤凰了,成吗?"

你要还做凤凰,和陆流当真是……绝配。

言希啃手里的苹果,哇唔一大口:"那我当孔雀好了。"

陆流晨跑,跑着跑着就看见睡眼惺忪、走路摇摇晃晃的言希和一个长得肖似温思莞的姑娘。他觉得好笑,停了脚步,拿颈上的毛巾擦汗:"言希你怎么起这么早?"

言希吐苹果皮儿,顾不上理他。

阿衡客气,说:"我们去趟超市,牙膏用完了。"

言希点头,继续啃苹果,大眼睛带着迷怔劲儿。

陆流穿着一身蓝白相间的运动衣走近,从裤袋中掏出一管喷剂扔给言希,嘴角一点笑:"先漱漱口吧,牙没刷就敢吃苹果。"

## Chapter 85　富贵未解其中味

言希:"得了,吃都吃半天,有细菌也早到肚里了。"

阿衡脸却红了些,她是清晨才恍然想起自己忘了买牙膏,言希偏偏闹着要跟她一起去超市,心中觉得没照顾好言希,便好像在陆流面前丢了几分面子。

陆流只是含着点笑,意味深长:"言希,这次托你的福,和S城的Case谈成了。"

言希打哈欠,漫不经心地回答:"好说,李总难得和我爷爷是旧相识,大家兄弟一场,能帮就帮。"

陆流看了看阿衡,是个五官端正清秀的孩子,想起之前小陈的汇报,淡淡笑了笑:"温小姐和我算起来也是世交,你哥哥在陆氏工作常常被家里老人称赞,我和他又从小一起长大,我们理应走得近一些。改天有空,不如一起吃顿便饭。"

阿衡哦:"行啊,要不陆少您改天到言家,我给您做顿便饭。"

她笑得温温柔柔、和和气气,陆流没什么表情,只是唇角的笑隐去,看看天,太阳已经升了老高,拍了拍言希的肩:"好,有空便去,我们喝一场,只是你要给我准备一间客房。你睡觉踢人,我不同你一间。"

阿衡觉得额上的青筋突突地跳,看陆流走远,轻轻浅浅来了一句:"言少,您睡觉还踢人呢,我都不知道。"

言希抹泪,心想你们两个打舌仗跟老子有毛关系,但嘴上不敢说,打哈哈:"小时候,小时候的事儿了。"

两人到超市去买牙膏,路过零食区,乖乖膨化换新包装了,阿衡掂起来一袋。包装上是京剧中曹操的脸谱,想起来那个白玉雕成吹一口气儿好像就要成仙的人,指着袋子,小声捏嗓子唱了一句:"白脸的,都是奸臣!"

言希无语凝噎，手中拿着的玉人陆赠送的喷剂瞬间变成杀虫剂，逮着垃圾桶比看见排骨还亲。

回家，立刻连环夺命 Call："陆少，您短期还是别来我家了。后院失火，小弟能力有限，收拾不了。"

陆流正在拿着钢笔划拉签名，笔一顿，冷淡道："温家的千金太重，不是谁都娶得起的。当然，我要娶，成；言少您要娶，难了点儿。"

言希似笑非笑："陆少，您要娶，行啊。只是别看我儿老实，醋劲着实太大，一生气手控制不了，就爱在饭菜里放佐料。有朝一日你被毒死的时候，兄弟一定友情奉送花圈。"

二人你来我往，陆少、言少的彼此暗讽着，可又有着小时候的牵扯不断的情分，教人听了，啼笑皆非。

陆流撂了钢笔，修长的手曲线无瑕，揉揉眉，有些疲惫："行了，言希，别跟我贫了，我对温衡没兴趣，手头的事儿解决了，早点回来吧。"

末了，他又补一句："我需要你。"


阿衡自十五岁回到温家，后来又在言家这么多年，吃过的酒宴见过的所谓的贵人也不少。至少以前在电视、报纸新闻版露过脸的都见过真人版，开始可能会惊会怯，但后来看麻木了，也就知道言家温家到底钟鸣鼎食到了什么份儿上。好在身旁同龄的朋友虽然家世显赫却意外的不欺人，是真正的有教养，也就渐渐习惯了外人眼中有些神秘的大院儿中的生活。

至少，朝夕相伴的言希是从不曾在别人面前摆过什么臭架子的。

Mary 却笑她天真："你道言美人多平易近人，看看跟他走得近的那些人，哪一个老子不够分量是敢往他跟前凑的？"

阿衡严肃："我们言希从来都是根正苗红没受过腐蚀的好孩子，你们瞎说。"

## Chapter 85　富贵未解其中味

达夷摇头:"你是身在此山中,不知云深。"

阿衡无奈地放了手中的中国结,这些日子在家中无事,就找了教程,学编中国结解闷。她说:"就算是真的,你们和我讨论这个有什么意义?为了证明我们不配?"

达夷、陈倦被口水噎住,讪讪开口:"没有的事儿,怕你以后跟着言希出席的场面越大,心里落差越大,总得有个心理准备不是?"

阿衡看着盘中国结的模板,呵呵应了声多谢,又说:"达夷,你还是抽个时间回去看看辛爷爷,昨天晚上他拉着我爷爷喝了些闷酒,半夜还在骂娘。"

辛老一直不同意孙子从商,说进机关、参军随你便,想走歪门邪道没门!贪一点小财,眼界忒低。

达夷要创业资金,自然不可能。可他从小也是被惯坏的,脾气一上来,收拾几件衣服就离家出走了,一直住在陈倦家中。

起初,达夷还想偷家里的几件东西折现,可是怕丢辛家人才找言希借钱。言希嘴上虽然没少刁难他,但钱给得痛快,达夷心里就更难受了。虽然是兄弟,但人毕竟不姓辛啊,还给钱给得这么痛快,你是我亲爷爷怎么就不支持我呢?

于是乎,跟辛老闹脾气,就更不回去了。

阿衡说的辛老骂娘还是含蓄的,原话是:"娘的,老子一世英雄,怎么就生了这么个不孝顺的狗崽子!"

达夷虽然怕他爷爷,但嘴硬,别个脑袋:"我真是狗崽子才回去找骂!"

陈倦不说话,看着手中的茶杯,若有所思。

阿衡淡然道:"辛爷爷下个星期七十大寿,话我带到了,你看着办吧。"

本来照事态的发展,辛老七十大寿,便是闹也是爷爷逮孙子出一出气罢了,可出乎阿衡意料,闹起来的不是主家竟是外人,还是跟言家有关的外人。

那一日,言希准备了厚礼带着请帖,拉着阿衡就去了酒宴。两个孩子一路想了很多招怎么让爷孙俩和好,言希还给达夷打电话下了死命令,要是敢不来,不用做狗崽子了,老子直接把你揍成熊崽子。

辛达夷被言希掐着命脉本来就心虚,只得伏低做小,穿得人模人样的也就来了,站在堂外乖乖当个孝子贤孙,招待来宾。

辛老看了孙子一眼,冷哼一声,碍着面子只是不理他,却也没发脾气。

阿衡、言希嘘了一口气,笑嘻嘻地跟老人说了些吉祥话。言希跟着几个相熟的朋友坐在男宾那边,阿衡则是坐在了母亲身边的女客席上。

陆流来的时候,大手笔做了个两米高的金镶玉的"寿"字,恭恭敬敬地给辛老拜了寿。辛老没什么大表情,旁人却看得艳羡。

酒宴开始前的十分钟,温母正和桌上的一帮夫人拉家常,其中一个不停地夸阿衡,说得天上仙女地上没得找,倒像是没看见一旁如花似玉的思尔。

阿衡脸红,呵呵傻笑,小小声:"我真这么好?"

桌上其他的女眷笑了:"梦云,阿衡这么好,不如做你家的媳妇儿?"

被唤作梦云的夫人却变了脸色,黑着脸说:"我倒是想,只是张若没小希这么大的福分!"

阿衡不明白这位怒气从何而来,低声问母亲怎么了。

温母淡哂了,没说话。

这位夫人就是之前说过的张参谋的妻子,她年轻的时候是个歌星,人长得漂亮歌儿唱得红，但是自从嫁给当时还是师长的张参谋，就退出了歌坛。她不喜别人提这一档旧事，如今夫人派头更是十足。而张参谋则是言希的爷爷一手提拔起来的，算是铁打的关系。

张参谋和夫人只有一个孩子，就是他夫人口中的张若。这孩子自小是个聪明人，嫌言希纨绔看不起他，反倒和陆流走得近。

张参谋心里存着别的心思，也就睁一只眼闭一只眼。

但张若前些日子迷上了一个姓言的小歌星，一掷千金，没有不笑他火山孝子的。他母亲几次劝说不奏效，最后张若恼了，说我这是家生遗传的毛病，把他妈气得差点没背过气，只恨恨咬牙，别让我看见那只小狐狸精，否则扒了她的皮！

可天有不测风云，陆流在张若赴宴前暗示说要看看未来的弟妹。张若想着辛老那么大的脸面，他妈总不至于当场发作，也就大剌剌地带着小歌星在开宴前来了。

张夫人一看到走进来的儿子和一个一身珍珠洋装的小歌星，血压噌噌地向二百发展。

其实，这小歌星要是个品行好的也就算了，偏偏她找人打听，十有八九都说是个钓大户的，素行不良，在演艺圈声名狼藉。

张若拿了贺礼递给达夷，本来想带着小歌星直接找陆流，可是在场的都是男客一桌，女眷一场，女朋友没处塞，便带着小歌星硬着头皮走到他妈面前："妈，你看……"

张夫人本想说算了，看着儿子的面子帮他一回，却没想小歌星娇滴滴地开口了："若，人家要跟你坐一起嘛，这一桌都是上年纪的，我跟她们没话聊。"

一桌夫人血压也升了。

阿衡认得张若，高中时是校友，轻轻笑了："这位小姐，你坐我身边好不好?"

小歌星撇嘴:"你是我粉丝吧,先说好今天我可不签名,对,也不合照。"

阿衡笑,温温柔柔说"好",拉着她的手坐下。

张夫人想想言家又想想自家,觉得更难堪。果然有教养家的小姐,比这些下九流的戏子好太多,却自动忽略自己也曾是她口中的下九流的一员。

张若知道温衡是言希的准媳妇,心里也有疙瘩,只深深看了她一眼,淡淡道了一声谢,附在小歌星耳边说了些话,就走到陆流、言希他们一桌。

张若和孙鹏不同,孙鹏和言希虽然见面必吵无疑,但感情还不错。可是张若就简单多了,和言希说话都懒,面子里子没一样过得去。

言希更单纯,既然不是一条道上的,谁理你。

张若和陆流说说笑笑,指了指不远处席上的女朋友,陆流淡淡地笑了笑说很好。

言希则是跟思莞、孙鹏在一起吹牛侃大山,一桌上的人一时间各说各的,除了陆流不时给身旁的言希夹些菜,两边楚河汉界,气氛甚浓。

男客这边还好,女席就差得多了。自小歌星来了,各位夫人都懒得说话,低声耳语不算的话,只剩下筷子和酒杯的声响。

阿衡倒不觉得有什么,她从没接触过演艺圈,可是言希又曾经有那么一段岁月,她便有些好奇,问了身旁的言小姐一些问题。可是言小姐觉得自己是个大腕儿,之前张若也叮嘱过谁不用亲近,自然不搭理阿衡。

阿衡摸摸鼻子笑了笑作罢,专心给母亲布菜。

"妈,你尝尝这个,虾仁芙蓉蛋,和家里做的不一样,很好吃。"阿衡笑眯眯,见温母食欲不佳,哄着母亲吃饭。

思尔知道母亲心中忧愁些什么,心想姑娘咱今天大度一回,应声附和:"阿衡说的是,真的挺好吃的,您多吃些。"

温母含笑说好,拍拍两个女儿的手。张夫人羡慕不已:"还是蕴宜有福,儿女双全。"

其他家的夫人憋话憋得内伤,赶紧附和,话题从儿女开始再到服饰再到吃食再到养生,终于化解了尴尬气氛,打开了话匣子。

小歌星也是个爱说话的,别人说什么她插什么,恨不得把自己知道的全部倒出来,不容人说话。您既然要说,说对也好啊,偏偏十句有八句是瞎话,剩下两句还是驴唇不对马嘴。

到最后,一桌的女眷都冷笑了,只听她一人说,末了给了张夫人一句:"梦云,你以后也有福了,媳妇儿不仅歌儿唱得好,还是个百事通。"

张夫人气得浑身颤抖。

言大腕也像是故意找刺儿,知道自己嫁进张家最大的阻力就是张若的妈,可大家都是一样的出身,谁笑话谁呀,挑着柳眉就开口了:"妈,以后我和若结婚了,交给我管家,家里的事儿大大小小,保管都不用您操心!"

张夫人恼急了,大喝了一声:"狐狸精,谁是你妈!一张贱嘴!"

整个酒席,大家鸦雀无声。

张若离老远便听见,看见母亲和女朋友闹了起来,脸一阵青一阵白。

小歌星却咧开红唇,妖媚的大眼睛不饶人地瞪回去:"妈,您这么说话就不对了,我喊您一声'妈'是尊重您,以后我和若结婚了,孙子不喊您一声'奶奶'才难看呢!"

张夫人忍到极限了,大骂了一声小娼妇,伸手就去打小歌星。

小歌星却不客气地躲开,想起张若说起的话,顺便推了阿衡一把。阿衡没反应过来,结结实实挨了一巴掌,白皙的脸上瞬间浮出五指印。

整个酒席都傻了,张夫人也傻了,半响,明白怎么回事儿了,怒火更炙,朝着小歌星厮打起来。

阿衡反倒被晾在了一旁，刚刚张夫人那一巴掌使了全力，孩子捂着脸，两眼直冒金星。

言希本来在夹菜没反应过来，手中的筷子定在了原地，只听见一声响声。转眼张若他妈和媳妇儿就打了起来，再定睛，阿衡却捂着脸，莫名其妙，满眼泪花。

言希脸色变得阴沉，眼神狠厉起来，一双筷子砸到了张若身上。

一切，还不到一分钟。

张若不傻，自然看到了挨打的是阿衡，可是心里却不以为然，觉得温家这两年景况大不如前，家中老的老、小的小，打了便打了，有什么大不了，顺便给言希点儿气受。

言希再横，总不见得为一个没过门儿的媳妇儿得罪张家，哪知那双筷子跟闪电似的劈到他身上。

言希冷笑："张若，你一个男人，连自己的女人都管不好吗？"

张若却反唇相讥："我的女人，我乐意管就管，不乐意就不管！"

陆流眼中没波澜，静静看着两人。思莞看见妹妹受辱，握紧了拳。孙鹏则是一双桃花目，滴溜溜转来转去，看好戏的表情。

言希鼻子直喘粗气儿，对着远处桌上的辛老鞠了个躬："辛爷爷，今晚我给您重新做寿。"

没等老人反应过来，扬手，就把桌子给掀了，轰隆隆，一声巨响。

那个眉眼凌厉漂亮的男人指着张若，骂了起来："你女人的事儿老子不稀罕管，只是你女人欺负我女人算怎么回事儿？今天话不给老子说清楚，谁也别想好过！"

张若呆若木鸡。

衣发凌乱的张夫人和小歌星也呆了，停手，愣在原地。

辛老却在主位上哈哈笑了，指着达夷，提溜起孩子耳朵："看见没，啥叫魄力，学着点儿！光窝里横算他娘的什么本事，有能耐以后你保护你爷爷你兄弟试试。"

达夷扁扁嘴，腹诽，拉倒吧，言希看见他们这帮兄弟被欺负不凑一脚就算义气了，只有对阿衡，好家伙，那护短护的！

陆流有些不悦："言希，过了。"

言希不怒反笑，眼微眯，精光乍泄："陆少，我言家还没败呢，家务事轮不到您插手！"

这句话，既是说给陆流听的，又是说给在座的言党听的，当然，重点是张若和张参谋。

张参谋脸色大变，刚刚一直旁观，此刻言希话音刚落，反而心急火燎地骂了妻子儿子一通。

张若不服气，咬牙指着言希："你算什么东西，为了温家，威胁老子！"

未等言希出声，思莞却腾地站起来，冷声开口："言希不算什么，温家自然也不算什么，不如让我跟您单练单练。"

思尔却在另一侧狠狠打了小歌星一巴掌："下贱的东西，打你还脏了我温家的手！"

## Chapter 86
## 最后一味桃花劫

宴会过后几日,言老打电话过来把言希骂了一顿。

想是张家添油加醋告了一状,无非是言希、温家小题大做,打温衡不是故意的,谁又能预料那一巴掌能甩到她脸上,纯属意外。顺便保证了一片火红红的忠心,张家和陆家绝没有私相授受。

言老说:"你也太冲动,落别人一个话柄,连后路都不留。以后行事如此,我死了,还有谁让你倚仗!"

言希只笑了笑:"爷爷,谁还能纨绔一世?"

言老欣慰:"你懂得就好,言家大好的将来还等着你……"

言希却低低开口:"爷爷,我以后如果让您失望了,您就当没有生过我这个孙子吧。"

言老摇头笑骂:"傻小子,浑身冒傻气儿,我一辈子真正拉扯大的就你一个,你有不妥的地方,我这做爷爷的打得骂得偏偏扔不得,何至于说出这样的话。日后你和阿衡结婚了,趁着我身子硬朗再给我生个重孙,信不信你爷爷照样能把他抱大?"

言希微微紧了手指,沉默了一会儿,笑着说:"好。"

挂了电话,言希细长的指转了转手中的卡片,上面是圆珠笔的划痕,字迹潦草，极其糟糕。

他拨了上面的号码，接电话的是个不停打哈欠的男声，清恬的音色慢悠悠却说得简单干脆："如果是我妈，三十秒请说完；我爸，二十秒；姓云以内的，十秒；姓云以外的，自动挂断。"

言希嗤笑，挑眉："我打的钱，你收到了吗？"

那人肤色透明白皙，看得到血管的样子，嘴角还带着刚睡醒口水的痕迹，微微睁开一只眼："收到了。不就是填报Z大吗，通知书就在我屁股以下蒲团以上。"

言希望天："你还在冒充沙弥招摇撞骗呢？"

那人笑得仙气缭绕的，白皙的指挽了个莲花，顺便看着过往的女信徒弯了弯眼，对着电话噎叹："施主，这年头，挣钱不容易。"

言希抽搐："我给的三十万还不够你挥霍几年吗？"

那人说："正所谓天有不测风云，人有旦夕祸福，老衲总要留些保命钱。"

言希可有可无地笑了笑："开学前别忘了蓄发，把自己收拾干净些。你不是很会装乖乖牌？"

那人懒，盘着僧裤，托下巴："我装给谁看？"

言希说："我以为你很想她。"

那人左手的佛珠圆滚滚的，被他缠在指间绕来绕去。忽而笑了，一树春花明媚，眼中却清凌凌的，看不出表情："想，这词有些严重。大家这么多年，些许有些情意罢了。"

阿衡看着空荡荡的花圃，规划着种些花呀草呀的，可是时间不对，只能搁置到第二年春天了。

温母说快开学了，阿衡应该回家住几天。于是阿衡简单收拾了行李，思莞在楼下接。

咚咚跑下楼,言希本来坐在沙发上翻杂志,却喊住她,从阳台拿来一个仙人球,顺便拎起个狗篮子交给阿衡,让她一并带回去养。

阿衡说:"喂,你也太懒了吧。"

言希耸肩:"养不好了,以后你要找我算账我多划不来。"

阿衡没好气:"卤肉饭也一并给我吧。"

言希笑:"它这阵子肥得快要飞不动,该留在家里减减肥了。"

阿衡听了这话,心里却有些空荡荡的,怎么好似,你的我的,分这么清楚。

思莞在一旁笑:"就几步路,你们俩别拌嘴了,交给谁养不一样。"说完,接过阿衡的行李,跟言希说了几句话,带着阿衡离开了。

他看着她离去的背影,笑了笑,手中的杂志扔到了茶几上,转身上楼,未走几步,步子却停在了那里,望向身后,那扇门紧紧地闭着。

他不知道该说些什么,做些什么演给自己看。

因为这离开,再平常不过。

可是,阿衡从那天起,却是许多年未曾再踏进过这里一步。

这白房子结了多少尘,厚厚重重。如果他不说,她不提,又有谁知道,这里,曾经是他们的家?

是的,家。

漂泊了,却望不见回不去的家。

阿衡搬回去后觉得家人变得很奇怪,他们在做所有的努力,让她适应温家的生活。

母亲对待她不再刻意疏远或者小心翼翼,和对思尔的态度完全相同,宠,爱,但不会纵。

思莞常常骑着单车带她去图书馆看书,两个人会因为一些问题争来辩

## Chapter 86　最后一味桃花劫

去，但他却已经学会认真倾听她的所有想法，然后眼睛闪闪发亮，带着她对他的那些精英同学骄傲地说，这是我的妹妹。

思尔还是不大爱搭理她，但是如果买了一些女孩的东西，例如指甲油、香水之类的，总会边教她怎么用边骂她笨。阿衡则是笑，然后会偶尔和她挤到一张床上说些悄悄话。

至于爷爷，这两年接近半退休状态，整天捧着个小画眉鸟慈爱地喊小宝贝儿，对谁都是一样的态度，不理不问的。思莞经常会到他的书房接受一些教诲，出来酒窝都垮了，爷爷如今是越发啰唆了。

阿衡每天过得很快乐，时常把言希抛到脑后，只是半夜辗转反侧睡不着时会给他打电话。听见他带着鼻音接电话时，不等他骂人，闭着眼睛迅速开口，言希我今天吃了什么什么玩了什么什么你今天好吗呵呵你不用说我知道你很好，然后，嗯，晚安。

迅速，挂断电话。

晚安。

Wanan。

我爱你爱你的缩写。

再然后倒头大睡，生平第一遭无忧无虑地做着些不着边际的梦，有许多许多人的梦，一二三四五，该有的一个不少。

有些遗憾，他一次也未入梦。

她不常见到他，只是，偶尔，他来温家蹭顿饭，离她几个座位之遥，话不多，却含笑认真地看着她说话。

小虾经常找她玩，跟她说隔壁谁谁又暗恋他了，高中哪个女同学给他写情书了，走路上又有女孩子给他抛媚眼的，小胸脯挺得直直的，无比骄傲。

阿衡笑了，逗他："你以后想找个什么样的女朋友？"

小虾点手指:"就找姐这样的,会做好吃的,说话温柔还从不骂人。"

思尔路过,飘了一句:"你是没见你言希哥怎么挨骂的,啧啧。"

阿衡脸红:"咳,找姐这样的不成,姐比你大两岁呢。"

小虾笑嘻嘻:"现在流行姐弟恋,你看王菲和谢霆锋。"

阿衡正正他的帽子:"那不也分了吗?"

小虾看着阿衡,忽然来了一句:"姐,什么叫同性恋?"

阿衡的手僵了,静静看他:"怎么想起问这个?"

小虾挠挠头:"我昨天去澡堂子洗澡,有一个男的老偷看我,我哥们儿说,这样的人就是同性恋。同性恋好恶心呀!"

阿衡皱皱眉:"你哥们儿瞎说呢,这样的人不是同性恋,是流氓!"

小虾眨着水汪汪的眼睛:"那什么是同性恋?"

阿衡想了想,语气有些严肃:"小孩子家,不用知道这些。下次再见有人耍流氓,直接揍他!"

小虾"哦",似懂非懂,看着阿衡,却是他从未见过的恼怒生气。

Z大一贯在九月初开学,阿衡上大三了,课业比较重,于是决定八月底返校。

思莞开车,温母跟着,要送阿衡到学校。

言希念法律,开学时学校模拟法庭有排练,他是原告辩护人,抽不出空去H城,只同阿衡匆匆见了一面便返校了。

那是她和他一起跨过的第五个年头。

在十年中,占了一半,算起来,似乎已经很长很长了。可是,在她未知终点的时候,却总是觉得,这剩下的五年,遥远到可以和一辈子争长较短。

晚年时,总爱念叨着,那是他的十年,不是她的。

她只是用五年爱上一个人,然后用两年间忘了这个人罢了。

## Chapter 86　最后一味桃花劫

孙子笑着问她:"您爱了那么久,两年却忘了,是不是因为爱得不够深?"

她想了想,轻轻握躺在壁炉旁睡着的那个长着老人斑的男人的手,笑着开口:"也许吧。"

年少时,常有缘分,如果有更好的定义,她甚至不愿称这一段是爱情。

她们开学时,新生正在军训,常常有大二的师妹闲着没事儿干去操场瞄帅哥,回来拍桌子打板凳地流口水,最后票选选出新一届的校草。

连小三小五都跟着师妹去看过几回,回来两眼红心,脸都是红的,跟烤乳猪一个色儿,最后栽在床上,把阿衡、无影、小四吓了一大跳,摸额头才知道俩人中暑了。

无影呸了一口:"不知道的还以为你们干什么正经事儿去了!"

小三灌了一茶缸水才缓过来,擦擦嘴,说:"大姐你是不知道哇,今年的质量那家伙……"

小五激凸,直直站起来抢下句:"那不是一般的好啊!老娘等这么多年,终于等到真命天子了。"

阿衡喂她喝水,好笑:"你少说点儿话吧。大姑娘的也不嫌害臊,在操场站了一下午,军训的没晕,你们倒是晕了。"

小五晃着手里的金色索尼相机:"咱啥都不说了,你们自己看吧,这小模样小身板,简直赶上言希了。"

小四拿过相机翻了翻,喊了一声,画面太模糊了吧,谁能看清是美是丑啊?

阿衡扫了一眼,是够模糊的,只看见一个穿着迷彩服戴帽子的身影,瘦高,有些弓背,又有那么几分……熟悉?

阿衡揉揉眼,觉得自己是不是花了眼,好像在哪儿见过这个人。

小三垂头丧气:"都怪小五,让她拍个照,手抖得跟打了鸡血似的。"

小五拿手扇风:"你倒是不抖,跟在我后边差点把我裤子给扯了。偷拍有这效果,不错了!"

无影问:"哪个院的?"

小三就着阿衡的手,咕咚咕咚喝了一气儿水:"计算机学院的。咱们院的今年算是废了,还是朝上看着飞白兄养眼吧。"

阿衡眯眼,问这人叫什么。

小三、小五齐摇头:"还没打探出来,但听说成绩很好,入校成绩第一。后天开学典礼肯定有他发言,到时候就知道了。"

阿衡沉默了,手中拿个茶缸子,站在寝室静静看着相机,思绪却飘得很远很远。

她还记得那些总是雨季的日子,有个人总爱问:"姐,我死了,你会不会哭呢?"

那个人多惋惜:"姐,我从没见你在我面前哭过。"

阿衡却总是板着脸说:"不许胡说!"

他还是好脾气,笑眯眯:"姐,今年冬天一起做梅花糕吧。"

那声音,遥远而清恬。

而冬天时她已在温家,与他和他心心念念的梅花糕隔了个山重水复。

傍晚时,她打电话给言希,说:"我好像见到在在了。"

他拿着手机,耳膜随着她的声音颤动,这个人的快乐幸福在耳畔一下一下,很清晰很清晰。唇边有了温柔的笑意,问:"宝宝,是真的吗,没有看错吗?"

她点头,不停点头,说:"我确定,他是我养大的在在,不是别人。"

怎么会认不出?

言希说:"如果真是云在,对待他你真心即可,不必逃避,温家那边由我来说。"

他的每一句话,无懈可击,布了一个美妙的局,等着网收紧。

开学典礼。

台上的穿着亚麻色线衣的黑发少年昏昏欲睡,却被身旁的人推醒:"云在,该你发言了。"

他"哦",揉揉眼睛,站在了台中间拿着稿子念了起来。

字迹潦草得鬼画符一般,只有他自己能看懂;声音则只有一个调,还是念《金刚经》的调,好像白开水一般温吞无味。

台上的听得直打瞌睡,台下的女生却尖叫个没完。

最后,谢谢说完,台下鼓掌,他却安然地站在演讲台上,赖着不走。

校长咳了咳:"云在同学。"

云在慢吞吞地开口:"还有,最后一句。"然后,缓缓地看了看台下医学院的座位,数了数,笑眯眯,"三排十八座的温衡同学,请站起来,我喜欢你。"

## Chapter 87
## 云在山高月在明

阿衡的脑子轰一下蹦出许多白色儿的鸽子，叽叽喳喳地喊着"我喜欢你"，每一个还都长着在在的黑眼仁。

她想起某婴儿流着口水，看她给他换尿布。

她想起了某娃娃爬着走，她一扯床单就匍匐着小爪子往后退。

她想起了某宝宝牙床上长着一颗小苞谷米，拿她的手指头磨来磨去。

于是，这个人，啊呸，这么个豆丁竟然说"我喜欢你"。

阿衡黑线，看着演讲台。那人一副我是优质美少年的模样，四周，大姑娘小伙子吹口哨拍巴掌，吵得她脑仁儿生疼。

阿衡吸了一口气，这是我娃，怎么也得给他留点儿面子，于是脸上带着神秘莫测的微笑，不动不怒，任由其他人审视。

幸好这娃演讲是最后一项，校领导们也一齐吸了一口气，本着咱是名校兼容并包的程度怎么着也得赶 Q 超 B，于是装作没听见，拍拍屁股，散会。

其他人剥瓜子儿的剥瓜子儿，啃花生的啃花生，两眼放光不怀好意地齐刷刷盯着她。

阿衡悲愤，在心里呐喊，校长爷爷您带我一起去了吧。再抬头，豆丁已经慢悠悠地往台下走。

## Chapter 87　云在山高月在明

阿衡觉得自己精分了,她既想拉着豆丁好好骂一顿,又忍不住用慈爱的目光看豆丁。

好纠结。

豆丁慢悠悠,状况外,晃啊晃就晃到她身边了,然后一屁股坐在她旁边的位子上。

她指着他:"你!"

豆丁却打了个哈欠,微笑,露出了细米一样的白牙,轻轻嘀咕了一句:"阿衡,我累了。"

然后,理所当然一点不觉得有代沟地搂着她的腰,趴在她的胸口……睡着了。

大礼堂静得掉根针都能听见,众人目光呆滞。

阿衡咬牙想拍死他,握紧了拳头到他发顶,滞了滞却轻轻落下,抚着他的软发,往怀里带了带,扭脸淡定地报告:"他睡着了,真的。"

"你们有啥事儿,等他醒了再说。"

"嗯,都跟我没关系,你们……找他。"

阿衡觉得匪夷所思。

怀中的这个人确实是她的弟弟,但是他睡得安稳悠哉,让她觉得这逝去的五年比五个小时还短。

似乎,没有距离这种东西存在。

可是他甚至比十三岁时高了一个半头!连容貌都大半脱离了小时候的样子,只是依旧改不了嗜睡的老毛病。

小时候他身体不好,冬天天又冷,她惯出来的老毛病,孩子不窝她怀里睡不着觉。

阿衡微笑地看着他的侧脸,整个大礼堂人早已散尽,只剩下初秋的和风。她拿起扶手上的白大褂披在他的身上,目光越发温柔。

低了头的一瞬,眼角微微红了红,她甚至想对把在在重新带回她身边的诸天神佛道一声重谢。

在她不知道这是言希的费心筹谋之前。

云在醒的时候已经是一个小时之后,他的第一句话是:"阿衡,我没有做梦,真好。"他笑眯眯的,眼睛像有着碧波划过的井中月。

阿衡轻轻甩了甩有些麻的手,问他:"阿爸阿妈身体还好吗?"

他站起身子伸了个懒腰,说:"他们很好,阿衡。"

"阿衡"两个字,叫得字正腔圆。

阿衡皱了皱眉:"云在你喊我什么?"

阿衡小时候虽然和云在亲密无间,但是长幼次序还是守得很好的。她做什么事都以弟弟为出发点考虑问题,而在在也是一向不喊姐不开口的。

他学她的语气:"温衡我喊你阿衡呢。"然后,笑得春花好像明媚了几转。

他现在喊她阿衡。

阿衡板脸,严肃地说:"云在你再这么喊我揍你。"

这是当姐的尊严。

云在掩面,一声长叹:"我已经五年没吃过梅花糕了。"

阿衡瞬间没了脾气,愧疚地看着豆丁:"是姐不好,今年冬天一定给你做梅花糕。"

他搂住她的腰,轻轻在她耳边开口:"你没撒谎吧?"

阿衡耳朵发痒,觉得这孩子长大了,动作语言处处怪异。

推开他,阿衡使劲揉了揉耳朵,正经开口:"我跟你撒什么谎,多大的孩子了,还跟我撒娇。"

## Chapter 87　云在山高月在明

她在云在面前一向都是杠杠的大人模样,这个同幼时父母的教养有关,她和在在背会的第一本书都是《三字经》。

融四岁,能让梨。弟于长,宜先知。

父子恩,夫妇从。兄则友,弟则恭。

长幼序,友与朋。君则敬,臣则忠。

此十义,人所同。当师叙,勿违背。

在在身体不好但十分聪明,学了一遍就背会了。而她另有练字的任务,数九寒天抄这一段不下十遍,手僵了也记到心里去了,看见在在就条件反射地冬天让梨夏天让桃子。

仔细想想,她对在在的好,似乎除了姐弟情深还有些强制教育的痕迹。

阿衡越想越愧疚,觉得自己挺像不开明的家长,豆丁想喊个名儿怎么了?于是微笑看着这少年开口了:"你要是喜欢,以后就喊我阿衡吧。"

云在笑了,目光如云,温柔之下深不见底,他说:"好。"

阿衡看着他,从头扫到尾,轻轻问他:"我之前问过医院,他们说你做完手术已经痊愈得七七八八。你现在身体怎么样,还会经常喘不过气吗?"

云在蹙眉:"偶尔。"

阿衡眼睛黯了黯,握住他的手却没说什么。

"你说,云在是你弟弟,他看见你太激动,只是在开玩笑?"小五傻眼,挠头,小声嘀咕,"怎么长得帅的都是你家的?"

小四淡淡开口:"玩笑开得有点大了。"

三姐点头:"阿衡一战成名,这个话题,保守估计够你璀璨三个月的。"

大姐无影想了想,笑了:"要不是弟弟,和阿衡还蛮配的。"

小五无精打采:"我本来还想看言希和云在对决,结果,唉,是你弟。"

小四说:"你确定他就是你说的那个在在?"

寝室的人都知道阿衡的身世,所以云在在她们心中还是很有存在感的。什么懂事温柔可爱纯真,全是阿衡描述的,现在看来,跟台上的那个少年根本对不上号。

阿衡纳闷:"怎么了,就是在在啊。"

小四笑笑:"没什么,长大了自然和小时候不一样。"

在阿衡眼里,在在却还是小时候的在在,只是不晓得小四这话从何说起。

她打电话对言希说:"照片上的那个就是在在,我今天见到他了。"

言希那边有些吵,他轻轻地捂着手机,说:"你稍等。"

阿衡似乎听到了陆流的声音。她虽然见他不过短短三面,彼此说过的话不超过三句,但是却不知为什么,这个人的声音深深地投入心底,像块石头。

她依稀记得见面礼的那枚 Tiffany,亮得耀眼。

言希走了出去。

夜色清冷,这一日是周末,陆流、思莞和他来酒吧谈一桩生意。对方是个 Gay 界人士,有些怪脾气,非要到 B 市著名的同志酒吧边玩边谈生意。

他说:"你刚刚说什么,阿衡?"

阿衡看看脚尖轻轻开口:"也没什么。"

言希问:"你见到云在了吗?"

她"嗯"了一声。

言希喝了不少酒,解了一颗衬衣纽扣,靠在糊着广告纸的路口电线杆上。他微微闭上眼睛,问:"阿衡,你快乐吗?"

## Chapter 87　云在山高月在明

阿衡想着"快乐"这个词，好像四分之三的喜悲只和这个人有关系，她想起他的眉、眼、鼻子、嘴巴，说："我快乐呢。"

我快乐呢，因为言希还在。

他听不到这一句，却依旧浮现出微笑，说："阿衡我跟你保证，云在这辈子都不会再离你而去，所以宝宝，永远记住你这一刻的快乐，是最初，也是永远。"

她听他喊她宝宝，心头忽然有些堵得慌，她问："言希，所有谈恋爱的人都像咱们一样的吗？"

不会接吻，没有欲望，没有肉体，除了思念就是宠溺吗？

都像咱们一样吗？她这样温柔带着些稚气难过地问他，他却含笑说："是的，都是这样的，真的，宝宝，你信我。"

这是个演戏成性的人呵。

他挂断电话，手抹了一把脸，全是泪。

雾气中，背骨伶仃，转身回去的时候，陆流却站在路灯下，脸半明半暗，看不清晰。

计算机系2003级的鲁兵下楼吃早饭的时候，看见一个穿白大褂的黑发姑娘，眉眼温柔得像幅水墨画。想了想，哦，是同寝室云在在演讲台上告白的对象，医学院的学姐，好像是叫温衡的。

他走近，喊了一声："师姐好，您在这儿等云在？"旁边的人纷纷竖起了耳朵。

阿衡笑了笑说是，随即扬了扬手中氤氲着雾气的早餐，轻轻开口："顺便给他带点儿早饭。"

鲁兵"噢"，挠挠头说："我出来的时候云在还没醒，要不要我上去喊喊他？"

阿衡微笑说："不用，他身子骨不好，让他多睡会儿吧。"

鲁兵刚跨上单车，想了想，问："师姐您和云在……"一圈竖着耳朵的路人越走速度越慢。

阿衡眉弯弯的："我是他姐。"

"他姓云，您姓温，怎么会是……"

阿衡含笑，耐心回答："他的父母确实也是我的父母。"

众人点头，哦，一个随父姓，一个姓母姓。

鲁兵晚上回寝室同云在提起这个事儿，笑了："云在，你小子太能恶搞了，在大礼堂整这一出，也亏你姐脾气好。"

云在有些小近视，本来戴着眼镜在台灯下看书，听见这话抬起头，脸上一片冰冷，没有平时挂着的笑意："谁跟你说她是我姐的？"

鲁兵看他脸色变了，觉得莫名其妙："你姐说的呀。"

云在眯着眼笑了："那是个会骗人的女人，她骗你呢。"

鲁兵啧啧："那是你女朋友了？你小子还真行，第一天告白，第二天人就提着早点来楼下了。"然后拐了云在一肘子，挤眉弄眼，"你今天几点下的楼，我下去那会七点半。"

云在看着书，说："十点。"

鲁兵："啊，这么晚，那人早走了吧？"

他笑了笑，没有说话。

鲁兵起初自然认为阿衡等不到人就走了，可是一次又一次，一月又一月地在楼下看见那个傻师姐时，终于忍不住一脚踹向下铺的被窝："云在你是猪啊，就知道睡，每次都让一个姑娘家等你。等等等，我看她等得头上快长蘑菇了！兄弟，容我提醒你，现在是十二月份，昨天才下过雪！"

想起刚刚在楼下碰见温衡的情景，鲁兵就气不打一处来。零下的天，一个姑娘家缩在原地，冻得直跺脚，大衣里还裹着几个热包子和一杯热豆浆。

云在被鲁兵踢醒了,也不说话,打了个哈欠,开始慢吞吞地穿衣服。

他走下去的时候温衡还在,鼻子冻得通红,僵着手从大衣里摸索出装早餐的纸袋子递给他,还是烫的。

习惯性地皱了皱眉,阿衡说:"我先去上课,你吃完也去上课吧。"然后,看着他穿的衣服摇摇头,"不行,穿得太薄了,回去再添件儿,啊,乖。"说完就匆匆转身要离开。

云在看着手里的纸袋子却拽住了她的大衣一角,他笑着说:"阿衡,我明天不想吃包子了,你不要来了。"

阿衡叹气,豆丁长大了却益发没有小时候的乖巧。她问:"那你想吃什么?"

云在沉默了半晌,轻轻低头看着她的眉眼,他说:"我想吃你做的饭,我们搬出去住吧。"

## Chapter 88
## 年复一年白发留

　　阿衡顾虑到云在的身体，虽然已经接近期末，但还是在学校附近租了房子。云在的行李不是很多，再摆进些书籍辞典，独立的小房间看起来还是空荡荡的。

　　所幸家里给的生活费还算充裕，阿衡省出一些钱给云在置办了一套厚被褥和新的床单。想了想，在在虽然是喜欢干净简单的人，但小时候就羡慕那些能玩球的同龄人，于是又买了足球和篮球放在他屋中，然后把客厅和卫生间清扫了一下。房子整整齐齐的，还算好。

　　阿衡忙碌了一下午，云在一直跟在她身边，笑眯眯的，却没有帮忙，就是安安静静地看着，白皙的脸上泛着微微的红晕。

　　上一任租房子的大概是个生活邋遢不自净的，白墙上有许多鞋印，看起来很脏。阿衡合计了一下，找人刷墙并不合算，就自己买了粉刷的工具，按说明书调配了涂料，裹了个纸帽子涂墙。

　　云在却笑弯了眼，唇露出细米一般的白牙，夺走了她的刷子和纸帽，站在她的身旁慢慢悠悠地刷墙，指甲饱满干净，微微泛着苍白。

　　阿衡也笑："你弄好了就成了，我先走。"

　　云在转身看着她："你去哪儿？"

## Chapter 88　年复一年白发留

阿衡莫名其妙："回宿舍呀，一会儿晚了就封楼了。"

他的脸上却没了笑意："你的意思是，让我一个人住在这里？"

阿衡点头，呵呵地笑："从明天开始姐给你开小灶，一日三餐，把在在养成个小胖子，怎么样？"

她揉揉他的发，像对着小孩子一般的温柔目光。云在却躲开了，阿衡的手在半空中悬了悬就放了下来。她抿抿唇，知晓他长大了，定然不喜欢如同小时候一般的对待，心中有些酸涩。

云在把刷子扔进桶中，轻轻开口："为什么，不和我住一起？"

阿衡脱下塑胶手套，淡笑："你长大了，姐跟你住一块儿别人会说闲话。我明天早上喊你起床，煮玉米粥成吗？"

云在看着她，目光如云，含笑却不清晰，他说："言希呢，你不是一直在他家住？"

阿衡看他，自己也挺困惑在在为什么问这个问题，但还是回答了："言希不一样。"

她走了出去，关上门下楼，未走几步却听见楼上有篮球砸门的巨响，心想这谁家的孩子也忒皮了点儿，要是在在，绝对不会这么暴力。

自这一天开始，阿衡每天要校内校外往返好几趟，买菜，做饭，上课，做饭，回寝。

云在问阿衡："你累不累？"

阿衡正在煮玉米粥，转身摇摇头，眼睛看着他，一径的温柔宠爱。

他笑了笑："你去当有钱人家的女儿，很久没做过饭了吧？"

阿衡愣了愣，含糊地"嗯"了一声。她希望在在觉得自己过得很幸福。

吃晚饭的时候，云在问："你还有钱吗？我想买台手提。"

阿衡皱眉，嘴里下意识地嚼着咸菜，想了想之前打工挣的钱，犹豫着问他:"需要多少钱?"

云在慢吞吞开口:"一万多块。"

阿衡沉默了一会儿,问:"很急着用吗?"

她毕竟从不乱花钱,不比思莞、思尔公子小姐的派头,所以温家半年给她打的钱也就是五千块左右,就算加上之前打工攒下的微薄的一千零几十块,也远远不够一万这个数目。

云在抬眼,黑眼仁儿中是笑意:"无所谓急不急。反正要我买,至少四年内我买不起。"

阿衡心一凉,低着头轻轻开口:"这个星期天,我带你去买。"然后给他夹了一块鸡翅,微微笑了,说多吃些,自己边扒青菜边心不在焉地想着钱的问题。

云在表情复杂地看着她,清澈的眼睛如云般温柔,却带着钢铁不入的冰冷。

她打电话给温母:"妈,我们学校要提前交……学杂费。"

温母笑了:"好,我明天让秘书给你打钱,八千够吗?"

阿衡有些慌:"不要这么多,妈,要不了这么多,三千……九……"她想了想,舔舔嘴唇,磕磕巴巴,"三千九百……三十块就够了。"

温母笑了:"又冒傻气儿,有谁还汇三十块的!算了,我给你寄五千块,你看着花吧。"

阿衡摇头,眼中却泛了泪水,她觉得自己欺骗了母亲的爱,她说:"妈妈,就三千九,成吗?"

温妈妈听着孩子声音还挺难受,不明所以,但思揣着要给孩子一些自己的空间也就没有问,只是怜惜地开口:"好好,就三千九,不够你再跟妈说。"

阿衡挂了电话，手心汗津津的，心里觉得自己做了错事。母亲对她这样好这样温柔，她却仗着这些去索取，实在是太坏了。妈妈和她的关系也从未有现在这么融洽，如果她知道自己骗了她，会不会更加不喜欢自己呢？

这孩子个性耿直迂腐从未骗过别人，她这样担忧着，心里闹腾了很久，天明时才迷迷糊糊睡着。

云在买的是新上市的一台笔记本电脑，进口的，性能相当不错，总价是一万三。

阿衡掏出了所有的奖学金，再加上之前核算好的生活费、打工攒的钱、母亲的汇款，幸好凑够。数了数，只剩下三百多块钱，要凑合着到春节。

云在的表情还是那种浅泛的笑意，并没有高兴到哪里。

阿衡总觉得这个孩子比起小时候变了许多，却又说不出哪里变了。

阿衡很少和云在一起吃饭了，总是做完一人份的就匆匆离去，她说课业重。云在脸上却没有什么表情，只看着她不说话。

大约是圣诞节的前几天，她有些发低烧。那会儿"非典"未除，禽流感又赶着潮流，她怕传染就去校医院看了看，医生说没事儿，就是血糖有些低，给她输了瓶葡萄糖，又吃了点儿退烧药，叮嘱她多吃些有营养的东西。

阿衡点头应了就要离开，医生却摇了摇头："现在的孩子哟，不知道怎么省钱好。真不知道是吃饭省的钱多还是看病花得快！"

阿衡这些天没有吃过早饭，午饭和晚饭也都是凑合的。听到医生的话挺不好意思的，有些尴尬地撕了手上吊针的胶布，就到云在住的地方去了。

云在眼尖，问她手怎么了，瘀青这么明显，阿衡说磕到桌角了。

他到楼下给她买了药，回去的时候阿衡正围着围裙在厨房切菜，低着头露出了颈,白皙而带着些温暖。

他看了她很久很久,然后轻轻从身后抱住了她,闭上了眼睛,表情有些复杂,他说:"温衡,我讨厌你。"

阿衡正忙着,只道小孩子撒娇:"嗯嗯我也讨厌你,去去上边儿去,油锅热了,别烫着你。"

他却笑了,眼睛清澈得要打散云气,松了手坐到饭桌前,轻轻开口:"喂,你给我做一辈子的饭,我试着原谅你,怎么样?"

那样轻的话,好像一句叹息,阿衡在厨房中并没有听到。

圣诞节的前一天,阿衡下午下课的时候,有同学说校外有人找她。

阿衡问是什么人。

同学想了想,脸红了:"眼睛很大很漂亮的。"

阿衡愣了愣,却在下一秒冲出了教学楼。她跑过冬天干枯的树,跑过没有草只有雪的足球场,心怦怦地跳着。

看到那个人站在那里,戴着她给他织的老旧围巾,英挺背影,阿衡眼中忽然有了泪,她在不远处喊了一声"言希",心慌得难受。

那人转了身,眼睛很明亮很明亮。

她加快了步子,他伸直臂,一下一下晃动着戴手套的左手。

阿衡却忽然难受了,眼中的泪像断了线的珠子,饱满而烫人。低了头,百米冲刺一般,冲进他的怀抱。

他笑了,几乎被这巨大的冲力撞倒,双手却紧紧牢牢地抱着她,像是拥着珍贵得无法再珍贵的宝贝。他甚至不想问她为什么要哭,不想说思念,不想说比思念更难受的是看到了真人后巨大的欢喜,因为这欢喜超出他心脏能够承受的重量。

他抱起她在Z大校门外转圈圈,他笑着却红了眼圈:"宝宝宝宝,你看,我还是能抱起你的。"

## Chapter 88　年复一年白发留

阿衡却哭得难以抑制自己的感情，她哽咽着说："抱歉，我不知道自己为什么会哭，对不起，言希。"

他轻轻吻她的额角，喃喃，一遍遍地说："没关系，没关系。"

她说："都是你惯坏了我。"

让她思念着他，思念着在他身边做着的那个无忧无虑的小孩子。

他裹着她的手，白皙的指轻轻擦去她眼角的泪，有些无奈："你说让我一天照三顿地打你，咱也舍不得不是？"

于是，惯就惯着吧，谁有意见跟老子说。

阿衡突然想起这是学校门口，从他怀里露出了头，咳，掸掸大衣上的灰，有些不自然地用眼风扫了扫路人甲乙丙丁戊己庚辛，大家一脸暧昧的表情经过，阿衡愈加窘迫。

她没看见言希的车，就问他怎么来的。

言希说坐飞机，想起什么，从灰蓝大衣中掏出一个红澄澄的苹果递给她："家里苹果多，蕴宜姨让我给你送苹果。"

阿衡接过苹果，吸了吸鼻子，笑得眼睛亮晶晶的，张大了嘴，却被言希夺走了。

他翻了翻白眼："这孩子嘴怎么这么馋，等会儿天黑了再吃。"

我说言少，你送平安果就平安果呗，谁还没吃过平安果，千里迢迢坐飞机空运来不就给吃的。你说你害羞嫁祸给温妈送苹果就算了，人孩子想吃还不让吃，不让吃也就算了，还说孩子嘴馋，有这么霸道的吗？

阿衡："哦，那你来就是送苹果的吗？"

言希说："唉，其实老子没打算来的，就想着仨月没见了，估计你得想我想得坐不住了，就来看看你。其实主要吧是蕴宜姨让我送苹果我不好推辞……"

阿衡："那你回去吧，我也没怎么想你，见你我就头疼。"

言希看了孩子一眼,说:"你别动,宝宝,立正,站好。"

阿衡:"啊?"

言希:"我在家把你养得好好的肥头大耳能掐能捏软绵绵一宝宝,你在这儿才几天啊,怎么就成这副德行了?除了骨头就是黑眼圈!"

阿衡含泪抓住言希的手,噘小嘴:"我想……吃肉!"

言希颤抖,看着阿衡狼一样晶亮的眼,颤抖地抚摸之:"宝,你是饿了多久?"搂着孩子上了出租,说,"你们这儿哪家肉做得好吃就去哪家。"

司机从后视镜看,不像土包子呀,说:"您是想去高档还是中档还是低档——"

言希拍坐垫:"肉肉肉,就要肉,肉做得好的!"

司机到了一地儿,把人往地上一撂就飞驰而去,怕一不小心被当肉给啃了。

言希点了一桌子的肉:酱爆鸭丝、宫保鸡丁、铁板小牛排、鱼香肉丝、松鼠桂鱼,外加排骨汤。

阿衡泪流满面,吃了几筷子胃却受不住了。她已经连着一个月吃的都是素的,猛一沾荤腥有些扛不住,讪讪地放了筷子:"言希,你怎么不吃?"

言希心疼了:"你没钱你倒是说呀,家里有钱不给你花还留着孵小的啊!"

阿衡说:"我在做人体极限测试,跟医学有关系的。"

言希怒:"谁出的幺蛾子,敢情他们是不养娃不知道养娃的艰辛,奶奶的!"

阿衡喝汤呛住了。

言希拿纸巾给她擦嘴,看阿衡脸整整瘦了一大圈儿,越看越心疼,说:"宝,咱下次别这么折腾自己了,好好吃饭,成吗?"

阿衡点头，哽咽："我可想你了，言希，你一直都不来看我。"

言希沉默了一会儿，捏她鼻子，笑："小泪包，小尿包，不是有云在吗，他在你身边，我放心。"

阿衡想了想，言希和在在是不一样的呀。

可是这话她没说，因为她想起一件非常严重的事——在在还没吃晚饭。

借了言希的电话，本想说让在在先随便吃点儿，等会儿她回去再给他做，可是在在的手机一直无法接通，就转接了语音信箱。

H城的平安夜和B市的一样热闹。

男男女女，少年居多，都稍稍带了些江南的风情缱绻。情窦初开，投之以桃李，报之以琼瑶玉翡，即使是树梢挂着寒雪，依旧是脉脉温情。

街上有卖气球的，有白气球套着娃娃脸的，有塑料的氢气球，还有长长的各种颜色的毛毛虫气球。

言希给阿衡买了个金色的毛毛虫。旁人看着一双俊男美女本来挺养眼，结果忽然突兀地出现一个毛毛虫气球，美感一瞬间破灭。

阿衡倒无所谓，欢喜得很，就是气球里面是氢气老想往天上飞。

言希停了步子，把气球的绳子系到了阿衡的左腕上，红色的线，轻轻打了个结。

好像姻缘簿上那根红线，在她的腕间，温柔地有了着落。

她笑了笑，看着气球，左手握住他的右手。

那时，天上飘浮着许多孔明灯，一人一愿。三块钱一个，买一个愿望。

言希问她要不要，阿衡却摇摇头："我不能任性地把我的所有寄托在一盏灯上，它太轻，受不起。"

言希开玩笑："那你对着我许愿吧，我当你的圣诞老人，负责塞满你的长袜。"

阿衡想了想，大笑了，她说："你会被袜子闷死的。"她无法想象长筒袜中装着个言希的场景，实在太好笑。

可是，她想要的，确实是只有这个人。

言希来之前已经买好回程票，夜里十点的飞机。

他看着阿衡吃完了苹果，才吻了吻她的脸颊说圣诞快乐，笑得露出了洁白牙齿。他说："宝宝，我来确实是想和你一起过平安夜的，我想让你永远平安，可你知道，这让一个男人承认起来，确实有些困难。"

他温柔怜惜地看着她："好好吃饭。嗯，还有，代我向云在说声谢谢。"转了身，挥挥手套，潇洒离去。

阿衡一直看着他的背影，远去了，消失在雾色中。

这一次，似乎是她最后一次完整地看着他的背影，她的言先生，不是一个叫作言希的陌路人的。

阿衡赶着回去给云在做饭，只是那条路路灯坏了好几个，到了夜里有些黑。

阿衡在黑灯瞎火中走向云在所在的那个家属院，然后看见一个高瘦的人影在昏暗的路灯下，穿得十分单薄。

阿衡走过去才发现是云在，他冻得嘴唇发白，在路灯下，脸色十分难看。

阿衡吃了一惊，着急："这么冷的天，你站这里干什么？"

那个少年眼睛却像含了难散的云气，慢吞吞地说："我在等你。"

阿衡气急："你站这里多久了？"握着他的手，是一片冰凉。

他却挣开她的手，轻轻开口："温衡，你想靠对我好来解除自己良心的不安，除了钱，还应该演得再像些。"

他低头擎住她的下巴，狠狠地朝她的嘴唇咬了下去，他的眼睛冰冷而嘲弄，再也没有平时的温柔散漫，他说："有钱人，真是了不起呢。"

## Chapter 88　年复一年白发留

她和他站在路灯两侧，竟像敌人一般对峙着。

阿衡推开他，蹭掉嘴角被他咬出的血渍，淡淡开口，眸光清淡："说。把你想说的话一次说完。"

然后，把身上的鸭绒服脱掉扔给他。

云在在雪夜中不知站了多久，嘴唇都染着雪色。

他微微笑了，说："没什么。言希掏了三十万让我陪你，本来我觉得这个生意没什么大不了，只要忍受你的虚情假意就够了。可是现在我才发现自己大大地亏本了，我忍不了你，我看见你对我笑就觉得恶心。"

然后，修长的手把上一刻拥到他身上的鸭绒服轻轻挥到雪地上，像是看到脏脏的灰尘的目光。

他说："把别人当作玩具很有意思吗？言希说你很想我，可是，你究竟是真的想念，还是想在心上人面前展现你的善良慈悲呢？"

那个少年哈出了一口气，轻轻开口："温衡，你是有多思念你躲了五年不见的弟弟呢？到底是，思念到多刻骨铭心，才会五年才见一面呢？如果言希没有给我钱，没有让我来见你，你想必会一辈子单纯地'思念'着一个叫云在的人，对不对？我本来也没想过见你，更没有想过陪伴，虽然你们有钱人要玩游戏，但是条约显失公平，如果温衡你想继续在心上人面前扮善良，还是再添些钱比较妥帖，你说呢？"

那样嘲弄的带着微笑洞悉的眼睛，看着阿衡，像是佛陀蔑视世人的目光。

阿衡却一巴掌打在这个少年的左脸上，狠狠的。

云在不可置信，僵在原地。

她对着他，声音听不出语调："如果不是顾念着你的身子，你挨的绝对不是这一巴掌。脑子糊涂的念经念坏的等想清楚念明白了再说。"

说完，她低头捡起鸭绒服，拍拍上面的雪套在身上，转身离去。

云在眼中泛了泪,却笑得恬淡:"温衡,你有什么资格打我,凭着你的温姓还是你骨头里流的血?"

她停了步子,头重脚轻,血液都冲向了头顶却咬着牙控制自己:"姐弟阋墙,这种事只要不是畜生都做不出来!"

她言辞严厉至极,是从未有过的尖锐,眼窝红得像染了血,心冷得打战。

她站到公共电话亭,看着十个数字,指尖凉透了,眼睛几乎看不清亭外的雪。

她说:"妈,我问您一件事儿。"

那声音像是来自天外,苍凉而沙哑。

温母吓了一跳:"阿衡,你怎么了,今天平安夜吃苹果了吗?"

阿衡却打断她的话:"妈,我不在的那两年,云家有什么变故吗?"

妈妈不喜欢她和云家来往。阿衡怕温家切断在在的医疗费用,一直都是偷偷联络医院。虽然会定期给医院打电话,但医院并不会十分清楚地把病人的病况一一详述,她所知道的只是大致。从他住院到出院,她把每一次都清清楚楚地记在了日记本上。

温母愣了愣,说:"没什么事儿呀,就是之前他们家的儿子做手术,说是成功率不到百分之四十,想见你一面。起初是写信,后来又托人捎来一麻袋笋干,说是家里自己腌制的送给咱们家尝尝鲜,看你能不能抽出时间看看他们儿子,那个孩子想你了。我想着这事儿找你也没什么用,而且三天两头打电话,你爷爷好静,挺烦人的,就拒绝了。不过我给南方军区医院打了个电话,让他们照应点儿。后来他手术不是成功了吗?现在那袋笋干在家快发霉了都没人吃……"

阿衡轻轻开口,却魂若游丝,眼睛没有焦点地看着亭外的雪花纷扬,微小飘忽的笑容。

"妈,您真的把我当作过您的孩子吗?您知道我有多爱您吗?我时常觉得您是世界上最美丽、最年轻的妈妈,我第一次见您的时候一直在想,您怎么能长得这么好看呢,我又怎么可能是您的女儿?可为什么,我每一次小心翼翼地想要靠近您的时候,您总是用我无法拒绝的理由把我抛开。"

她的声音很小,眼泪却不停地从眼中涌出。

"妈妈,您如果曾经有一分一秒像我爱您的万分之一那样爱着我,如果您能像我因为您的不高兴而时时担心难过的那样,会不会稍微替我着想一下呢?您说的云家的儿子,他不是一捧卑贱的尘土,或许在您眼里他比我的阿爸阿妈花费许多日日夜夜做的笋干还要不值钱,可是,您的亲生女儿却是这捧卑贱尘土的姐姐,甚至在农村小镇,因为他是个男孩儿,我还不如他值钱!就像思莞会拼死保护尔尔一样,我也会因为这个在您心中低微得一无是处的孩子而哭泣、而难过,放弃自己曾经拥有的家。妈妈,如果您真的爱过我……

"如果,您真的曾经爱过这样一个卑微的孩子……"

她放下了话筒,走在雪地中,左手上的气球不知何时早已遗失。

那个话筒是荒谬的倒立的姿态,垂着的电话线不堪重负,隐约有悲伤的呼唤"阿衡"的声音传出。

阿衡,阿衡。

阿衡不知道自己怎么回到寝室的。她脱了衣服就缩进了被窝,一开始很冷很冷,后来又很烫,意识终究,模糊了。

醒来的时候,已经是第二天中午。

大姐无影见阿衡醒了,有些担心地用额头探探她的额:"烧得厉害,去医院吧。"

阿衡点头说"好",嗓音却沙哑得不像话,扁桃体似乎也发炎了。

小五摇头:"不行,去了阿衡要隔离一个月。咱们去实验室配点药,回来给她注射就成了,不到三十八度吧?"

小四抽出阿衡腋下的温度计,眯眼看了看,三十八度七。

小三跳脚:"胡闹,就咱们几个半吊子,孩子眼都烧红了,有个三长两短你们赔不赔!"

无影皱了皱眉,给阿衡裹上大衣:"行了别说了,咱们分头行动,小四知会辅导员一声拿个假条,我和小三带阿衡去医院,小五给今天上病理的邓教授请假。"

阿衡既然是高烧,去校医院免不了住在发热门诊病房,然后,被隔离,治病,量体温,观察。

小五每次看她都是隔着铁栏杆,跟探监似的,抓住她的手抹泪,阿衡你什么时候回来呀;抹泪,阿衡你不回来我期末考试可怎么办啊我抄谁的呀;再抹泪,阿衡要不要我跟你老公说让他来看你。

阿衡说:"他要是打电话到宿舍了,你让他去死。"

小五:"难道说,你家内口子满足不了你的欲望。你欲火上升,熊熊燃烧,所以才烧起来的……"

阿衡抽回因为医院可恶的伙食而枯瘦的手,望天:"你也去死。"

小五说:"别啊,我死了谁给你带果冻谁给你带糖啊?我昨天才买的,给。"

阿衡嘘,偷偷瞄了四周一眼,没有医生盯着,拿病服一裹,装肚子疼侧着身子蹑手蹑脚回了病房。脑袋钻回被窝,打开手电筒,瞬间噘了小嘴,五姐我要吃的是真知棒不是奶油棒我讨厌奶油棒的呀。

孩子正郁闷着,医院的医生说:"五十三号,有人找。"

阿衡掀开被子看床牌,自己果然是……五十三号。

## Chapter 88　年复一年白发留

下了床穿上拖鞋,老老实实跟在医生身后去会客。

路上碰到相熟的同学问:"您在这儿住多久了?"

"二十三天零八个小时了。"

"羡慕,您快出去了吧?"

"是啊,唉,终于熬出头了,您呢?"

"哟,我不行,还得十五天零四个小时呢。"

于是,您把天换成年,把小时换成月,听着可能更顺耳些。咳,更似曾相识更有监狱的感觉。

阿衡穿着病服走到铁栏杆前,一瞅,稀客,云在。

云在笑了笑:"你可真有本事,你们寝室的人都逮着我骂呢,说是因为给我做饭你发烧到三十九度,我却是个无情无义的小兔崽子,连你这个做姐姐的一面都没探过。那请问阿姐,你有什么指示?"

那句"阿姐"是他小时候的习惯称呼,听到阿衡耳中,却是说不出的刺耳。

阿衡定睛,黑亮的眼珠看着他,她说:"我配不起你一句'阿姐',从此便桥归桥路归路吧。你陪我够久,三十万值了。从今以后,别和我这种有钱人在一起了,有钱人的游戏你还真玩不起。"

转身,拂袖而去。

坐回被窝里却抹起了眼泪。

我多爱你啊,可除了交换的价值还有别的用吗?我多疼你啊,你转眼要别人的三十万也不要我的照顾,你见过一个月自个儿吃小咸菜给你买肉的有钱人吗?你有委屈,想要你的阿姐,可如果把旧时光还给你,那个阿姐难道不会选同一条路,走进温家吗?

你个,你个……小东西!

阿衡擦掉眼泪走到窗前，云在的背影在冬日的阳光中闪耀着。

旧时光它是个美人，让人怎么恨得起来。

阿衡放寒假时，是思莞来接她的，说言希有事来不了。阿衡想了想，不来也好，自己看见他估计会控制不住拍死他的冲动。

言希的心思越发难懂，不知道他想了些什么。

思莞开车，看着前方的高速公路，小心开口："阿衡，你生妈的气了吗？云家的那个孩子，啊不，是云在，妈妈她不是故意的。当时你不在家，妈妈在人前编的理由是你生病了，所以送到南边养病念书。何况她本就想着不让你和过去的一切联系了，索性在南边过一辈子，以免卷入旋涡当中。而且，妈妈始终认为，言希他——"

阿衡接话："跟我是两个世界的人，是吗？"她低下眼睑，说，"我知道。他太聪明，心机太重。而我太笨，总是赶不上他的步伐，我一直都知道。"

思莞苦笑："不是，完全不是这样。妈妈爸爸担心的从来不是这个，他们怕的是，你太喜欢他。"

阿衡脸上一阵青一阵红，"太喜欢"，这词，太……露骨。

思莞扫她一眼，直摇头："你以为你藏得多严实呢，单纯如达夷都能一眼看出。我们几个一起出去玩，达夷常常开玩笑问言希什么时候下聘。"

阿衡搓搓脸上的红潮，说："现在大家都知道我们谈了，问这个不正常吗？"

思莞嗤笑："你当他问这话是什么时候？高一下学期！"

阿衡顿时窘迫起来，脸像火烧云。

思莞转着方向盘，说："阿衡，人人都知道你爱言希，包括言希。人人都知道言希疼温衡、宠温衡，可是包括你都清楚，这和爱不是同义词。

## Chapter 88　年复一年白发留

"阿衡，你的底线他一清二楚，可是，他在想什么你一无所知。阿衡，如果你要的是他的爱情，那么，你永远是输家。"

阿衡不说话，头抵在车窗上，说："思莞，虽然对你说这种话显得虚伪，但我一直在努力，让言希有更多选择我的可能，不因为还债，也不是报恩。"

阿衡觉得很奇怪，她从未想过要和思莞这么平心静气地谈论言希，他们虽然彼此模糊稀释这种定义，但是，除了兄妹，他们确实还是情敌。

思莞却笑："在很多时候，你需要跨越的，比陆流还要多。他所要考虑的，甚至只是性别。"

思莞不拿自己做比较，却说起陆流，言下之意，很明显。

阿衡需要跨越的，是言希的爱情，而陆流，除了性别，显然是没有这种考虑的。

再言下之意，可以推出"言希喜欢的人是陆流"的结论。

阿衡笑了笑，脸上的表情却很难受，她说："哥，不要再说了，今天的话我就当没听见。我有我努力的目标，但这和言希无关。他除了接受，还有拒绝的自由。如果他因为怕我伤心而不忍心和我分离，这已经和爱情有关。你不能说也没有理由说，言希不爱我。言希不是个善良的人，也不会因为我变得善良，可是他对我的方式却会让我常常错觉这真是世界上最善良的人，这还不足以证明一些东西吗——"

思莞却打断她的话，修长的指揉了揉眉心，深吸了一口气，说："如果，我是说如果，他忍心离开你，你会怎么想、怎么办呢？"

阿衡低头掰着指头数："如果他离开，那就是忍心。既然忍心，他指定……指定……也觉得没爱上我的可能了。"

思莞却转头，认真看着她："你呢，你会怎么样？告诉我。"

阿衡呆："失恋了会哭会喝酒会难受，这还用我告诉你吗这？"

思莞却扑哧一声笑了,眼中有晶莹闪过,斯文却粗鲁地开口:"你妈的,跟你哥一个材料做的,金刚钻。"

阿衡瞄他一眼:"你妈的。"

温妈妈在家等儿子女儿的时候连打了两个喷嚏。

张嫂在厨房从一捧糟坏了的笋干中挑干净能吃的,嘀咕着:"这都放多久了,怎么现在才想起来吃,早干吗去了?"

言希心里并不清楚阿衡在生他的气。只是凑巧,他打电话到她们寝室时,小五都会很抱歉地说一句:"不好意思,阿衡在厕所。"

他有一天打八遍,次次都在厕所。

言希说这是尿频还是便秘啊?

小五讪笑,都有都有。

然后言希就知道了,阿衡大概很忙,忙到没空搭理他。摸着不存在的胡子感叹,孩子长大了,果然需要那什么,那什么私人空间啊。

给云在发短信让他多多照顾阿衡,云在却发了个笑脸,一句话:"我还以为你有多爱她。"

这语气太模棱两可,到底是讽刺还是开玩笑?

如果是开玩笑该这么翻译,哈哈你爱她没有我爱她多啊;如果是讽刺,哼哼,你如果真爱她,还需要通过我来了解她的一举一动吗?

两种解释言少觉得都别扭,于是吐口水,发了一句:因为你是云在所以我才忍你的,我告诉你小子。

因为你是云在。

真的。

在温家见到阿衡,她同家人已经能和睦温馨相处,言希老怀安慰。

只是孩子不搭理他,看见了,淡淡地说几句客套话,就钻到厨房、客厅、卧室，随便任何一个没他的地方。

他忘了，也或者有些别的什么理由，反正没有提让阿衡回言家住几天的说法。尽管对阿衡来说，言家更像她的家。

思尔笑："你怎么这么残忍啊言希？"

言希却弯着大眼睛，跟着少儿频道的布偶娃娃发疯，飙高音："两只老虎，两只老虎，跑得快，跑得快，一只没有耳朵，一只没有耳朵，真奇怪，真奇怪……"

阿衡捂耳朵，在铜火锅中添清汤，小声嘀咕："什么啊，是一只没有尾巴，你以为你是复读机呢。"

思莞绅士，不捂耳朵，却面朝着墙壁不停颤抖，眼圈都红了，被言希踢了一脚，附送一颗桂圆大的白眼。

B市人到冬天爱吃火锅，再传统些的都喜欢吃烧炭的铜火锅。高高的烟囱，薄薄卷卷的羊肉片，一家人坐在一起，让人看了都觉得红火热闹。可炭要是买得不好，总容易冒黑灰，吃得人灰头土脸，有时候还爆个火花，吓得人心惊肉跳。但家里人爱吃，温妈没法，临过年总是因为挑炭忙活些日子，颇费心力。

今年还算好，温父以前带的一个兵转业前专程来送了几袋好炭，说因为知道温副军的旧俗，虽然只是些便宜东西，但烧烤火锅都用得着。另外还拿了一个蓝布的包，说是整理的剩下的温副军的遗物。

温母打开，是一个硬皮的厚重的日记本和几封未寄出的家书，其中一封，收信人是温衡。

阿衡看了信，叠好整整齐齐地放在抽屉的最底层，又认认真真地写了一封回信烧给了父亲，在他牌位前结结实实地磕了三个头，嘣嘣响，听得思莞、思尔心惊肉跳，这么结实，这让后人很难做嘛。

结果轮到他们磕头，咬牙死命地往地板上撞——爸，咱一样孝顺！

站起身,一人脑壳上一个包,阿衡略胜一筹,思尔捂包斜眼:"自虐狂。"

阿衡无奈:"我自有我的道理,你们跟我争个什么劲儿。"

言希抱一个碗,里面几片涮肉,探了对大眼睛:"磕完没,磕完了都出去吃火锅,我上炷香。"

三人默默让位。

言希笑嘻嘻地把碗放到一旁,捻香,对着牌位磕了个头:"温叔叔,新年快乐,在天上少吃些肉,小心胆固醇高。另外,您顺便保佑侄儿财源广进美人环绕排骨倒贴尤其心想事成吧。"

二人黑线,一人青脸。

年二十九,温家老人携一枚言姓外人刚吃完火锅,外面就飘起了雪。开始是小雪,到后来鹅毛,纷纷扬扬了一下午才消停。

达夷小孩儿性子,雪刚停就拍了温家的门,拉着一帮人打雪仗。

言希说:"我优雅人儿,一般不干这幼稚事儿——"

话音还没落,阿衡就压实了一个雪球砸了过来,结结实实地盖了言希的脑袋。

达夷、思莞、思尔三人大笑:"哟,优雅人儿。"

言希拍拍脑袋的雪,龇牙,怒目:"笑毛。"转个身,笑脸没摆好,女儿还没喊出来,阿衡就憋足吃奶的劲儿又砸过来一个雪球。

她站在白茫茫的雪中,有些距离,看不清表情。

言希心想,我怎么着你了,回来十几天不给个笑脸就算了,还处处挤对人。我疼你疼到心坎上,丫就这么报答我啊?

憋了一股气,甩手想离开,阿衡一个雪球朝着他后脑勺又砸了过来。

言希彻底火了,团了一个小雪团朝着阿衡就砸了过去。

## Chapter 88　年复一年白发留

达夷没看出俩人的猫腻，傻笑着"我也玩"，团着雪加入战局，左右俩人俩雪球，一人一个，不多不少。

后来发现不对劲儿啊，他基本上属于单线，有去无回型的。两人根本不搭理他，脉脉拿雪球狠狠传情，你来我往热火朝天，速度、破坏性快比上原子弹了。

太热情、太淫荡了，受不了了！

达夷捂眼，扭头对着思莞、思尔开口："你看这俩，眼神直勾勾的，天雷地火啊。"

思莞叹气："是，都快打起来了。"

思尔拽着达夷："行了行了，先回去吧，看着俩弱智儿，我消化不良。"

这厢，言希上蹿下跳躲雪球，跑热了，脸红得像桃花，额上出了汗，团实一个大个儿的雪球，狞笑着向前一阵跑，砸向阿衡。

阿衡被砸中了鼻子，蹲在地上捂着鼻子，半天没起来。

言希哈哈大笑，拍拍身上的雪，走近，半蹲，手撑在膝上，发上沾了星星点点的雪花，说："遭报应了吧，让你坏。"

伸出一只手想把她拉起来，阿衡却以迅雷不及掩耳之势扯着他的胳膊一拉，言希重心不稳，整个人趴在了雪中。

言希怒，从雪中拔出脑袋，侧身，头枕着雪："我到底是怎么招你了，判人死刑也得给个说法不是？"

阿衡言简意赅，轻咳："三十万。"

言希瞬间缩水一圈："啊，三十万啊，三十万呢，从客观上讲，它对我，不是一个不能接受的数字；然后主观上，我没有六十万，也没有八十万，所以，它是三十万……"

阿衡淡笑："从客观上讲，你说的不是地球话；从主观上讲，你说的不是我这种人类能听懂的话。"

言希冒虚汗，讷讷，半晌才开口："他……你……你们……"

阿衡微笑，仰头躺在他的身旁，头枕着双臂看着天，说："我们很好，多谢言少您的三十万的关心。"

言希不说话，鼻翼能闻到她身上松香温柔的气息，很久很久，轻笑："我还是把事情搞砸了吗？"

阿衡笑着，语气轻松像是开玩笑，手却攥着身侧的雪："好吧，言希，我说真的，如果你敢亲我……嗯，嘴巴，我就原谅你以及你的三十万，怎么样？"

她在赌博，甚至挑衅，这与她本身的温和毫无关联，但却是平静地撕开了心底的欲望，甚至自卑。

言希愣了，沉默很久，才脸色复杂地盯着身畔的这个人以及这个人的……嘴。

他知道有一句俗话：薄唇人，薄情人。

阿衡的唇就很薄，还是时常在冬季带着些干燥的薄。可是，她可以去评选二十四孝最佳模范青年，和薄情显然没什么关系。

她说那句话时，微微翘着嘴角笑了。

她要他亲她呢。

言希轻轻伸出了手，有些犹豫，滞了几个瞬间，轻轻用指抚到她的眉、眼、鼻，在她脸颊上摩挲徘徊，怜惜万分，却……迟迟不肯触碰她的唇。

他的傻姑娘是个不知羞的姑娘呢。

明亮的眼睛静静地毫不躲闪地看着他，却有失望悄悄闪过，她说："言希我就知道你亲不下去，我就知道——"

他想，你知道什么，又知道……多少呢？

瞬间，却急风暴雨一般，狠狠吻上她的唇，疯狂地向内探索，舌头和她紧密交缠。他恍惚间，听见她的心跳，快要溺毙的缠绵温柔。

## Chapter 89
## 从来未曾喜欢你

2004年大年三十,温家很热闹。

辛家爷孙、陆流、陈倦、孙鹏,不知怎的,像是约好了,一齐踏的温家门。

情况很诡异,大家很忧伤。

辛老扫了漂亮妩媚的陈倦一眼,稀罕,这是个男娃娃还是女娃娃?但也不在意,只当是温家的亲戚,一声大嗓门儿:"温三儿,老子来了,快泡好茶。"大手掂着辛达夷,跟掂小鸡仔儿一样,大步走进客厅。

辛达夷心虚,直冒冷汗。他拦不住爷爷一时兴起来温家过年的念头,但是知道陈倦必定在,两人关系又有些说不清,着实不愿让他和爷爷碰面。

陈倦则是斜眼看辛达夷,边扇凉风边冷笑。前脚刚踏温家门,后脚陆流也到了。

陈倦扭头,和陆流对视了半天,彼此装作不认识,相安无事,进了温家门。

大家坐稳安生还没三秒钟,孙鹏顶着雪,走了进来。他笑眯眯地给温老、辛老拜完年,温妈嘴上惊喜着小鹏怎么也来了,心里却直犯嘀咕,几家邻居关系虽好,但还没好到到别人家蹭年夜饭的地步吧?当然,辛家和他们家关系亲密,陈倦一人在 B 市无依无靠,陆家有温家百分之三十的参股也就算了,可是这孩子算怎么回事儿?

孙鹏把手上几大盒的礼物递了过去,都是贵重的保养品,说是孝敬温伯母、温爷爷的,爷爷让我给伯母、爷爷拜年。

孙鹏的爷爷孙功和温慕新是棋友,关系不错但也只是不错,比起言勤、辛云良一个战壕爬出来的兄弟,还是差远了。

咳,这个年,拜得有些早。

孙鹏桃花眼一转,人精似的少年,他说:"本不该叨扰温伯母的,只是爷爷他们去看内部的晚会,那些东西我不喜欢,爷爷知道我爱凑热闹,便让我来您家。他说温家聚仙气儿,年轻人多,温爷爷喜欢小孩子,温伯母也最是温柔和蔼,我这才厚颜来了。"

辛老连连点头,深表同感。他也不喜欢内部办的晚会,演员总是演些阳春白雪的东西,唱些不明白的词,拉些云里雾里的曲子。起初几年,新春犒劳功臣老将,他次次去,次次还没睡醒就散场了,被警卫员架进车里,一帮耍笔杆子的老东西笑了他一路。打那以后,任天皇老子请,也是再也不去的了。

温妈捏了捏孙鹏的脸颊,笑了:"这孩子自小促狭,瞅瞅,说的话比那些亲姑爷到老丈人家的还周到。"

大家大笑,点头说是。

孙鹏看到言希,笑了,凑到他面前,眼睛明丽丽地朝阿衡、陆流身上转:"怎么样,好戏还没开演吧,我来得可迟?"

言希爆青筋,想学马大叔,狮子吼一声你给我滚!

阿衡一整天却心情极佳,红着小脸儿,看谁都喜笑,招待客人,走到陆流面前,也只是笑呵呵地说:"您喝茶。"

陆流也笑了笑,捏了个瓜子儿,在她面前晃了晃:"温小姐,这是花生还是葡萄？"

阿衡弯了眉，像个小孩子软声回答："瓜子。"

众人下巴都掉了。要照阿衡的性格，肯定似笑非笑地顶回去："您觉得呢？"这德行，八成跟谁谁有关……

十双眼睛，戏谑的、恶毒的、暧昧的、忧心的、没表情的，齐刷刷地定在言希身上。

言少脸皮厚，言少不脸红，言少睁着无辜的大眼睛又一一看了回去。

吃完年夜饭，大家坐在一起看春晚。

温妈倒了两个高脚杯的红酒递给温老、辛老，说是软化血管的，对身体有好处。温老连声摇头，说喝着没意思，不如白酒，温妈却软语哄公公都喝完了。

辛老想起自己过世的儿子媳妇儿，眼圈都红了，唬得达夷走过去，又做鬼脸又翻跟头，连猴戏都快上了，才把爷爷逗笑。

达夷抹汗："爷，您怎么还越老越小了？"

辛老笑骂："滚，不孝顺的东西，你爷还没死呢你就三天两头地给我闹离家出走，我以后还敢指望你？"

达夷讪讪，伸出一根指头："就一次，什么时候三天两头了？"

陈倦脸色黯了黯，轻轻地对坐在身旁看电视的阿衡说："我不知道，别人家是这个模样，早知道，我就，我就不和达夷……"

阿衡愣了，不晓得怎么劝解。她明明知道陈倦和达夷已经逾越了朋友的情分，可是，又总觉得陈倦只是太孤单，所以并不忍心劝两人分开，想着日子久了，达夷和陈倦都再成熟一些，事情可能处理得更好。

每一年的春晚，一群人唱唱跳跳的，就指着中国人多底气足。大家看电视也是看个热闹，图个气氛，心中也隐约清楚，2004年的春晚已经是聚了最多的人了，想见的不想见的亲呀仇呀的，总算是个团圆。有仇有劫的狭路相逢，背着人自个儿慢慢算也就是了。

温母比旁人感伤得厉害些，看着言希，这个孩子也终归是个陌路人罢了。

她看着他现在的模样，却还能比画出二十年前他仰着大眼睛抓着她裙角的样子，甚至还不到她的膝盖。他的声音满是稚气，他说："姨姨，下次去儿童乐园，也带小希，好不好？"

那双大眼睛，除了期待，还有忐忑。

那时，思莞被她抱在怀中，好奇而天真地俯视着这个没有母亲的孩子。而小希把从美国寄来的糖果全部塞给思莞，笑得眼睛都是弯的，踮着小脚使劲儿拽思莞，说："你下来快下来呀温思莞，我爷爷说爱撒娇的不是好孩子。"

思莞最听小希的话，在她怀里乱扭闹着要下去，她便把思莞放了下来。那个孩子却狡猾无比，伸出了一双小手："姨姨，抱，抱小希。"

她愣了，抱起他，那个孩子几乎是迅速地搂住了她的脖子。小家伙眼里泛着泪，他说："姨姨，孙鹏他说我妈妈不喜欢我才不要我的，他说你不喜欢我才不带我一起去儿童乐园的，我知道我妈妈不喜欢我，那你喜不喜欢我？"

那你，喜不喜欢我？

这句话，时空旋转，到了2010年。

一个两岁的大眼睛宝宝学会了春晚里的一首怪模怪样的歌，对着她，拍着小手笑眼弯弯的，他唱，我可喜欢你，你喜不喜欢我。

恍惚间，二三十年，近乎半辈子，什么都没有变过。

她却哭了。

那个孩子用小手抹她的眼泪，噘着小嘴说："外婆，你哭，你不喜欢宝宝。"

她把那个孩子抱进了怀里，泣不成声，说："外婆喜欢你，可喜欢你了。"

这个流着她四分之一血液的孩子，终于成了属于她的孩子，如珠如玉，不会再被辜负，也不会再被伤害。

他却踮着脚，抱着她的额头叭地亲了一口，像极了他父亲安慰人的样子，抚着她的头发说："外婆乖，乖乖，不哭，妈妈说，哭，坏孩子。"

她笑着把外孙抱得更紧："别听你妈瞎说，你爸爸小时候就爱哭，可却实在是个好孩子呢。"


2004年零点快到了，阿衡、思尔上楼清扫房间。家里的老例了，除旧迎新嘛。

二楼两侧房间，阿衡、思尔一人一排。

思尔扫到阿衡房间的时候，看到房间的抽屉没合紧，往里推却合不上，打开一看，原来最下层有封信卡在了木缝中。

掏出了才发现，是父亲写给阿衡但未寄出的遗信。

思尔想起父亲未给她单独写信，心里不禁有些嫉妒，嘟囔着："亲生的有什么了不起啊，我不疼你吗？爸爸你不公平。"

信的裁口整整齐齐的，思尔鼓起信封向里偷瞄了两眼，却看到"言希"的字样，心中漏跳了半拍，鬼鬼祟祟地扫了门外一眼，楼道并没有人，迅速抖着手打开了信封。

看完，却像个木桩子定在了原地，脸色发白。


很久，她听到了脚步声，转身，阿衡已经在门外。

她眯眼,看到了思尔手中的信件,轻轻叹了一口气,问她:"你看了?"

思尔心思复杂,千头万绪,把信拍在了桌子上,脸色难看:"照你平日彩衣娱亲的老莱子劲头,给爸烧的回信想必十分精彩。是不是谨遵慈父教诲,再不敢跟言希来往?怪不得呢,头磕这么响。"

阿衡微笑着,却说:"从哪儿拿的给我放回去。除了你,如果让家里的其他人知道了信的内容,你以后喜欢什么,我便抢什么。"

这话近乎,啊不,赤裸裸的威胁。

思尔愣了,她说:"你……到底给爸回了什么?"

阿衡说:"就一个字:不。"

思尔却啊了一声,口吃:"你……还是温衡吗?"

温衡其人,最是迂腐愚孝,父母说话从不悖逆,高堂嫌弃自动消失,母亲要打乖乖挨打,连在背后做小动作都不会。虽然因言希和母亲软磨硬泡了许久,却从不会惹母亲半分不高兴。

她曾经讽刺过此人,温衡你是不是读《孝经》《女诫》长大的?

此人却回答得很淡定,我念《三字经》启蒙的。

于是,温家受宠的温大小姐温思尔像一只斗败的小母鸡,顺顺毛,再也不稀得和温衡斗架。反正赢了也没成就感,乐见她和言希那厮彼此折磨摧残,拍手称快好一对小贱人,啊不,是小璧人。

思莞还问她:"我妹妹如果当你嫂嫂,你怎么想?"

她笑了,说:"我诅咒他们白头到老不分离。"

思莞摸她的头,感叹:"是长大了啊小丫头,想想你小时候使了多少绊子,哎,那真是一肚子坏水……"

她翻白眼,说:"温思莞,你千万别忘了那些绊子有你一大半的功劳,整天就会装好人装绅士,要不是言希捏了你的小辫子,你会改了你那些臭毛病?喊,我才不信,分明是胎里带的,大大的坏水,跟你那个亲妹妹一个样儿！"

话扯得有些远，再扯回到这封信上。

其实，这算不上一封信，也就是一句警世恒言，而过世的温爸爸看到之后的剧情，大概也会佩服自己的铁嘴神算。

温爸爸说："爸找人算了言希的八字，男生女相，天生灾星，命犯孤煞，何况，他还喜欢男人。儿，咱还是算了吧。"

后来，大概想了想自己信党信政府，这段话实在太玄乎太假，没好意思寄出去，这才成了遗信。

然后，他姑娘斩钉截铁，说"不"。

思尔捏捏孩子的脸，毫无预料地大吼："你这个笨蛋笨蛋大笨蛋！"袖子蹭了眼睛，转了身咬牙跑走，留下傻了眼的阿衡。

零点的钟声敲响的时候，温家在白楼外放了一挂一万响的鞭炮。

大家都跑了出去，只辛老贪嘴，抱着茶壶和温老聊天，说："三儿啊，你们家今天真热闹。"

温老逗他的小画眉，笑哈哈："看我的小宝贝儿，也蹦跶着要出笼子呢。"然后对着鸟笼感叹，"连你，都觉得自个儿长大了吗？"

辛达夷点了炮捻儿，一溜烟跑远了。

言希离得近，看见明亮的火光红得骇人，想起过往，身子僵了一下，往后退却被人从背后捂住耳朵，柔柔软软的手心，温柔的嗓音，在炮声轰鸣中隐约清晰："言希，是我。"

他被禁锢在那个软软温柔的怀抱，低了头，瞳孔不断扩大，转身，在轰鸣的炮声中看到了阿衡。

他想，怎么又是你呢？

他对着她笑，她也笑，因为不好意思，捂在他耳上的手被汗浸湿了一些。

陆流站在阿衡身后的不远处，炮声中和孙鹏两人大声说笑了几句，看见言希，用手指了指自己的耳朵，笑了笑，带着淡淡的嘲弄无声地开口："你没有时间了。"

言希怔怔地看着他，失魂落魄。

思莞看着这一切，对着思尔轻轻开口，他说："尔尔啊，抱歉，你的亲嫂子不可能是我的妹妹了。"

尔尔笑了，眼中有泪光，她说："温思莞，你难以想象，那个白痴到现在还自作聪明，以为瞒过死人，全世界就会希望他们在一起。"

她说："温思莞，我们帮阿衡找一个身体健全男生男相没有脑子全心全意爱她的人好不好？"

他们相视而笑，思莞却双手鼓成喇叭对着尔尔大声道："不行啊，言希说这个人一定要他找。"

尔尔撇嘴，眼泪却掉了下来："什么嘛，他真以为地球是绕他转的呀？他说温家必然兴盛，他说言家会弃了他，他说自己爱的人是陆流，凭什么他说什么就是什么？"

思莞却狠狠地抱住了妹妹。

炮声中的一切，随着2003年的分秒，化为灰烬。

公历2004年1月25日，他们，那两个人认识的第六年，阿衡喜欢言希的五年又一百八十三日，言希说："温衡，我不喜欢你，从此，也不再想看见你。"

他说："我们分手吧。"

## Chapter 90
## 醉花荫前华阴昧

2005年冬放假时,阿衡披着雪,给家中带来一位客人。

云在。

看书时爱戴眼镜,手指白皙,编得一手好程序,形容清丽优雅的云在。

温妈动了心思,问阿衡:"你阿爸给他定了亲事了吗?"

阿衡微愣,说:"并没有。"

温妈妈拉着女儿的手臂走到一旁,笑着问:"你看,思尔怎么样?"

阿衡转身,思尔正在云在的指导下打游戏升级,两人坐在一起,一个白一个黄,一个温柔一个娇俏,倒是十分相配。

阿衡想了想,扑哧一声笑了:"妈,你别看云在稳重,他比尔尔小两岁呢。"

温妈点点她的额头,宠溺道:"什么年代了,你妈还不是那种老古董,怎么生出你这样的小古董?"

阿衡脸红了红,脑筋动了动,如果云在娶了尔尔,那亲上加亲,以后在在定居B市,阿爸阿妈也定是要跟来的,她尽孝岂不是更容易一些?心中觉得很好,含笑点头对母亲说:"妈,我试一试,如果他们有这个心思便好,没有……"

温妈点头，说："没有也没什么，我也是一时生起的念头，孩子们有自己的主意。"

温家半年前从陆氏退股，家中赚得盆钵尽满，思莞趁热打铁又注册了一个公司。温母整个人看起来轻松了百倍，心境大变，不是和一些乐界的老朋友筹办演奏会，就是操闲心，看着满园的第三代排列组合，配对配得不亦乐乎。达夷和孙鹏不敢见温家伯母，老远看见蹿得比兔子都快。

思尔老是拍着阿衡的脸，同情得很："可怜的娃，过往皆是云烟呀云烟，你以前那顿打算是白挨了，还被赶出家门。啧啧，我猜咱妈咱哥当时正准备照着八点档的三流剧本大干一场，为了骨肉亲情保全全家要不择手段了。结果，除了你像一出折子戏，他们娘俩二人转转得欢欢喜喜一出喜剧。"

阿衡皮笑肉不笑："你是不是有健忘症？我被赶出去的时候，你貌似落井下了一堆的石头。"

思尔拂袖，正色："既然是敌人，怎么可能有什么同情心，温衡你把我当成什么人了？我可是很有原则的。"

阿衡微笑："我曾经有几度，想要咬死你。"

思尔撩开袖子，笑得桃花四射："你咬，给你咬。"

阿衡拉下她的衣服，笑了："行了，讨人厌的丫头，冻着生病了又栽赃给我。"忽然想起母亲说过的话，轻轻开口，"你看，云在怎么样？"

思尔转转眼睛，大加戒备："什么怎么样，咱妈又想出什么幺蛾子了？上次竟然让我跟张若培养感情，吃了三顿饭我们打了三次，毁了我三件香奈儿洋装！"

阿衡偷笑："你不也撕了人三整套阿玛尼吗，连裤子都敢扯。况且上次真不怨妈，是张若他妈相中了你，非要让妈给你们制造单独相处的机会。妈见你一直不谈恋爱，有些着急，想着万一你们能看对眼呢。"

## Chapter 90　醉花荫前华阴昧

思尔呸了一口:"他儿子被小歌星甩了,竟然打主意到姑奶奶身上了。妈也是,那种王八眼只能和绿豆配,我像绿豆吗我?"

阿衡呵呵地笑:"那云在呢,怎么样?"

思尔的脸望向结着哈气的窗,故意转移话题:"你不是之前跟我说,你们姐弟已经闹崩了。今年,他怎么会跟你一起回来?"

阿衡看着她微笑:"去年开春返校时,他整天跟着我道歉,可怜巴巴的。我想着孩子都这样了,做姐姐的还有什么原谅不原谅的,就好了。"

思尔哦了一声,也就用手在窗的雾气上画道道,不说话了。

阿衡弯了眉:"我弟弟真的很不错的,跟我一样好,保证不欺负你。"

思尔撇嘴:"拉倒吧,跟你一样,那不是傻得掉渣……"

阿衡温和地看着她,并不介意,想了想,笑道:"罢了,我先探探云在的意思,再给你回话。"

云在正在阿衡屋中编程。给他配了一间宽敞的房间,除了睡觉这孩子不大爱进去,总是习惯窝在阿衡房里。

阿衡进去时,云在扭头,看着她伸了个懒腰,笑了:"姐,我饿了。"

阿衡本来想说的话也说不出了,只问他想吃什么。

云在说:"嗯,随便,方便面就行。"

阿衡点点头,下厨房去煮了一碗面,又切了一小碟腌好的芥菜丝,谁知思莞冒着雪回家了,看着阿衡跟看见救命稻草似的,两眼晶亮:"阿衡,有吃的吗?我快饿死了!"

阿衡看锅里还有面就给他盛了一碗,看他狼吞虎咽,身上还带着酒味,直摇头:"你怎么才回家?大半夜的,妈等你都等睡着了。"

思莞大口吸溜面:"你当我不想回家吃饭,公司才建,还没上轨道,处处都要把关。"

阿衡微笑,说:"少喝些酒,酒多伤身。"

思莞摇头:"我喝得哪叫多,你是没见过不要命的喝法。以前……呃,喝酒时,盛啤酒的玻璃杯,却是倒的一大半白酒兑啤酒。"

阿衡笑笑,端着碗就要上楼。思莞却喊了她一声:"阿衡,明天有空吗?"

阿衡转身:"有空,怎么了?"

"嗯,陪我……一起赶个饭局吧。"

"我?我去做什么?"

"市一院的卢院长是爸爸的老朋友,他儿子我前些日子见过一面,相貌谈吐气质都相当不俗。嗯,你年纪不算小了,想带你见见,交个朋友。"

阿衡愣了,像是没听见,上了几阶楼梯,滞了脚步,轻声说:"好。"

思莞说:"明天是你的生日吧?"

阿衡"嗯",说:"二十二岁。"

确实不小了。

第二天赴约前,思莞专门带阿衡买了衣服,做了个头发。

那卢家公子是个阳光开朗、高大帅气的男人。他没有子承父业学医,在美国念过几年金融,开了家公司,和思莞是谈得来的朋友。

他本来同思莞打招呼,看到阿衡却展颜笑了:"闻名不如见面。温小姐好,我是卢莫军。"

阿衡看了思莞一眼,兄长投来鼓励的眼神,阿衡依葫芦画瓢,说:"初次见面,您好,我是温衡。"

卢莫军笑,牙齿白晃晃的,像是给黑人牙膏打广告的,他说:"我知道温家有两位小姐,也知道温思尔艳名远播。昨天思莞说让我见他妹妹温衡,我起初还有些失望怎么不是温思尔,现在看来,是我眼界狭隘了。"

阿衡的脸微微红,有些不自在:"您过奖了。"

思莞笑得得意:"我妹妹哪个都好。这个可是家母的心头肉,要不是平时喜静,哪里轮得着我这做哥哥的操心。"

上开胃酒时,思莞看了看表,刚巧快到阿衡出生的正点。

他从口袋中掏出一个系着蓝缎带的银盒子,轻咳,对着卢莫君歉意地说:"家母宠阿衡,非让我正点给阿衡生日礼物,见笑了。"

打开盒子,里面是一串耀眼精致、高贵华彩的钻石项链,坠子是紫钻镶的梅花。

阿衡愣了,看着项链,有些措手不及。

卢莫君看着项链,怔忡:"这不是……这不是前两天在S城慈善晚会上拍卖的紫梅印吗?说有一个神秘人用三百万力压全场拍下的,那个人是你……"

思莞笑了笑,随意开口:"到场的的确不是我,但是是我找的人去晚会拍下的。"

阿衡也吓了一跳,思莞撩起她的发把项链戴到她白皙的颈间。对面,那卢姓男子目光灼灼,定在阿衡身上。

阿衡苦笑,思莞到底摆的是什么阔?

回到家时云在正在看书,抬眼看到阿衡以及她颈间的……项链,云似的眸色似乎结了雾,他笑着开口:"姐,你相亲怎么样了?"

阿衡不自在,去掉发饰拿梳子梳头,皱皱眉,轻轻开口:"还好。"

这少年却把头伏在阿衡膝上,搂住她的腰,问:"姐,你快嫁人了吗?"

阿衡笑,温柔地抚摸他的脸庞:"瞎说什么呢,姐医科要读七年,今年才是第四年,还早着呢。"

"那,三年以后呢,你就会嫁人了吗?"

阿衡点点头:"这是自然的,女大当嫁。"

少年假寐，问她："你嫁了人，我怎么办？我们好不容易，好不容易……"

阿衡笑："傻孩子，姐就是嫁人了还是你姐，什么都不会变。"

云在说："你要是嫁人，就不会有多少时间放在我身上了。"

阿衡却大笑："云在，你难道预备一辈子赖在我怀里不长大，也不娶妻生子吗？"

云在闭上眼睛嗅着阿衡身上清新温柔的松香，淡淡地笑了，轻轻地叹息："我是这么想的，也不认为，有什么不可以。"

阿衡正想说些什么，手机却响了。

"喂，您好，请问……"

"哦，是我，卢先生，您有什么事吗？"

"明天吗？明天恐怕不行，明天我和思尔约好了逛街……"

"后天……后天也不行……呃，我没有推辞……也没有讨厌你……"

"周末吗……好……好吧。"

阿衡挂断了电话。

云在却睁开了眼睛，云一般的眸子似浅似深，用手把玩着阿衡垂下的发，温柔却若有所思。

同一个城市里，有一个男人戴着耳机，躺在华丽的地毯上，静静地听着爆裂得快要震破耳膜的摇滚。

他身后站着另一个男人，长身玉立，耳在黄色暧昧的灯光下有些透明。

这个男人说："你现在在想什么……我似乎一点都看不穿……今天为什么这么烦躁……谁又惹你了……我的办公室……被你弄得一片狼藉……新年度企划全都撕了……言希你该死的到底在做什么……"

他坐在言希身旁，冷冷地看着他的眼睛，说："我真讨厌你这副样子……总是不在乎我的情绪……明知爱的人是我……却要任性地陷入自己的情绪……不给自己和别人留一条后路……你知不知道我今天因为你的发脾气又辞掉了几名秘书……你厌烦看到陈秘书我知道……但这个人不能消失……他掌握我太多的东西……至少不能突然消失……"

言希望着天花板，依旧，安静地听着音乐。

"至少给我句话……你想怎么样……或者你在闹什么……温家我已经彻底放过了……除了最原始的那些东西……在老爷子手上……我一时半会儿拿不到……但这构不成你发脾气的理由……言希！"

那个男人看了他半天，突然笑了，看着他的耳机轻轻地开口："抱歉，忘了，你听不到。"

那人摘掉了他的耳机，从言希腰间抱起他，走进装饰华丽的卧室。

言希没有反抗。

第一次，没有反抗。

他亲他的眼睛，亲他的鼻子，亲他的嘴唇。尽管这个人神情没有多大起伏，但这一切，足够让他觉得二十多年的忍耐是值得的。

他忘形，撕开那个大眼睛男人的睡衣，白皙清楚的纹理肌肤，一寸寸，只可能属于他。

他向下亲吻，那个男子瘦弱的身躯却忽然弓起，抓着被单，呕吐了起来。

Chapter 91
## 夜深忽梦少年事

阿衡和卢家公子单独见了几次面，云在脸色日复一日地变黑。

阿衡迟钝没有看出，倒是思尔看到此情此景，依稀想起某人的威胁，自觉离云在远了些。

某次，阿衡与卢莫军出去喝茶。

二楼茶座，靠窗，竹帘，古色古香，燃了佛甘罗，香气淡雅扑鼻，阿衡心境甚是温和。二人聊了一些趣事，志趣颇是相投，不觉时间过得很快，渐到黄昏。

天气预报，晚间 B 市有雪。

阿衡看了看时间，正想做几句结语告辞，卢莫军却盯着窗外，看到什么，忽然笑了，莫名来了一句，带着嘲讽和瞧不起："阿衡认识言家龙子吗？"

阿衡扫向窗外，茫茫一片的人海，远去的什么，在霜色中看不清。她放下自己一侧的竹帘，微笑问他："言家龙子，指谁，做什么解释？"

卢莫君笑："按说你该认识的，和你哥哥也算是好友，只是现在，大家都不齿和他来往。你想必也很少从你哥哥那里听说。"

"他……"

## Chapter 91　夜深忽梦少年事

"军中元老言帅的长孙，军派有名的太子。因为有些龙阳的恶癖，大家起了个外号叫'言龙子'，对这人，名副其实。"

"哦。"

阿衡又耐心喝了几盅茶，摸摸壶，温嘟嘟的，已经蒸发了甘甜，才微笑地说："卢先生，天不早了，家里估计做好晚饭了，我先回去。"

卢莫军失笑："我们好歹算作朋友，不用一直这么客气喊我卢先生吧。"

阿衡点点头，淡淡地笑开山水，说："好吧，卢莫军，再见。"

窗外风紧，飘起了雪片。

阿衡转身下了楼，撑起茶楼阶前的伞，只身走进雪中。

从那一天起，她和卢莫君不再来往。

思莞问为什么，阿衡只说了一句话："次次都请喝茶，喝得人倒牙还不给点心吃。"

我说卢公子，人孩子就这点爱好，爱吃甜的。没结婚时这点小要求都不给满足，长此以往孩子怎么敢嫁给您种田生娃传宗接代您说是不？

思莞想想也是，埋怨："我说卢莫君你也忒小气，给我妹妹买笼甜包子能花你多少钱啊？"

卢莫军大囧，挥泪："我真以为她是个风雅人儿，生性淡泊的。"

思莞说："我妹妹能装也不是一天两天的事儿了，这你都看不出还发展毛？再说，风雅人不是人？风雅人不用吃喝拉撒啊？"

于是，这一次的红娘思莞做得不甚痛快，又连续介绍了几家青年才俊，结果次次约会，次次家里那姓云的小子捧着心口做西子，心绞痛得我见犹怜。

阿衡还没抬脚就昏厥,阿衡一推辞立刻渐渐苏醒,茫然着云一样的眼睛拉着他的手,温柔万分:"思莞哥,我是不是病得太厉害,耽误你们的事儿了?"

思莞含血,心想你一天倒八回次次都倒阿衡怀里你问我?嘴上却咬着牙说:"没事儿,哪天哥一定带你好好体检!"

云在笑得牙齿细米似的,说:"我这是娘胎里带的病,上次做手术好了九分,只剩一分,不定时发作,医院检查不出来的。"

思尔在一旁偷笑,看兄长脸青,酒窝都没了,把他拉了出去。

阿衡早就看出端倪来了,揪云在腮帮,面团似的,皮笑肉不笑地说:"云在你折腾什么呢,一天演八回你累不累?"

云在很严肃:"温衡,我跟你说我爱你,不然我娶你吧?"

阿衡也很严肃:"云在你要是再敢犯戏瘾演三十万的戏,信不信我拿拖鞋抽死你?"

她记仇三十万,很多年。

云在:"我怎么演了?你哪只眼看见我演了?我是城隍庙的弟子,出家人从不打诳语。"

思尔探了个脑袋,冷笑:"和尚,你今天晚上再跟我抢羊肉片我捏不死你。"

云在:"施主,上天有好生之德,小僧久病缠身,不吃肉会挂掉的。"

思尔翻白眼,呸,施施然飘远。

云在依旧腻在阿衡怀里,小时候的模样,说:"阿衡我娶你吧,要不,你娶我也成。"

阿衡说:"哎哎,别动别动,眼睫毛掉眼里了。"

她给他捡眼睫毛,极其认真淡定。

他懒了,懒得说话了,窝进她怀中,索性睡个天昏地暗。

一觉好眠,晓春花开。

年里年外,有一天阿衡碰到了孙鹏。

多年的朋友,寒暄近况才知道,这厮在做股票行当,舍得下本钱,赚了不少。

他转了转桃花目:"阿衡,你双腮泛红眼含喜气,是不是好事将近啊?"

阿衡笑:"是是,承你吉言,明天订婚,后天嫁人。"

孙鹏靠在树旁,也笑:"温衡,我问你个事儿,成吗?"

"你问。"

"假设,我说假设啊,让你养只猪,你是愿意养个没毛没病的,还是愿意养个有缺陷,嗯,比如说眼瞎一只耳朵聋一双腿废了的那种?"

"……您说呢?"

"啊,不对,不该这么问。我是说,如果给你个有缺陷的猪,你愿意养吗?"

"吃得多吗?"

"多。"

"有膘吗?"

"应该……没。"

"闹人吗?"

"闹。"

"脾气好吗?"

"恶劣至极。"

"我养它我有毛病啊?"

"哦……也是,都正常人,有毛病,才要它。"

孙鹏若有所思，笑笑，抬脚刚要离去，忽而又转身对着阿衡："等有一天，我送温姑娘一件大礼，你即使不喜欢，也一定不要放弃。"

继而远去，背骨如树身。

算算时间，过完元宵节，再有两天就要开学。温母给阿衡、云在提前订了飞机票。

阿衡趁着开春天气渐暖，从花市买了一袋种子，忙碌了些夜晚才种齐。央了大院儿里剪枝的老园丁让他闲时照看，可怜种子抽条熬不过时赏它们一口水喝，活不活，看命。

老园丁笑了，嗓门儿大："姑娘，那里面一年前就不住人啦！"

阿衡也笑："我知道。"

老园丁爱花，阿衡给他买了几盆玉兰做人情，说："麻烦您了，我得空了就回来。"

思莞被妈妈逼得紧，处了个女朋友，长得很漂亮，意外的，眉眼跟思尔有些相似，只是腼腆得很，见人没话，也不爱笑。

温母却把这准媳妇当个宝，整天兜怀里宝啊乖地叫着，看这姑娘的眼神甚是慈爱，跟看救命稻草似的。

思莞对女朋友也很满意，当着俩妹妹的面就敢腻歪，把俩人恶心得鸡皮疙瘩掉一地。

唯一美中不足的是家世一般，温老皱眉头表示不满，可惜一票对四票，小辈不买账，只能悻悻然败下阵来。

阿衡云在收拾好行李，第二天要搭乘飞机。

思莞、思尔一合计，说："走吧，咱们出去玩通宵吃饭唱 K，你们这一走，保不准半年见不了一面。"

思莞打电话约了达夷、陈倦。这两位最近建筑公司开得风生水起，瞒着辛老，小日子蜜里调油。

结果等了老半天，酒过三巡，却是陈倦一人来的，他支支吾吾说达夷有事。

思莞喝了几杯酒，有些醉："辛达夷架子大了，我也请不动了不是？"

陈倦干笑："真有事儿脱不开身，我自罚三杯，代他给你，啊，还有向阿衡、云在赔罪。"

说完倒了满满的三杯，稳当喝完，含笑望着众人，甚是明媚。

思莞不好说什么，添了座位又点了酒菜，请陈倦入席。陈倦坐在了阿衡旁边，心中思量，虽然认识思莞最早，却和阿衡最亲密。

大家在饭桌上说说笑笑，陈倦本来就是个心思巧锐的人，连讲了几个笑话，然后，大家笑得死去活来。

思莞死去活来。

思尔死去活来。

阿衡死去活来。

云在窝在阿衡怀里死去活来。

陈倦心里有些不是滋味。想起了某些熟悉的场景，然后感叹，不就换了个演员吗，老娘怎么还就看不下去了呢？面上却依旧是明媚的笑容，不见半分迟疑。

服务员上了一盘番茄炖排骨，思莞坐阿衡对角线，慌忙招呼服务员放自己一侧，有些尴尬地看着阿衡。

阿衡诧异，心里却好笑，站起身夹了一块最大的排骨，放入口中，咀嚼。

肉软汤鲜，嗯，很好吃。

大家悬着的心放回了原处。

云在微笑:"怎么了,我点的排骨有问题吗?"

众人连呼没问题,阿衡笑笑,给云在捞了几块排骨,说:"你多吃点儿,别回去又闹着没吃饱。"

他们打的去 KTV,思莞、思尔一辆车,阿衡、云在、陈倦一辆。

陈倦坐在副驾驶座,走到半路接了一个电话,像对达夷的语气,随着风声断断续续的,阿衡听着只是模糊。

"嗯……他们没生你气……你照顾好他就行了……什么……药过期了……哦……我知道了……我现在买新的给你送过去……"

陈倦转头,抱歉地看着两人:"咱们去 KTV 之前恐怕要拐个弯,我得买个药。"

阿衡问:"怎么了,是不是达夷生病了?"

陈倦笑得脸僵:"没,一个朋友,发烧两天了一直没退,家里又没人,所以达夷去照看下。"

阿衡、云在点头,陈倦让司机走到国营药房。

下车时阿衡跟着也下来了,帮他选药。

她说:"大夫,环丙沙星、头孢氨片,一样三天的量。布洛芬三粒,嗯,不要片剂,要胶囊。"

付了钱,阿衡把装药的塑料袋递给陈倦,低头指着药叮嘱:"环丙、头孢是消炎的,每天要在三餐半个小时之后吃;布洛芬不是片剂,不苦,一天一粒,退烧之后,就不要再让……他吃了。"

陈倦点头,笑得比哭难受,说:"我知道,我记住了。"

阿衡抬头,本来笑得温和的面孔却有些诧异:"你的眼怎么红了?"

陈倦却扭脸不看她:"小姑奶奶,你没看,夜晚风大,迷眼。"

她颔首说:"我们等着你。"环顾四周,是一个高档住宅区,说,"是这儿吧,你快去快回。"

她转身,挡着风,朝车上走。

他步子飞快,走到哪里,终于忍不住,眼泪落了满脸。

2005年2月,温衡、云在飞回H城。

3月,纨绔言龙子,出席陆氏新年度春装发布会,与陆氏孙同起同坐,言笑耳语,关系亲密,众人非议。

Chapter 92
## 曾经沧海难为水

大四，少了许多公共课，晚上总是很无聊。寝室众人爱逛街，阿衡喜静，一个人跑操场。

一圈，两圈，三圈……

四百米的标准环形，春季的夜，大开的四角明灯，连草的摇摆都能看清。

有些东西，闷在心里，时间长了，原来不会成患，只会，蒸发。

跑完，呈"大"字，整个人趴在草地上。

旁边很多恋人爱看星星看月亮，亲爱的好美好美。她却低头望着草丛中的蝈蝈，捉了几只，用青草穿好送给在在。

"我逮的，借给你玩，不要总闷在家里。"她用手揉着他的发，再也没有的温柔。

那个少年用手捏着蝈蝈，温和笑着。

她看他总是像在照镜子，表情、语气、姿态、秉性都如出一辙，波澜不惊，如同一杯温水。

她想起自己来云在公寓的目的，拿出一叠宣纸递给他。

云在愣，问："这是什么？"

阿衡说:"上面是我摹的一些佛偈,基本的楷体,你拿着练练字。这么大的孩子了,字写得不像话,我和阿爸小时候惯你,你说不爱练字就不练,结果这个字……"

她翻翻他做的笔记,字迹潦草闲散,鬼画符似的。阿衡皱眉,好笑又无奈。

云在拿起宣纸,厚厚一沓,清新工整,一笔一画,正适合练字。

他迟疑,问她:"就为了让我练字?"

阿衡想了想,微笑:"顺便磨磨性子。你还小,思想有些偏差,练字修身养性,大有裨益。"

这话,不可谓不含蓄。

阿衡心中隐隐有忧患。前些日子她问在在思尔怎么样,心中可有好感,结果这少年却说:"温思尔眼太大,个子太低,唇不够薄,眉毛不像远山。"

她听了,皱皱眉却没说什么,连夜赶了一些字送了过来。

云在是个极聪明的孩子,看着字帖,温和地说:"我会好好练的,阿姐。"

寝室小五过生日,垂涎美色,除了寝室的人,还顺道请了云在。美其名曰:你弟弟就是我弟弟,当然如果你愿意让他当我男人我也不介意。

四五月的天,大家围在一起吃蛋糕。小五是寿星,嚣张得不行,灌了大家很多酒,白的啤的,连阿衡这样好酒量的都有些头晕眼花。

云在身体不好忌喝酒,该他喝的阿衡一律含笑挡完。

小五喝醉了,痴痴摸着阿衡的脸噘嘴:"这样的姐姐上哪儿找,我也想要。"

云在弯弯眼:"我情愿你是我姐。"

小五眼睛亮晶晶的:"瞅瞅孩子嘴多甜,多会说话。好,再喝一杯!"又递过满满一杯白酒。

云在依旧笑,阿衡无奈,抽搐,接过酒低头喝完。

散场的时候,208寝室的人基本都醉了。小五醉得最厉害,站不稳了,却抱着阿衡直亲孩子脸颊,说:"我们阿衡,一定要幸福来着。"

阿衡笑,脸红扑扑的,点头"嗯"。

小五指着她:"晚上不许偷哭,知道不?"

阿衡笑,脸依旧红扑扑的:"我什么时候偷哭了?"

小五撇嘴:"每天床都在颤,枕头都湿了,以为我们是傻子啊?"

无影清醒了一些,拽着小五:"胡说什么呢!"然后对云在说,"你陪你姐逛会儿散散酒,我们先带小五回去睡觉。"

云在点头。

阿衡喝得不少,醉了还是不太爱说话的样子,只咧着小嘴笑呵呵地向大家挥手。

他伸指牵她的手,她没有拒绝,指着霓虹灯,说:"在在在在,咱们小时候哪有这么好看的东西哇。"

他笑着说是啊是啊,温柔秀雅,伸指,十指相扣。

与她。

阿衡低头看到两人的手,呵呵,用另一只手捏云在的脸颊:"再让你牵最后一次。云在,你长大了,不能再像个小孩子了,知道吗你?"

他点头:"嗯嗯,我知道。"

我知道你小时候没有偷吃白糖糕;我知道你写大字时没有偷懒;我知道你没有打碎阿爸的砚台;我知道你没有偷偷羡慕我碗里的五花肉;我知道你早就长大了……我都知道。

他说:"云衡,我知道的,你又还记得多少呢?"

阿衡呵呵笑:"我记得,我们在在可厉害了,把隔壁提亲的李阿哥用药罐给砸走了。"

云在笑:"你记错了,不是药罐,是药炉。"

阿衡仰着小脸望天:"胡说,我明明记得是药罐。"

云在叹气:"你确实记错了,因为那个药炉是你平时给我熬药用的。"

阿衡摸鼻子:"我说怎么不对劲,药罐这么脆,怎么当时没砸碎,原来是记错了。"

云在笑了笑,握紧她的手却没有说话。

他记得清楚的何止这一件。

邻居恶意的风言风语,父母无意的说漏嘴让他早就清楚,所谓阿衡,从不是他的亲姐姐。

自己活不长,十三岁的时候已经像个耄耋老者,每天只有两三个小时的光景醒来,其余大半都在她怀中沉睡。

即使少年时有什么懵懂的心思,也都被病痛耗得消失殆尽。

有人上门提亲说要娶阿衡,只拿了一吊猪肉和一万块钱,说用这钱给他看病。他当时五内俱焚,病者哀思,一痛贫者卖姊,二痛喜欢一个人却没有资格喜欢。

痛上加痛,那时不知是哪里来的力气,滚下了床爬到给他保命用的药炉面前,用尽所有的力气砸向那人,想着死了一了百了。

过了几天却来了一辆车,一个人。

然后,把他的阿衡带走了。

因为卖姐的屈辱,他在医院总是想不出活着死了又有多大的区别。医生对他说手术做不好会丧命,他却高兴了,因为生死关头,阿衡总会来看他的。见她一面,死了,似乎也没什么遗憾了。

可是，她却不肯来。她的母亲说阿衡外面求学，诸多不便。

阿妈急了，不知自己说错话，连名带姓横下心一句："能不能让云衡接电话？"

对方却说："阿衡姓温。你们想要多少钱？不要再纠缠了。"

阿衡姓温。

想要多少钱呢？

多少钱才够云在再买一个叫云衡的阿姐呢？

他心痛得连吐出来都嫌不快，上手术台之前昏昏沉沉，只想着八个字：无价之宝，哪里能买？

所幸，活了下来。

所幸，遇到一个有眼无珠的男人。

那人初见，看他很久，单刀直入，你认不认得一个叫云在的人？

二见，直言，有一女子对自己用情极深，甩都甩不掉，姓温名衡，问他可有办法解忧？

三见，他试探，用了低贱的三十万。那人却毫不犹豫，甩手贱弃他求之不得的阿姐。

那个人，相貌极美，心如毒蝎，喜与人亲近。

交谈聊天，惯常，咫尺之距。

他叫，言希。

阿衡五一回了一趟家。

思莞公司一切也都上了轨道，和女朋友感情升温，多半是定了，可惜温老咬紧牙关不松口。

辛达夷一直不交女朋友，辛老爷子急了，把阿衡喊回家里："我说阿衡，我们家的那个小崽子一直不谈恋爱，身边就你一个姑娘，他是不是暗恋你不敢说啊？"

阿衡："是啊是啊，他暗恋我。"

转眼，逮住辛达夷，要笑不笑："达夷，我什么时候得罪你了？你拿我当挡箭牌。"

辛达夷也挺愁："阿衡反正你现在没男朋友，要不，咱们演出戏，先宽宽我家老爷子的心。"

Mary 冷笑，眼角要撩到天上。

阿衡黑线："我妈也挺愁，你怎么不说让陈倦跟我回家，宽宽我妈的心？"

你们俩公公闹腾，搭上别人，缺不缺德。

Mary 猛点头："成啊阿衡，我就爱你，咱俩成了，你给我生个儿子，我给你买宝马。"

阿衡说："别，你给我生个闺女，我就给你买宝马怎么样？"

Mary 讪笑："咱没那功能不是？"

阿衡叹气："你们都多大，什么轻重缓急分不出来，要是真有感情，就争取辛爷爷的同意……"

辛达夷抹泪："你就官方你就没同情心吧温衡，信不信我说我喜欢一个人妖，我爷拿他偷藏的公家的手榴弹扔死我？"

阿衡说："我信，我爷也有几枚，万不得已，准备轰了温思莞和他女朋友。"

Mary 却怒，拿榴梿砸达夷："你才人妖，啊，不对，人兽！不行，分手，老娘不跟你过了！"

辛达夷："成啊，分手，把公司我的两千万还我。"

Mary："我呸，你要不要脸，那是你的钱吗？要还也是还言希！阿衡，没事儿哈，我多提几遍你就没感觉了。对，还也是还言希，跟你有毛关系？再说了，这年头，谁离了谁还不能活啊？连阿衡都跟言希掰了，失恋没关系啊乖，阿衡我陪你喝酒。那啥，辛达夷，老娘会怕你？"

阿衡无语。

辛达夷："老子娶了个什么媳妇儿啊娘的，怎么这么不会说话，能在阿衡面前提言希吗？你有没脑子？就算提，你提一次言希就算了，你还提两次言希，你说你老提言希，让人孩子怎么受得了，就算受得了，你能一直提言希吗？"

阿衡："……"

话说，一日，辛达夷、陈倦赔罪，请阿衡看电影，为啥，大家都清楚，我不说了。

看的电影叫《致命ID》，讲的是一个人精神分裂，比言龙子还牛，总共有十重人格，而且十重人格能同时出现，互相厮杀，最后最坏的那个人格战胜其他九个人格的十分牛掰的故事。

于是，不知道你们能不能听懂，反正，阿衡是没看懂。

于是，这孩子一直啃爆米花，啃啃啃，身旁俩贱人一直埋着头，嗯嗯啊啊，做些见不得人的勾当。

最后，孩子愤怒了，见过没诚意的，没见过这么没诚意的，请人看电影，难道还买一赠一，顺带真人男男舌吻秀的啊啊啊啊啊啊！

奶奶的。

辛姨妈，你奶奶的。

陈肉丝，你奶奶的。

最后可乐喝得太多，阿衡憋不住就去了厕所。回来时路太黑，走到VIP区，一不小心踩人脚上，一歪身子，栽倒在某观众身上。

那人说你没长眼睛啊，声音很耳熟。

## Chapter 92　曾经沧海难为水

然后，她想站起来，电影刚好结束，人群轰地往外涌。

他迟疑了，三秒后，却紧紧地把她抱在了怀里，很久很久。

空旷黑暗的空间，除了喧闹，还是喧闹。

没有光明，没有真相。

电影，谢幕。

Chapter 93
## 能看你幸福到老

他们认识这么久,她记得最清的那句话是什么来着?

哦,对了。

我们分手吧。

他说,温衡,我们分手吧!

她说,好。

然后,不过两年,她连这句话也记不清了。

所以,基本上,说这句话的这么一个人,可以当作从没存在过了。

阿衡走出电影院的时候,看到一直在找她的辛、陈二人。

达夷问:"你哪儿去了,怎么扭脸人就不在了?我们找了半天。"

阿衡呵呵地笑:"我刚才踩到一人的脚,这人还拦我不让我走。然后,电影院开大灯的时候,整个演播厅就我一人,真灵异。"

达夷心虚:"我早就听说整个电影院闹鬼,可能是真的。"

陈倦嗤笑:"什么鬼看见你还不跑?"

达夷骂了一声,踢他,二人打打闹闹。

一路上,阿衡走在他们身后,不说话。

## Chapter 93　能看你幸福到老

到了大院儿的时候，阿衡说："我明天就走了，你们好好保重，别瞎折腾了。"

她顿了顿，笑："俩人能在一起容易吗，整天闹什么？"

陈倦想贫嘴，说我们打是亲骂是爱，可是，打是亲骂是爱的鼻祖温言二人都分了，这话听着像诅咒。

他看了阿衡一眼，犹豫："衡啊，找对象了没？"

阿衡吸吸鼻子，五月的夜还是有些寒意的。她说："找了。就是人人都爱温衡，不好挑。"

达夷踢踢脚下的石子，双手插在口袋中："你年纪也不小了，别挑花了眼，看着不错就处处。那啥，长得……丑没关系，只要人品好，真心对你的……"

见过那种人，想必，天下十人九丑。

陈倦看着阿衡的颈，是一根红绳子，坠子藏在衣服中看不清，低声问她："那个……紫梅印，怎么不戴，不喜欢吗？"

阿衡愣："你怎么知道？"

陈倦："我现场竞的我怎么还不知道了？"

阿衡："啊？思莞托你参加的慈善晚会吗？"

陈倦也啊，呃，嗯，是思莞。

她说："那个，三百万，太贵重了。戴出来，招抢劫的纯粹。"

陈倦讪讪："也是，反正就是个生日礼物。"

大院儿里住的都是老一辈，孩子大了，大多搬了出去，到了八点就开始冷清，除了路灯少有人烟。

阿衡经过一个房子，说："你们回去吧，不用送我了。"

一棵榕树沙沙作响，石头的棋盘上青苔又厚了许多。

达夷说:"再往前走走吧,还没到你家呢,你一个女孩子大晚上的——"
她说:"拜托。"
陈倦沉默了,拉着达夷就往回走。

阿衡走近那座白楼,抬起眼,一切都死气沉沉的。月光下,除了影,就是厚厚的遮盖的窗帘。

她拉开白色的栅栏,弯腰,伸手,花圃的泥有些硬,想必许久没松过了。她种下的种子已经破土,长出了茎秆,孤立单薄奄奄一息。老园丁大概也把它们给忘了。

周围的杂草在春日长得意外的茂盛,拔掉要花费不少工夫。茎秆上毛茸茸地长了一层软刺,不小心碰到,扎在手背上,一下一下,有些无法防备的疼。

她拿着小铲子蹲着松土,思绪却一下飘得很远。

温衡,我不喜欢你。从来。

那个人的样子,真认真。

比她对待这泥土认真。

如此而已。

那一天,年未过完,他站在她的面前,身后是一幅白纸上的素描。

从暑假着墨,烦恼了半年才画出的证据,他取名:幸福的形状。

然后,他的幸福的形状是一个叫陆流的男人的轮廓。

于是……

于是,阿衡算什么?

他说,你都看到了,温衡,我们分手吧。我不喜欢你。

嗯,从来。

阿衡站了起来，时间长了头有些晕。她把小铲子放在原处，拿起了塑胶的水管对着高高的茎秆和隐约长出的花冠，细心浇灌。

整理花圃是一件麻烦的事，做完时天已经蒙蒙有了亮光。她转身，身后站着思莞，手中拿着关掉的手电，想是专程来接她回家的。

他给了她完全自主的时间。

"想哭吗？"他打开栅栏走到她的身边，看着她手上的泥土，轻轻开口。

阿衡摇头："妈做早饭了吗？我饿了，今天还要坐火车。"

思莞静静地看着她，很久很久，把阿衡抱进怀里："你哭吧，不哭难受。"

阿衡却把手上的泥全部蹭到思莞的白衬衣上，然后推开他，笑了。她说："思尔说你最近的衣服都是她洗的，你敢弄脏回去她会打死你的哈哈。"

思莞："就是因为这样我才不疼你的。啥孩子，扔狼窝里都能喝狼奶长大，那家伙，生命力太旺盛了。"

阿衡望天："你呀温思莞，我跟你说，我早看穿你了，别找理由了，真的，你呀……唉！"

思莞微皱，伸出手，干净修长的指："你走不走？赖人家里种两根草，还指望人出现跟你说声谢谢前女友吗？"

阿衡："为什么我总觉得你们每一个都爱朝我伤口上戳还不觉着错？"

思莞鄙视："你伤心，你表现个伤心欲绝的表情先。"

阿衡无语。

温先生，谁跟你说伤心就非得有伤心欲绝的表情的？

就算温姑娘面无表情慢悠悠地吃着包子喝豆浆，忽然捂心口喊疼了，那也叫伤心。

真的。

六月的时候，Z大医学院传出与法国著名医学科研院交换留学生的消息，似幻似真，版本有好几个，重点是名额，五个。

依着中国目前爱海龟的形势，出去三年镀层金绝对不算坏事。高年级低年级的，连工作了的师哥师姐都回来打探怎么回事儿。最后院里被问烦了，只说确有此事，但是不只按成绩抽人，法语必须要学，而且到时必须通过科研院的考试才算数。

大家一窝蜂地学法语，阿衡也跟着凑热闹，买了本法语入门，看了几天，鸡皮疙瘩噌噌地往外冒。英语四六级的折磨刚过去几天啊，这就给自己找罪受。

阿衡扔了书到实验室做实验，刚巧李先生也在实验室，未说几句话李先生便问："温衡，你想过出国吗？"

阿衡摸摸头："前两天想了，看了两天法语又不想了。那个，太难了，音标发音很怪。"

李先生却笑了："法语是除了汉语以外最醇厚的语言，我年轻的时候在法国勤工俭学，底子不错，如果你想学可以去找我。"

阿衡愣了："先生，您不是不喜欢我吗？"

李先生眼中净是笑意，却叹气："迂腐，迂腐，十足迂腐。看来，不是当年飞白看走眼，是他从来没有看明白过你。'非典'时你跟在我身边近半年，人非草木，难得师徒一场情意，我帮帮你又何妨。"

阿衡："先生，我还没想好要不要出国。"

李先生点头说："你想好了找我。"

回去说了这事儿，小五却一巴掌拍在阿衡头上："你猪脑子啊，多好的机会你还拿乔！"

阿衡喃喃："出国啊，要三年，我谁都不认识。"

小五说:"三年怎么了?就是谁都不认识才好。整天待在你家那个破大院儿里,动不动就想起乱七八糟的东西,你难不难受?反正,横竖你妈你爷有温思莞、温思尔孝顺,云家那边有云在,你还惦记什么呢?"

大姐无影蹙眉:"行了,小五别说了,让阿衡自己想。这事儿,你不能帮她决定。"

然后,阿衡就一直想,想啊想,想到放暑假还没想明白,总之一想起出国就心慌难受。

云在没心没肺,微笑,依旧逮着机会就窝阿衡怀里睡觉。

她叹气:"云公子,我说我要是出国,你还准备躺哪儿?"

云在把肘放在阿衡腿上,如云般的笑意,却不说话,黑眼仁望着她,温柔清晰,半晌才轻轻开口:"温衡,我说我跟你一起去法国,你怎么想呢?"

放暑假时,阿衡在家看了一个夏天的法国电影。

思尔直摇头:"你这一段倒了八百回,怎么你还准备学法语上法国不成?"

阿衡拿着遥控器说:"我说不定还就真去了。"

思尔:"哦,你去之前能不能先把房间的窗帘拉开,看电影又不是扮自闭,你整啥玩意儿呢。"话毕,拉开了窗帘。

阿衡捂脸,说:"刺眼,哎哎,拉上。"

思尔却拉着她:"走,逛街去。怎么这个夏天回来这么没精神,跟失恋了似的,和那谁分开也没见你这模样?"

阿衡笑,无奈:"你慢点儿,我还没换睡衣。"

商场换了夏季的新海报。

老的海报，文明点的扔垃圾箱，不文明的直接扔地上，踩了踏了，走了过了。无论以前多喜欢多有好感的，反正现在眼里就看不见了。

思尔在商场一楼试用化妆品，阿衡无聊，站在商场外等。想起刚从电影中学到的法语长句，在口中低声琢磨着。

下午四点天色骤暗，八月，雨没有定性，雷声轰隆，少时倾盆而下。

她跑进商场，思尔脸上还贴着面膜，最后一步，没空跟她说话，阿衡就蹲在那里看雨。

离她不远处的雨中恰巧就有那么一张海报，在暴雨中安静地躺在地上。

泥污了的彩画，曾经干净的面容，上挑的眉，柔润的嘴唇，明亮的眼睛，黑色的燕尾服。

这是曾经的一个封面广告，曾经轰动一时。

曾经，因为这幅海报，海报上的人的 Fan Club 整整增加了三倍的人数。

曾经。

然后，雨溅下，泥水浸湿，面目全非。

她静静地看着那幅海报，眼睛黑白分明。

有那样妙龄的上班女郎匆匆用包挡着发在雨中走过，尖细的鞋跟狠狠地踩进那张海报，海报上人的面孔，狠狠地被践踏。

她静静地看着。

有那样匆忙放学的高中生大踏步从雨中跑过，粗糙的鞋底完全覆上那张面孔，面孔上的高傲，一寸寸分崩离析。

雨下得越来越大。

一、二、三、四……她伸指，每一个行人，来来往往，那么多双脚，渐渐，数不清楚。

思尔做完面膜，匆匆来寻阿衡，却看到她向雨中跑去。

"阿衡,你要去哪里?"她问她。

她却好像没有听到,走到路中间,弯腰捡起那张脏得看不出本来面目的海报,贴在脸颊,红着眼睛,在大雨中,像个迷路的孩子,对着远方,放声哭泣。

她说,如果能回到1998年,温衡你一定不要对一个窗子内的人影一见钟情。

即使一见钟情,也请一定忘了他叫言希。

为之奈何,言希二字已经铭记,那就还请继续铭记,不能和他一起去乌水。

受千万种迷惑,和他一起回乌水,万千种可能,唯独不许爱上他。

下下计爱上他不打紧,上上之策,不要待在他的身边。

待在他的身边已然大错,可是,千错万错,却别忘了把心收好。

他对你好,都是报恩呢,知道吗?

他对你好,都是因为你曾经被抛弃,知道吗?

他喊你女儿,也不要觉得他对你多与众不同。

他喊你宝宝,也不要自我催眠他有多爱你。

即使一切都发生,他说我们在一起的时候,你也一定要说,谢谢,我不爱你。

因为,分手的时候,他会对你说,温衡,我不喜欢你,从来。

## Chapter 94
## 心里有座长生墓

　　　　　　　　当一切开始的时候，将来的我们，把它冠作，过去。
　　她说，我的过去，与你们相同。从一个人，再回归到一个人的宿命。
　　　　只是，留下一个无法消除的牙印，噬在喉头，再深一寸，致命。


　　思莞说"陆流想跟你一起吃顿便饭"的时候，阿衡正在喝思尔捣鼓了一下午做好的卡布奇诺，然后泡沫差点从鼻孔中喷出来。

　　思尔嫌弃："这点儿出息，恶心不死人。"把手帕砸到她脸上。

　　阿衡看着思莞："我不跟他吃便饭。还便饭呢，便饭，便……多缺德、多阴险一人啊，我去了，他把我给卖了怎么办？"

　　思莞："哥就是个传话的，爱去不去。"

　　思尔拍桌子："有饭白吃干吗不吃？陆流请吃饭一般五星以上，他说什么你甭怕，堵耳朵吃就成。再说，你跟他能有什么共同语言？"

　　思莞："共同语言，他俩还真有……"

　　咳，一个共同拥有过的男人。

　　区别在于，陆流有分无名，阿衡有名无分。

　　然后，再本质区别一下，这个男人的前七年也许再加上无限远的将来是一个男人的，中间的五年零一百八十三天是一个女人的。

　　阿衡拿着盛卡布奇诺的白瓷杯无限眺望远方，忧郁无比。

　　思尔拧孩子脸兼威胁："赶紧喝完，别以为我不知道你在琢磨什么，我跟你说，我煮一下午的。"

阿衡泪，心想，你煮一下午就煮出来这么个玩意儿，我随手泡泡都比你煮的好喝。

结果，最后，阿衡还是去赴了陆流的约，吃便饭。

阿衡记得很清楚，那天，陆流穿了一件墨绿色的 T 恤和有些发白的蓝色牛仔裤，头发没定型，软软的，会笑，笑起来能让人想起眉心一点朱砂的菩萨。

思尔猜错了，他带她去的地方不是五星级或是 N(N>5) 星级，就是一个普通的饭馆，私厨，一天只做十桌菜，茶水免费。

味道……味道有些熟悉。

陆流给她布菜，说："陆氏旗下 Model 陈晚就是在这里学的厨艺。"

阿衡夹了些肉丝："哦，是苏菜，我们那儿的。"又吃了别的，笑，"跟我做的差不多，家常口味。"

可心里却骂自己，还能笑出来，嘛孩子。

她放了筷子，正襟危坐，特诚恳："陆少，您有什么事您直说了吧，这么亲切我不习惯。"

陆流微笑："没什么，我说过要请你吃一顿饭的。我说过的话一般都算话。"

阿衡"哦"，也就默不作声地开始吃东西，从松鼠桂鱼顺时针绕到排骨，咬两口；从鸡汁扒翅逆时针绕到排骨，再咬两口。

陆流殷勤，把排骨转到她跟前，说："这里排骨是特色。"

阿衡笑不出来，说："吃出来了，真好吃。"

想想自己之前做的那叫什么啊，整天红烧清蒸水煮的，就算一天换一样，五年来每一样也能吃个三百来遍了。何况，一不高兴，加辣椒加花椒抱着醋倒，使小性子的时候海了去了，怪不得人跑了呢。

陆流看她，莞尔，说："好吃就多吃些。"夹菜倒饮料，无微不至，真像一个温柔的大哥哥。

阿衡搁筷子不吃了，有些无奈，呵呵地笑："陆少，我承认我是个失败者，在你面前。如果你想确认的是这个，我承认。"

陆流目光深邃，却淡淡地一笑："我要是你，我会花另一个五年，把人抢回来。"

阿衡郁闷："可我不是你。所以，人没了，家……也没了。"

她认死理，那谁说过，09-68是她的家。

陆流却扑哧一笑："这么说，天对你，好像挺不厚道。"

阿衡敛着睫毛，眼底的温柔也遮了个彻底，她说："你不可否认，有时，它就是这么的不公平。"

陆流说："你恨我，或者言希吗？"

阿衡笑："我想起你的时候，整晚睡不着；想起言……言希的时候，是睡得最香的时候。因为，只有在梦里的时候才会看到他。"

陆流嘴角带点子笑意："你梦里的他是什么样子呢？"

阿衡吸鼻子："我梦见他小时候了，扎着小辫子，穿女孩子的衣服，眼大得占半张脸，抢我手里的白糖糕。"

陆流哈哈大笑："是，他小时候就是个吃货。上小学时，演话剧的时候也确实扮过小姑娘路人甲。不过他没抢白糖糕，抢的是扮公主的思莞手里的糖堆儿，把思莞还给弄哭了。"

阿衡也笑："你呢，你当时在哪儿？"

陆流说："我当时扮王子，帮路人甲抢公主的糖堆儿。"

阿衡笑得死去活来，她说："我上小学的时候正垂涎我弟碗里的五花肉，不过没人帮我抢。"

他笑："是啊是啊，那时候我们身边没你，你身边也没他。"

阿衡说："你知道吗，我是言希饭，他的 Club 我注册的有十个号，一个因为潜水被封了就换另一个。可我和其他的粉丝一样，喜欢他的心只有多，没有少。"

陆流含蓄地笑了笑，其实心里觉得匪夷所思。

阿衡说："我从未遇过这样的挫折，不是一瞬间把人击垮，而是过了许多天许多年才发现，那样的伤口，一直在一寸寸地生长。等着我误以为它长好的时候，它再狠狠地给我一击。我一直称这个伤口叫'言希综合征'。"

她鼓足了勇气，对着这个人，微笑着大声说："可是，我爱这个男人，就算你是陆流或是赵流孙流钱流李流都一样，当着你的面，我也敢说我爱他。他身边有我没我，我身边有他没他，都一样。我嫁我的他过他的，可谁还能阻拦谁那点爱好。"

她说："我爱他。你明白也好，不明白也罢。在我的心中，一直盖着一座铜雀楼，里面芳草鲜美，落英缤纷，里面还锁着我的言小乔。就算我出局，就算我已经不在这里或者那里，忘记那些言希曾经呼吸过的空气、见过的土地，可是，铜雀楼中的，也是我的美人儿，我的未亡人，而不属于你。"

虽然，日出之时，梦散，我渐渐将他忘去。

回家时，阿衡从背后抱住温妈妈，说："我想出国了。"

温妈正在愁云家送来的那个笋干到底是煎啊炸啊还是凉拌啊，手伸到后面拍拍女儿的脑袋，说："乖，一边儿去，妈正忙着呢，你爱去哪儿就去哪儿，啊。"

阿衡黑线，哦。

然后温妈继续思考，到底是煎啊炸啊还是凉拌啊，半晌，她反应过来，扭脸："温衡，你说你想去哪儿？"

阿衡低头笑，揉揉鼻子："没什么，我就是说我想出国转转，回来，在 B 市医院找个工作，到时候再结婚。"

温妈滞了滞："这孩子，怎么突然想出国了呢？你在妈妈身边才待几天……出国，受苦呢，有谁照顾你吃穿住行……你让我怎么放心？"

她走过去轻轻拥抱母亲，笑："妈妈，我可不可以理解成，你越来越爱阿衡了呢？"

温妈瞪她："净说傻话，你是我生的，我不爱你还爱谁？"

阿衡噘小嘴："你爱的人可多了，什么思莞女朋友啦、孙鹏啦、达夷啦、言希啦，你对他们比对我还好。"

温妈大笑："闺女，你知不知道这个世界有一个词叫'人情世故'。他们，跟你不一样。"

想起言希，顿了顿："再说，有些人，不是想疼想照顾就有机会的。"

阿衡说："那你以前为什么不能像现在这样爱我呢？"

她半开玩笑地这样问着，手心却微微发热。

温妈妈不说话，她在思考怎样组织语言。

很久，她才缓缓开口："阿衡，你在我腹中的时候，温家危机四伏。当时，陆流的爷爷同你爷爷一直政见不合，他握有你爷爷的一些致命的东西，如果他把这些东西捅上去，温家一家老少，恐怕都保不住。

"你爷爷为了给温家留一点血脉，就想起了我肚子里的孩子，我一直被蒙在鼓里。

"当时从你在育婴房丢失到思尔被抱回来只是一夜之间，你爸爸他说为了保你的命，让我不许闹。结果又过了些日子，就听说言帅一力保举你爷爷，把事情压了下去。

"虽然陆家有猜测，但基本上大家都认为你夭折了。可你爷爷一直不安，觉得证据在陆老爷子手中，一直不敢把你接回来，而思尔，则是言帅救我们家的最主要的动力。

"思尔她……是言希父亲的私生女，亲生母亲死了，当时你言伯母和言伯父闹离婚，如果再把这孩子抱回去……言帅和你爷爷商量决定了这件事，他当时兴许是为了补偿你，还亲自去过云家，承诺了你和言希的婚事。

"再到后来，你奶奶一直思念你，那几年身体不好的时候，时常戴着老花镜看你养母寄来的你的照片。临终时把你爷爷叫到跟前，说你受了太多苦，哭着求他一定要把小孙女接回家。

"你奶奶病逝之后，你爷爷为把你接回来，咬牙把家里的财产清点送给了陆老爷子，外面的名义是温家参股，可实际就是白送。比如前两年，思莞进陆氏工作时常遭到排挤，谈生意见客户诸事不顺，要不是……"

温母说不下去了。

阿衡脸色苍白地坐在厨房靠墙的地板上，带着哭腔说："为什么我什么都不知道？为什么，我什么……都不知道……"

温母抱住阿衡，说："我从来不敢让自己去爱你，兴许哪一天，为了保存温家的一丝血脉，他们又把你送到哪个我看不到摸不着的角落。"

她哭着说："你让妈妈怎么活，到时你让妈妈怎么活？你爷爷说把你送到云家，我不能有意见；你爸爸说把你送给江南顾氏，我还不能有意见。我这辈子就生了你和你哥哥两个，他们从不知道我有多难受。可是，妈妈真的疼啊，妈妈该怎么办？"

阿衡用手捧住头，半天没缓过气儿。许久之后，她推开温母，轻轻开口："妈，你让我静静，我脑子乱。"

阿衡躺在床上，睁着眼睛看天花板，不说话，不开灯。
四周悄然。

思尔走进来坐在床边,轻笑:"看见没,搞到最后本小姐才是最可怜的那个。以后,我告诉你,温衡你再觉得你委屈,我不用活了。"

阿衡往墙角躺了躺:"你过来。"

思尔躺在她身边轻轻地笑,眼睛妩媚,在黑暗中闪着光。她说:"我败给了时间,我没法恨你。"

阿衡笑,闭着眼睛:"恨我吧,连我都想恨我自己,真了不起,居然是温家全家的最后一根稻草。"

思尔说:"你不是稻草,你是祸水。你毁了我哥哥,你毁了这个世界唯一没有目的,真心待我的人。"

阿衡眼皮动了动:"你说谁?"

思尔眼中有泪,瞪着她,咬牙切齿:"我说我的哥哥,我说所有人口中的言龙子,我说那个世界上最傻的人!

"可是,这是他自己的选择,我连干涉的权利都没有。

"我们,我,包括受了言希恩情的温家老老少少,只能像他教的那样,学着爱你,珍惜你。在别人不知道你的好的时候耐心看到你的好,给你鼓励,给你亲情,给你这个世界本可以立足而你却无法拥有的东西!

"你要的,他都给你,你不敢要的,他也帮你想好。你见过这样的傻瓜吗温衡?"

阿衡说:"你不要喊言希言龙子,不要拿别人说过的话侮辱他。"

思尔却讥笑,看天花板,眼角的泪滴在枕头上。

"言龙子,言龙子,左耳全聋,右耳只剩下不到百分之二十听力,怎么,你不觉得贴切吗?"

——你有什么很想和我一起去做的事吗?
——傻瓜,还是那么喜欢言希吗?像是两年前。

## Chapter 94　心里有座长生墓

——喂,温衡,我们谈一场恋爱吧。

——你要好好地活着,多多在他们面前做真阿衡,在言希面前的这个阿衡,余下的,我也会努力,好不好?

——我什么都不在乎,只要你不垮下,还能站在这个世界上,我什么都不在乎。

——我跟你保证,云在这辈子都不会再离你而去,所以,宝宝,永远记住你这一刻的快乐,是最初,也是永远。

我喜欢你。

——你说什么?我没有听清楚。

——两只老虎,两只老虎,一只没有耳朵,一只没有耳朵,真奇怪,真奇怪。

你是复读机吗?

言龙子,对这人,名副其实。

言聋子。

Chapter 95
# 不想听说的谎言

"下一次，你要是再敢生病，有多远滚多远，别让我再找到你。"
"……好。"

阿衡说："都是他的选择，替温思莞喝酒谈生意，替温家要回钱，替温衡找回云在，都是他选的，是不是？"

所以，他天天喝酒喝到吐；所以，温思莞有了钱开公司，温妈妈日子太平；所以，云在从天而降简直像上天的恩赐。

思尔："是啊……哎……温衡你这是什么态度，我怎么寻思不出你半点儿难过？"

阿衡却直直地从床上坐起来，下床翻出行李箱，叠衣服，说："难受什么，他自己选的。"

她把带回来的衣服都整好，扣上密码锁："温思尔你借我的法语电影《蝴蝶》都半个月了你预备什么时候还？"

思尔愣了："温衡你干什么，我怎么不明白？"

阿衡微笑："你还我电影，然后，你们继续演戏，我走。"

思尔："啊，大半夜你去哪儿？"

阿衡竖起箱子，提在手心："哪儿都成，只要别让我再看到你们这些……人。"

她满眼冰冷，用看什么不洁东西的目光望着思尔，眼中的温婉山水此刻却尖利得像刑前刽子手喷了酒雾的刀。

寒，薄。

思尔从未见过这样的阿衡，她慌了，说："这事儿我们不是故意要瞒你，言希他耳朵聋了，他说他不能拖累你，你值得更好的。"

阿衡淡淡地笑了："所以，就把自己卖给一个男人，唱一场苦情戏，让前女友高枕无忧？温思尔你说，他怎么这么贱，我……怎么比他还贱？"

思尔恼了："要不是怕你一辈子遭拖累，你又凭什么这么说他？"

阿衡提着箱子转身，留给了思尔一个背影，白月光的冷。

她的声音没有温度："就凭温衡犯病，整天把他捧在手心都怕化了，他却转眼一点不含糊地糟践自己！"

她说："温思尔，你说得对，这个大院儿的东西统统都不要妄想。你说我上辈子做了什么孽，啊不，修了几辈子的福，让你们对我这么费尽心力！"

她咚咚地下楼梯，思尔却猛拍斜对面的门："思茛，你快拦住阿衡，她要离家出走。"

思茛吓了一跳，穿着睡衣开门，看情形明白了，也急了："温思尔，就知道你嘴大藏不住话，当时就不该让你参与。"

思尔却捶思茛："你快把阿衡拖回来，大半夜的，她有个三长两短……"

思茛被她捶得内伤，也咚咚地下楼，从后面拖住阿衡，冷声："别胡闹了，回屋去，一会儿爷爷妈妈都被吵醒了。"

阿衡却抓住思茛的胳膊，狠狠咬了一口。

思茛吃痛松手，阿衡抱着箱子开门，思茛却恼了，打翻阿衡手里的箱子，大吼："温衡你干什么呢？！"抱住阿衡就要把她往回拖。

阿衡狠狠地捶思莞的手臂,鞋在地上死命抵着地板,几乎扭曲。

思莞却拖着她,不管不顾,往客厅走。

她的长发散在脸庞上,像个疯孩子,使劲掰思莞的手,唇角咬出了血印。

思莞心中窝火,加大了力气钳着她的肩,不看她,大步往前走。

到楼梯处,本来一直挣扎着的阿衡却突然安静下来,垂着头,松下手脚的力。

思莞本来没有感觉,一瞬间却觉得手上有滚烫滑过。

他怔了,停了脚步,低头,看到大滴大滴的液体落在他手上。

她轻轻开口:"让我走,温思莞,求你了。你们不要脸,我还要脸呢。"多灿烂的温家,多高贵的温家,啃噬了我的脊骨,让我再也站不起来。

她皱缩着面孔,压抑哭声,声音低哑得快发不出。

思莞愣,松了手。他转身看着站在楼梯上的思尔,说:"给言希打电话,让他来一趟。"

思尔一直傻杵在那里,没反应过来:"啊?"

思莞吼了起来:"我说你快给言希打电话,让他来温家!"

思尔吓着了,噔噔往房间跑。阿衡却拿起了地上的行李箱,垂头说:"妈跟爷爷你好好照顾就成了,你们爱怎么折腾就怎么折腾吧。"

思莞眼里噙了泪,他低声哀求:"阿衡,哥求你,你听话,最后一次,就最后一次。多少年咱们家都熬过来了,你要是走了就真的散了。妈见你在身边,不知道有多高兴……"

阿衡手背却蹭了眼泪,她说:"我也求你了,别再给我扣高帽子了成吗?对你们来说,有钱有权,温家就散不了。"

她打开门,毫无留恋,合上。

思莞站在客厅,扯着自己的头发哭了起来。

## Chapter 95　不想听说的谎言

阿衡走在大院儿里,深夜,冷冷清清。不远处,有强烈的亮光,在黑暗中,刺眼。

她站在树下,眯着眼看着那辆酒红色的法拉利疾驶而过。

他坐在里面,跟她记忆中一样好看。可现在,她觉得连看到他,都这样的羞耻难堪。

拖着行李转过身才发现,背道而驰,也不是想象的那样艰难。

回到学校的时候,生活又规律起来。

和李先生约好了,每周周四周六两个下午学法语。大五了,课程偏向实践,除了留在学校实验室的一些学生,其他的医学生基本都联系了医院实习。

法国科研所的考试定在十一月份,大致包括三块内容:法语基础、医学原理和一份关于 2003 年 SARS 病毒传染研究的论文。

最后一道题是李先生出的。院里的学生当时临阵脱逃的闹红脸,没去的吃哑巴亏,暗骂李先生偏心,想捧自个儿跟前的得意门生也不能这么不厚道。

这道题,它不是三分两分,而是整整三十分呢。于是去图书馆上网查资料写论文的又多了几倍,看阿衡他们几个当时留下的学生的眼光也不舒顺了,在背后围一块儿说什么的都有。

最后一班班长小胖恼了,说:"当时谁还拦着各位的腿脚了不成?你们不去的不去装孙子的装孙子,这会儿倒都蹦跶起来了,七月半诈尸啊?"

众人落个没趣,讪讪,作鸟兽散。

阿衡倒是不介意,专心致志地学法语攻药理。

寝室里除了她都没出国的意向,辅导员帮着联系去了 Z 大附属医院实习，白天晚上地倒班，基本见不到人。

过了俩月，大家瘦了两圈。阿衡心疼，买了个锅，在寝室就近给她们煮汤，当归、党参、红枣则是厚着老脸跟药学实验室借。

实验室一群大二的小娃子们看见她就笑："哟，学姐，又来偷我们的实验器材呢？"

阿衡："咳，借，我就是借。"

药学老师朱教授以前教过阿衡，笑了，揪孩子耳朵："打秋风打到我这儿了，二十几岁的大姑娘了，脸皮磨不薄啊！"

阿衡塞了几块当归、党参到白大褂里，撇小嘴："朱老师，疼，疼来着。"

朱教授笑骂："滚吧滚吧，小丫头，出国前别忘了请你朱老师我搓顿好的。"

阿衡笑呵呵，揉着耳朵，说："好。"


她很久没有见云在，虽然借口学习没有时间，可是自从阿衡看到他练了大半年毛笔字的字迹后，心中已经有了阴霾。

一叠宣纸，字迹和她如出一辙，连收笔时的败笔也和她一模一样。

让他重新写，他写了满纸的阿衡。

她还不想让爸妈被人戳着脊梁骨骂收养了个忘恩负义的闺女，连乱伦勾引弟弟的事儿都干得出来，于是，她说："我忙得没时间给你做饭了，在在，抱歉。"

那个少年却留给她一个干干净净的背影，云一样的眼睛，依旧笑眯眯的，却是面无表情。


十月底的时候，辛达夷开车来了Z大。

达夷说:"阿衡,我们聊聊吧。"

阿衡笑:"你轻易不来,想吃什么,西湖醋鱼?我带你去西湖边上吃成不成?"

他苦笑:"阿衡,我不是来吃的……"

"还是你想去划船喝茶买纪念品?"

"阿衡……"

"难道你是来H城买房子的?最近H城房子有涨的趋势,买了是挺划算。"

达夷苦着脸说:"小姑奶奶我错了,我不该瞒你,我自首,我错了阿衡,我就没对过。"

阿衡抬抬眼,却笑了:"Tuesbete."

达夷蒙了:"啥,啥玩意儿?"

阿衡说:"我夸你呢,用法语夸你呢。"

笨蛋。

达夷却抹泪说:"您也别夸我了,您给我个机会,让我给您好好解释就成。"

阿衡却走旁边道儿,在学校小卖部给他买了罐热咖啡,递了过去:"你尝尝,我们学校都爱喝这个。"

"噢,唉,真挺好喝的,比温思尔捯饬的好喝多了。呸,不是这么个事儿,你别打岔了小姑奶奶,你能让我说说话吗?"

达夷眉毛快皱成毛毛虫,脸憋得通红。

阿衡笑,坐在操场单杠上,好心地把达夷也拉了上来,说:"成,你说吧。"

达夷说:"这事儿得从大前年说起。我那时候刚开建筑公司,找言希做宣传。你知道,言希有段时间没接你电话,我跟你说他发烧了,其实那时候,他刚出医院。因为之前,我们公司第一天开工,在建筑工地刚给他拍了几幅背影画,他突然就捂着耳朵……昏倒了。"

阿衡咕咚咚喝咖啡,红色的罐子冒着热气,她低着眉毛玩拉环,左右、右左,脸上,却看不清表情。

达夷瞄阿衡,硬着头皮说:"把他抬去医院,医生说言希左耳朵彻底听不到了,右耳的听力也在逐渐消退,还说,到最后,会全聋。"

她转了转,终于把拉环掰了下来,手指有些勒红了。

他说:"我一直在想是不是施工队噪声太大导致的,医生他跟我说是隐发性的,施工队噪声只是个诱因。查言希以前的病历,当年言希离爆炸源太近,耳朵已经埋下了隐患,他常常会突然性耳鸣。只是他从没说过,我们……我们没人知道,结果……

"结果言希醒了,把自己锁在家里好几天,家里能砸的东西全都砸了。到最后出来的时候,说让我帮他一个忙。

"我当时恨自己害了言希,不停抽自己嘴巴。言希却一直重复跟我说,达夷,我记你一辈子的恩,你帮帮我。然后……然后,他让我帮他瞒着你,他说他完成了你的心愿就消失。

"他一直跟我说:'要是阿衡知道我又病了,她又该折腾了,真的,我怕她跟全世界过不去。'他说:'我答应过阿衡,要是再敢生病,有多远滚多远。'

"他笑,说:'一次癔症,已经够了。'

"他跟我说:'我老做梦,跟阿衡生了个聋孩子,达夷,我老梦见。'"

达夷说着说着就哭了:"阿衡,你抽我吧,是我把言希害成这样儿的,你把我往死里抽。"他抓住阿衡的手就往自己脸上招呼。

阿衡手上的咖啡罐子晃动,褐色的液体溅在了裤子上,吸入纤维,烫了她一下。

却奇怪，一点不疼。

她说："辛达夷你还是不是男人？十七八岁就爱哭，到现在都没改。"无奈，拿袖子蹭那人的眼。

达夷说："老子也不想哭，老子毁人姻缘，下辈子八成该做猪做狗被你们俩给炖了。"

阿衡扑哧一声笑了："你长什么样，我下辈子记住了给你养老送终，保证不炖你成不？"

达夷尴尬："我怎么感觉自己是当事人，你跟局外人似的？"

阿衡说："我给你讲个故事。从前，有一个人，她出生了，然后，死了，埋在了小小的盒子里。"

达夷黑线："重点在哪儿？"

阿衡笑："一个人啊，重点是，一个人。"

达夷匪夷所思："所以呢？"

阿衡说："所以大家最后一人落一盒子。我跟世界过不去，就为他。我要是真跟他生了个基因不良的聋孩子，挤一盒子里也算理直气壮了。可我是什么啊达夷，你说我算什么呢？"

我算什么？

抱着自己的盒子，活了，死了，埋了。

Chapter 96
## 已经忘了天多高

从 11 月 18 日开始，共考了两天。

题目不是很简单，时间很紧，阿衡写完最后一个字的时候刚好敲铃。她跑到先生那里同她说了自己的做题情况，李先生帮她判断，法语基础大概错了两个小地方，其他都还好。

李先生自己是独门独院，书房前有种的竹子，厨房在院子里，单独一间。

她一直是一个人，平时在家唯一的乐趣就是看书。

柜子里满是樟脑味，收藏了许多旗袍，是先生母亲传给她的。其中一件红色的，是金线挑的蔷薇花，在柜中绰约生姿，红颜被锁，隐约寂寞。

李先生递给她一杯红茶，笑说："这是我母亲给我缝的嫁衣。可惜，她没等到我穿就去了。"

阿衡愣愣望着衣柜，看先生一眼，询问的眼神。李先生微微领首，她才伸出手轻轻触摸那件旗袍，滑腻温柔，软润生香，好像女子的皮肤。

阿衡问："您为什么不嫁人呢？"

李先生微笑："你怎么知道我没有嫁人呢？我嫁过，1973 年，刚结，就离了。"

阿衡问:"为什么?"

李先生年过半百,皮肤却依旧保养得很好,只是没了弹性,像一朵开到荼蘼的花朵,只剩了败势。

她淡淡开口:"当时,我还在一所高中教书。我成分不好,属于黑五类,我母亲是一个富商的女儿,1970年的时候被逼着交代,得病死了。后来我改了名字,离开家乡,来到H城教书,遇到我的爱人。他是我同事,家庭出身挺好,世代贫农。我们那会儿刚办完结婚证,我公公婆婆不喜欢我就告了密,我被逮着批斗,剃过头挨过打。他们逼着我爱人跟我离婚,然后,我爱人就写了离婚书。"

阿衡听得难受,可李先生却波澜不惊,只有提起丈夫时,表情才温柔一些。

阿衡问:"然后呢?您是不是很恨您的先生?"

李先生抚了抚白了的发丝,淡淡地微笑:"人都去了,恨什么?"

阿衡吃惊:"他……"

李先生说:"他写完离婚书的第二天,就在家里上吊了。"

她微笑,眼中浮着泪光:"后来我被放了。回到家里的时候,除了柜子里的旗袍,什么都没了。我结婚时穿的这件红旗袍以前被那帮人撕烂过,你现在看到的这件,是我爱人去之前,亲手用金色的线缝好的。"

阿衡看着旗袍,仔细看来,上面的金蔷薇确实是人一针一线缝出的,巧妙地遮盖了之前的碎裂。李先生看着阿衡:"傻孩子,哭什么?"

阿衡摸脸,全是泪水。她喃喃:"先生,我要是你,肯定会恨他的,为什么不好好活着,好好……活着。"

李先生笑:"我们结婚时他还对我说:'李蔷,我们白首不分离。'转眼,我头发白了,他又在哪儿呢?我要恨,都没人可以恨。

"我猜,他只是爱得太累了,爱到了绝路。

"可是，为什么说谎呢？"

白首不相离。

放寒假的时候宿舍楼要封，阿衡申请了一间留学生公寓，那里不封楼，而且楼下就是小卖部，挺方便。

留学生里有好多夜猫子，半夜不睡觉开 Party，还特别自来熟，看见她就问她英文名是什么。

阿衡说："我没英文名。"

于是他们特省劲儿，嘻嘻哈哈亲亲热热地喊她 Winnie。

跟喊 Tom、Jerry、Harry Potter 一个性质地喊。就是听着不好听，Winnie，像遭瘟的小鸡仔似的。

大半夜，常常听见梆梆的敲门声。

"Winnie, hey, Winnie, 借个打火机。"

"Winnie, Winnie, 黄油, 黄油有吗？"

"Winnie, Winnie, 你有开瓶器吗？"

"Winnie, Winnie, 你……别瞪我，好吧，你会烤肉吗？"

"Winnie, Winnie……"

阿衡吐血："我说'泪滴'们 and'剪头'们，楼下就是杂货铺。出校门三步就有烤羊肉的摊儿，我们中国新疆同胞烤的，特正宗。"

常来敲门借东西的黄头发 Tom 涨得满脸通红，他身后钻出一个红发有雀斑的女孩，豪爽地大笑："Hey, Winnie, 不是烤肉也不是借东西，就是问你要不要参加我们的 Party, 顺便问你有没有男朋友。"

阿衡嘀咕，这种问题顺便在哪里？

她抬头微微地笑了，说："我有些困了，改天吧。至于男朋友，嗯，分手了。祝你们玩得开心，咳，如果跳舞的时候声音再小些，就更好了。"

然后，关了门。

年三十的时候，阿衡买了些肉、菜和面，想要自己做些饺子。

结果刚下锅，楼上那帮留学生就霹雳咣当地从楼上跑了下来，无论是蓝眼睛、红眼睛，统统泛狼光。

阿衡无奈："好吧，如果你们能帮我再包些饺子，我可以考虑请你们吃。"

众人欢呼："Winnie，万岁！"像一群没长大的孩子。

不到三秒钟，阿衡就后悔让一帮老外包饺子。还能再可能点儿吗？你说你怎么不让蜗牛跟兔子赛跑耗子逮猫啊？

于是，那啥啥叫 Tom 的澳大利亚人把饺子皮捏成了袋鼠；那啥啥叫 Jenny 的美国姑娘把饺子馅用勺滚成了土豆状；那啥啥叫 Fabio 的意大利小伙努力用手卷饺子皮，卷啊卷，目标是意大利面。

泪汪汪，泪汪汪。

好吧，知道你们都想家了。

阿衡最后把他们都轰去看电视了，剩自己一个人包。

Tom 说："我去买几瓶红酒，咱们就着 Winnie 的大餐庆祝。"

Jenny 说："我跟你一起去。"她就是那个之前帮 Tom 问阿衡有没有男朋友的红发姑娘。

阿衡把后来包好的饺子投进锅里的时候，Tom 和 Jenny 就提着酒回来了。

刚进门，Jenny 就拿着一张小纸片兴冲冲地问阿衡："Winnie，这个字怎么念? 楼下有人在找这个人。外面下雪了，那个 boy 在雪里蹲了很长时间，快被埋了，管宿舍的张女士不让他进。"

阿衡拿起纸片，上面一笔一画地写着一个复杂的字，字中有被圆珠笔芯戳破的地方，想必是在掌心写下的。

衡。

阿衡低头，问："他长什么样子？"

Tom想了想，比画："大眼睛，黑色的毛外套，戴着耳塞。"

阿衡神色复杂："这字儿，我也不认识。"

意大利Fabio哈哈大笑："Winnie，你可是中国人，丢面子。"

八国联军的洋鬼子！

阿衡没好气，盛了三碗饺子，说："白菜猪肉馅儿的，赶快吃，吃完滚。"

Fabio耸耸肩："Winnie，你是因为小气，男朋友才提分手的吗？"

Fabio是个大咧咧闲散完全具备意式风格的雅痞式人物，家里是开餐馆的，就是因为听说中国菜好吃才慕名来中国留学，学的是营销。

阿衡说："你才小气，你们全家连你家的意大利面都小气。"

Fabio窘。

Tom递给阿衡一杯红酒，腼腆的澳大利亚小伙有些不好意思："Winnie，和你认识，很高兴。"

阿衡笑了笑，咕咚咕咚喝完："我也是，本来以为今年就我一个人过年，有你们在身边，很高兴。"

Jenny也敬酒："我还以为中国人像你这样的眼睛才漂亮，结果，还有很大眼睛也很好看的人，真有趣。"

阿衡抽搐："您这是夸人呢？"

"Why not？楼下的那个男孩儿真的很漂亮。"Jenny嘟囔了一声，和阿衡碰了酒。

他们吃完闹完已经到了凌晨，Fabio临走时对阿衡似笑非笑："那个字,我记得念'heng',是吧,Winnie?"

阿衡洗洗漱漱,沾着枕头就睡着了。

半夜做了个噩梦,惊坐起,在黑暗中适应了一会儿,电子钟这会儿显示的是凌晨三点半。

她赤着脚拉开窗帘,窗外白茫茫一片,绵绵不断地落着雪花。低头四处张望着地面,白色的雪影,什么都看不清。

她穿上拖鞋,拉开门,脚步无声。

走到楼下的时候,宿管房间的灯灭着,大门的钥匙放在门口小邮箱里,是留着给学生备用的。当然,只有留学生公寓有这种待遇。

她犹豫了一会儿,还是把钥匙伸进孔洞。

打开门的一瞬间,风灌进了披着的外套里。

在雪里绕着宿舍楼走了好几圈,什么黑外套、大眼睛,统统都没有。

她搓搓手,自己却笑了。

温衡,你傻不傻。不对,是他又不傻。

转身,却在小卖铺门口看见一个雪人,隐约露出黑色的衣角。

她走了过去。

那人没注意,手里拿着一支烟,哆哆嗦嗦地靠着墙角,借着屋檐避风,点火。

身材清瘦颓废,戴着帽子,塞着耳塞,早已不是两年前、之前的五年的那个少年。

高傲而美丽。

她从不知道,言希,会吸烟。

她静静地看着他,看着他的手指,看着他冻得麻木,动作缓慢迟钝。

轻轻夺过了他手中的烟和打火机，他诧异地转身，眼睛瞪得很大，大到快瞪出眼泪，呼吸却急促起来。

他张了张口，却只能沉默。

阿衡避开他的眼睛，说："你跟我进去。"

他默默地跟在了她的身后。

雪路，楼梯，缓步，房间。

房间铺的是地毯，言希看着自己湿漉漉的衣服和鞋，想了想，有些费力地说："我就是来看看你，这就走。看你好不好。今天大年三十。"

他呼出的气都是凉的，逻辑混乱，词不达意，阿衡却听懂了。

她有些粗鲁地把他拉进房间，拿了在取暖气上烤着的毛巾扔给他，脸色冰冷。

言希擦干净了头发，阿衡又倒了一杯热水，示意他脱下外套放在取暖器上烤着。

递给他热水的时候，他的手冻僵了，没拿好，打碎在地毯上。他局促，站了起来，看了阿衡一眼，小心翼翼。

不知所措、沉默没有自信的样子，哪里还有当年那个跋扈少年的影子？

阿衡不说话，看他面孔发白，黑发上不停滴着雪水，又拿出一床被覆在原来的毛毯上，指着被窝让他躺进去。

言希摇头："你睡哪儿？"

她把他拉进被窝，自己也躺了进去，说："睡吧。"

伸手，关了台灯。

他的手很凉很凉，不小心触到阿衡，却迅速躲开，生怕冻着她。

阿衡却伸出手紧紧抱住他，言希轻轻挣扎，阿衡却闭上了眼睛："言希，你他妈再动，给我滚。"

从不会吸烟的言希学会了吸烟，从不说脏话的阿衡学会了脏话。

言希总爱教不会说京片子的温衡说脏话，温衡总说男人吸烟是不是会显得很有男人气概。

曾经的曾经，温衡死活学不会脏话，言希高傲着脸鄙夷："谁说老子不抽烟就不男人了？"

他僵了肌肉不敢动，她抱着他像抱着个大的布偶娃娃。

言希的手指开始变暖，趋向阿衡的温度。

她心里却突然很疼。疼得连眼泪都出不来。

她的手指攥住了他的毛衣，兴许还抓疼了他，他缩在被窝里闷哼了一声，却不躲避。

她说："言希，你是不是在偷笑呢？我知道你在想什么，你是不是想，这个世界怎么有这么好骗的女人，比什么变形金刚绿毛怪钢琴好玩儿多了是不是？骗了多少次，还是说什么就信什么？言希，你喜欢一个男人，想待在他身边，你跟我说，信不信我扫好房子送你走，你骗我干什么？你说你聋了，除了达夷那样的缺心眼会信，你以为我还会信吗？言希，你以为我会信吗！你喜欢男人就喜欢男人，拉上我干什么！这游戏就这么好玩儿吗，玩儿了七八年你不累吗，言希？"

她伸手去拽他耳上的那对东西，他却轻声开口："阿衡，你要是拽了，我就听不到你骂我了。"

他说："阿衡，我想听你说话。"

她却狠狠咬住了他的肩头，眼泪掉了出来："你这个畜生，还在骗我，还在骗我，我是有多好欺负？！"

他摘了耳塞："阿衡，如果，这样能让你好受一些。"

黑暗中，他的眼睛晶莹，挣扎中满是无从抵抗的悲伤。

她却吼出了声,破了嗓子:"你怎么这么自作多情!我好受不好受,是你用一双眼睛能看出来的吗?想要我舒坦是吗?你把我的言希还给我!"还回来,你这个畜生,杀人的畜生,杀死了我的言希……"

## Chapter 97
## 一副棋盘江山定

言希睡醒的时候,阿衡已经不在。

打开窗帘,她站在楼下的雪中,撕着一块块的面包喂找不到食物的麻雀。摸了摸耳郭,耳塞,她已经帮他重新戴上。他走到浴室冲了澡,再出来的时候,桌子上已经准备了热牛奶和烤面包。

他已经很久没有吃过早餐,也很久没有认清过白天黑夜,总是陆流回来把他拉起来,一天才算开始,浑浑噩噩。

不再适应阳光,不再适应黑夜,他只是尽量,让自己适应陆流。

不知道自己是死了还是活着,明明没人,绑着他的手脚。

一阵熟悉的脚步声响起,温和有序,像做数学的方程式,一步一步。

无论快乐还是悲伤,从没改变过。

他抬眼,阿衡走了过来,手里还有两个水煮蛋。

她递给他,说:"你吃。"表情淡淡的没有什么情绪,更没有昨晚的歇斯底里,好像所有的情绪都掏空了。

她转了身,蹲在取暖器旁烤毛巾。

言希没有说话,一直低着头吃东西,头发险些沾到牛奶上。

两个人各做各的,情绪互不相连,漫不经心。

言希喝完最后一口牛奶,阿衡站起身搓搓手,说:"你什么时候走?"
言希嘴上有奶糊子,用手抹了抹,轻轻开口:"我有……三天的时间。"
他说:"我有三天的时间,和你在一起。"
阿衡愣,问:"是这次有三天的时间,还是一辈子只有三天?"
言希很沉默,半晌才开口:"不知道。你结婚的时候,我会去,你生子的时候,我也会去……看你。"
阿衡说:"我结婚的时候,不给你发喜帖,家具送到就够;生孩子孩子不姓温不姓言,跟你跟我有什么关系?"
她说:"你不如,等我死了,再去探望。"

有人咣咣敲门,阿衡去开门,是 Tom、Jenny、Fabio 仨。
Tom 还是那副腼腆的样子,笑着说:"Winnie,我们报了个旅行团,三日游,你要不要去……呃,你有客人在……That boy?"
Jenny 看到言希,笑了:"Hey, boy,你找的原来是 Winnie。"
言希点点头,笑了笑,不说话。
Fabio 耸肩:"Winnie,你……好吧,你们要不要一起去?"
阿衡问:"你们要去哪儿玩?"
Fabio 靠在木门上微笑:"随便逛逛,来这里,一直没有机会好好玩。"
阿衡转头,看着言希。
言希点点头。
她说:"好吧,需要带什么东西吗?"
Jenny 笑得夸张:"Girl,就差你人了,食物早上去 Carrefour 准备过了。"

## Chapter 97　一副棋盘江山定

新年的第一天，报团的人却出乎阿衡意料的多。

座位有三十个左右，阿衡、言希坐在倒数第三排靠窗，Fabio 他们坐在最后一排，不间隔的四人位子，嘻嘻哈哈，听歌，用英语快速交谈。

前面的大爷大妈、小伙子大姑娘的，清一色儿黑眼珠，看着这仨，蓝的、绿的，真好奇。

走到半路，大伙儿都困了，在座位上东倒西歪，睡得迷迷糊糊。

言希一路上跟哑巴一样，只会点头摇头，好像宁愿让大家以为他是哑巴，也比知道自己是聋子好一些，掩着盖着，不知是个什么心理。

他趴在窗户上看着窗外飞过的风景，心里渐渐清晰。

除了陆流还是陆流的生活已经两年，在那样混沌的环境中，终于，拿止血钳钳制的血液有了舒缓的流淌。

阿衡突然背着手，倾斜身子，亲吻了他。

她有些怨恨自己，没有在暮春时节亲吻过言希，在那样温暖柔软的季节。可是，这个人从没有给过她那样的机会。

他们交往时已经是夏天，结束时，却只是那一年的冬天。

而此时，已经是三年之后的冬天。

也许正是如此，言希才没有那样深刻的机会，喜欢上她。他宁愿把自己抵当给一个别人，换取她虚幻的欢喜，也不愿让她时时刻刻摸得到他，得到天大的幸福。

她颤抖着，眼睛温和澄净，什么都没有，只是捧着他的头，伸出舌头，亲吻，撬开他的齿，温柔而柔软。

四周一片宁静，只剩下车行驶时与高速公路摩擦的声音。

咣咣，当当。

言希无法呼吸，口中涌动的都是阿衡的气味。

他的眼睛瞪得真大，瞳孔几乎缩于一个焦点——她的眼睛。

忽然，他的眼中有了泪。

他想，我都丢了什么啊？言希，你都丢了什么！

她追逐他的舌头，动作生涩莽莽撞撞，却很温柔，仿佛春日中点燃的第一抹松香。

他抓住她的手包裹在掌心中，含住她的舌，耐心指引。

他们忘了时间，把亲吻当作一场消磨时光的大事，认真而专注。

他掉了泪，她看着他的眼泪，眼神平静，只是不停地索取他口中的最后一点热乎气儿，好像这是个将死的人，就剩下这点证明他还活着的东西。

热气，温度，旖旎，痛苦，挣扎，安静，消融。

窗外出了太阳，车窗上滴答滴答，落了一缕缕曾是寒气的水色。

到了地点。Tom 醒来的时候，看到一幅很美的画面。

阳光下，两人沉沉睡着。她依偎在他怀中，头抵着他的胸，双手抱着他的腰，依赖平和的姿势，睫毛上闪着亮光。

嘴唇明潋潋的，红得耀眼。

他看傻了眼，说："Hey, Jenny, look, Winnie 用的是什么牌子的润唇膏？真好看。"

Jenny 拍了拍他的脑袋，同情地开口："Tom，你知道的，Winnie 很保守，恐怕不能接受一个外国的男朋友。So，不是你的错。"

Tom 耸耸肩，笑了："大家都是好朋友。"

Fabio 坏笑："这还叫保守？如果没有半个小时，根本出不来这种效果。"

Jenny 却小声嘀咕："可惜了，阿衡的男朋友是哑巴，不会说话。"

但是之后，仨洋孩子却别扭了。

见过这么奇怪的男女朋友吗？明明在车上背着大家这么亲密了，可爬山的时候却是各走各的，一个队伍最前端，一个队伍最末尾，好像陌生人。

山上有积雪，越往上走路越滑，导游拿着大喇叭说让大家注意安全，坚持就是胜利。山顶有天然温泉，绝对的延年益寿、美容塑身，大家伙坚持。

大家气喘如牛，Tom问导游："温泉旁边有寿司店吗？我想吃生鱼片。"

一老大爷喷了Tom一脸口水，像天津人口音："干吗呢干吗呢？我们中国又不是鬼子窝，你找嘛生鱼片儿，吃了不怕拉肚子？咱这儿只有大碗面、海蜇皮，爱吃吃，不爱吃拉倒！"

Tom讪讪："Winnie，什么是鬼子窝？"

阿衡抽搐："就是一个有很多罗圈腿儿很多动画片的地儿，啊，对，还有你要的生鱼片儿。"

Tom似懂非懂，点头。

到了山顶泡温泉，温度大概有四十几度，噌噌地往上冒热气，水雾缭绕。

男女不同浴，用一扇竹门隔开了，风吹过来，竹叶直往池子里掉。

阿衡露个脑袋，好大会儿才适应温度。想起来小时候浮水那些旧事，把头伸了进去，憋着气，在水里潜了几圈儿。

山上冷，到了傍晚，又冒了雪片子。

阿衡刚上去穿好浴衣，就听见对面男浴鬼吼鬼叫："Boy，你怎么了，没事儿吧？"

"耳朵，你耳朵有水，你别捂着不让扒呀。哎哟，小伙子，不成，进水了!"

"哎哎,你别晕呀!"

"Hey,醒醒,醒醒!"

阿衡一个箭步冲到对面,老大爷、小伙子们红着脸开始尖叫。

阿衡在雾气中也分不出自个儿脸红不脸红了,轻咳:"我是医生。"

低头看言希,孩子跟烤乳猪似的,裹着个大浴巾,满脸通红。

转眼,问 Tom:"他泡了多久?"

Tom 往池子里缩,捂住重要部位,说:"他就没出来过,刚刚游得腿抽筋了我们才把他抬上来,拔他耳塞他捂着不让,结果就晕了。"

阿衡青脸,拖着言希把他抬了出去,做心脏复苏。最后,他吐了两口水,咳了一阵,醒了过来。

他迷迷糊糊,任由阿衡把他扶回房间,眼睛就这么一直盯着她。

目光清澈干净,没有碴子,却刺了她的眼。

阿衡说:"言希你还是不是男人?连泡澡都能晕过去。"

言希说:"我刚刚做了个梦,梦见我跟你说分手了,你说好笑吗,我怎么可能对你说分手?"

阿衡绿了脸:"言希你别跟我眼皮下面演失忆。"她咬牙切齿,"你敢说分手是假的我抽死你!"

言希闭上眼,笑了:"你抽死我吧,我后悔了。"

他说:"我宁愿温家废了,宁愿保全你一个人,宁愿你只剩下我一个人,宁愿强迫你跟着一个残废,也不愿意一睁开眼,就看不见你了。"

他说:"我后悔了。"

这话,多……理直气壮。

## Chapter 97　一副棋盘江山定

　　阿衡黑着脸："言希你属猪八戒的是不是？三心二意，有事陆公子，无事温家女。"

　　他挠被子："我后悔了。"

　　阿衡说："你说过分手了，我两只耳朵听着呢。"

　　他蹲墙角："我后悔了。"

　　阿衡说："我说了，你敢说分手是假的，我抽死你。"

　　他挠墙："我也说了，你抽死我吧，我后悔了。"

　　阿衡冷笑："言希，你也不看看自己现在是什么样子，耳朵废了，不定什么时候又得癔症三重人格了。你不是不忍心拖累我吗？你不怕，我还怕我儿子是个聋子呢！"

　　言希泪汪汪，把头扎被子里："我知道，可是，我……后悔了。大不了，咱不生孩子了成不成？"

　　阿衡狰狞："你说呢？你不是爱陆流吗？这两年，人人在我耳边放话呢，言希爱的就是陆流，没错儿，温衡你就是个托儿！"

　　言希抱着被子滚来滚去，纠结："那是我让人传的，我怕你忘不了我。可是，我偷看过卢莫军跟你喝茶，偷看过云在跟你逛街，我后悔了！"

　　阿衡额上青筋挂着："你再说一遍？！"

　　言希抱头："你打死我吧，我后悔了！"

　　阿衡气得坐在竹凳上，半天没吭声。

　　她握了竹桌上准备的象棋："言希，你这么活着累不累？整天黑的白的，没事儿找事儿，折腾自己折腾别人，随时准备好演戏，你累不累？"

　　她说："这么着，你跟我下一盘象棋，你要是赢了我，我准你后悔。要是输了，从此滚出我的视线，怎么样？"

　　言希执红棋，先行，走兵。

阿衡从小跟着阿爸学象棋,从一开始的稳输到最后的稳赢,大概是十年的时光。

七年前她曾经和言老在榕树下下过一局,四十个回合,直取对方的帅,一着将死。

别的不敢说,可在象棋上,她下的功夫不算少。

她不动声色,走了将。

又下了二十个回合,言希头上开始冒汗。他的卒被吃了五分之四,炮废了一双,相全无,战况凄惨。

他手指白皙,握着车,神经紧绷。刚直退一步,阿衡淡淡开口,执子,说:"吃。"

吃。

吃。

吃。

到最后,只剩下孤帅孤马。

半壁江山,土崩瓦解,不会再超过两步。

阿衡看着言希,目光沉静温和。

他不说话,喉头有些难受,握着棋子,难动一步,看着棋盘,纵横捭阖,终于,走到了绝境。

黑发被汗水湿透,他失去了他的阿衡。

永远。

阿衡看他一眼,却笑了,忽然伸手,浴衣宽大的袖子拂过棋盘,兵戈鏖战,一切尽毁。

她说:"我认输。"

她说:"我准许你后悔,这么一次。

"绝没有下一次。"

*Chapter 98*
## 我一直都在左右

你爱我吗？除了陆流，除了言家。

……爱。

这个世界，总有这么一类人，钻进一个洞，死活走不出来。

她想，我爱你什么呢？

年轻貌美？可我今年也只有二十三岁。

聪明无敌？温衡我从小学时就没考过全校第四。

家世惊人？你去问问温家是个什么家世，如果少了陆家时时窥探。

一见钟情？是了，这个……我专属，你没有。

她拂掉棋盘上的棋子，微笑着说"我认输"。

本想让他尝尝被握在掌心摆布的滋味，可是，终究认输，不过因为，爱着他。

她说："言希，我给你一个月的时间，你再好好考虑，要不要，一辈子和我在一起？"

"一辈子？"

"对，一辈子。"

那天晚上，他们喝了许多酒。

凉风吹过，她说："你是喜欢我的吧，言希？"

那个美貌倾城的男子却低头浅笑:"你说呢?"

她喝得醉态酩酊,轻轻抱着他:"言希,你说一句话,你说你喜欢温衡,除了陆流,除了言家。不然,我走不下去。"

他看着她的眼睛:"我只是在想,这个世界,怎么会有这么愚蠢的人?"

他抱着脚步虚浮的她,说:"我喜欢温衡。"

她却像个孩子放声哭泣:"言希言希,你如果撒谎,罚你下辈子做猪八戒,遇不见高秀兰。"

他抱着她置于胸口,起起伏伏,说:"好,罚我遇不见高阿衡。"

她说:"言希,别人的爱情会不会也是这样难受,抓住雨天抓住阴天就想哭?"

言希的眼睛黑得发亮,却轻轻闭上,攥紧了拳说:"是的,大家都一样。"

阿衡说:"泰戈尔说,世界上最遥远的距离是,我站在你面前,你却不知道我爱你。可是我总看不懂,我站在你面前,如果你看过我的眼睛,怎么能昧心说我不爱你;我们如果相爱,你又有什么理由忍心不和我在一起;如果你能装作丝毫没有把我放在心间,又怎么不敢狠下心肠和我提起陆流?"

她那么委屈:"别人总是告诉我,温衡是言家内定的孙媳妇,生下来就是。那么,你告诉我,你有没有那么一秒钟,在年少轻狂的时候,想起这么个小媳妇,即使你从未与她相识,即使你从没有把她放在心上。"她脑袋昏昏沉沉,伏在他的腿上,轻轻开口。

言希抚着她的发,眉眼温柔得无法言喻,无奈地笑:"哎,你就当我从没有想过。"

有过无数次初恋的言希,怎么会想起那么一个被祖父耳提面命念着的小媳妇？

他从八岁时知道自己有一个亲妹妹起，就知道，自己还有一个小妻子，在很遥远很遥远的地方，说着他听不懂的话。

然后，他专门学了那些拗口的话。

她说："你告诉我言希，你告诉我，你是不是很爱陆流，有多爱，爱到可以为了他不做言家太子吗？"

他的指节细长，却不动声色地握紧，说："除了亲情和友情外，这个世界还有第三种感情，比爷爷更容易亲近，比达夷、思莞更容易习惯。"

她点头，脸色潮红，伏在他膝上，望着远方，说："我知道，爱情是吗？比阿衡更容易接受的爱情。"

言希淡淡地微笑："如果你只能想到这种地步……"

她却伴着明月、净雪、竹鸣，在他怀中，沉沉睡去。

他抚着她的发，干净的袖角沾去她眼角的湿润，只是无奈："你知道什么，又知道多少呢？"

似乎，只剩下这么一句话。

那么遥远的，到达言希的距离。

永远，永远差了一点……

三天两夜游结束，回到学校的时候，言希牵着阿衡的手，却意外看到公寓楼下熟悉的跑车。

是陆流的雪佛兰。

言希沉默，敲了敲车窗。

车窗缓缓降下。

阿衡站在直对角，陆流的侧颜一清二楚。

她想，这是个自律的人，指甲永远修得干干净净，眉眼惯态冷清，永远在合适的时候露出合适的表情。

陆流望着远方,却冷淡地对着言希开口:"上车。"

言希笑:"你没有猜到我离开会有这么一个结局吗?和阿衡。"

陆流说:"言希,你给我听好。你可以娶妻,可以生子,可以喜欢一个女人,我给你绝对的自由,也尊重你的选择,但是,不能是温衡。"

言希眯眼:"你是有多害怕温衡走进我的心里?"

陆流淡淡地笑开:"我不怕她走进你心里,我怕她走进你的灵魂里。言希,你没了灵魂就是死的。我忍这么多年,耗费这么多心血,不是为了给别人做嫁衣。"他说,"你如果只是为了与我为敌,大可以找一个别的什么玩具,在这个女人身上较劲,我没兴趣!"

阿衡黑线,啊,说得这个女人好像是别人的样子。

她咳了一声:"你们慢慢讨论,我先上楼。"

陆流却打开车门对着阿衡说:"温小姐恐怕也要回去一趟。温老生病,住了重症病房。思莞联系不到你。"

阿衡吃惊:"什么时候的事儿,爷爷是什么病?"

陆流微笑:"你离家出走半年未接家里电话,思莞闹着要和女朋友结婚。昨夜我去给温老拜年,也是刚知道,他大年三十便住了院。"

阿衡、言希二人匆忙赶到病房的时候,得知温老是突然脑溢血被送到了紧急病房,所幸出血量不足十毫升,身体并无大碍,昨天已经醒过来。

思莞坐在病房门口,低着头,胡子拉碴,一脸颓废,眼睛熬得猩红,不知是多久没睡了。

温老的身份,病房自然是宽敞舒适的,陪护也轮不到温思莞站外头,想必是温老压根儿就不想看见他。

他看了一眼阿衡,勉强笑了笑:"阿衡,你回来了。"又看了言希一眼，然后脸别到一边，沉默不语。

言希握紧了拳，也不说话，拉着阿衡敲了病房门。

开门的是温妈妈，看见阿衡，先是一喜，又看到她和言希十指相扣的手，愣了愣，笑着说："你爷爷已经好了，不必担心。小希我也很久没见了，你先和思莞说会儿话，让阿衡单独见她爷爷。"

温老苍老沉稳的声音却传来："不必，让他们一起进来。"

阿衡走了进去，看着温老，仔细端详着，眼睛却湿润起来。

这个老人满头银发，为了儿女长孙操碎了心，步步为营，高处不胜寒。他早已是满脸皱纹，她却不孝至极，很久没有亲自侍奉在爷爷身旁。

他靠在病床上，看到阿衡红了眼，满是皱纹的手招了招，握住她的手，眼睛依旧如鹰隼一般，却满是慈爱："好孩子，回来就好，哭什么？"

阿衡吸鼻子，低头抹了一把眼泪，一个劲儿地说："我不好，我不孝顺，爷爷，我最浑！"

温老笑："胡说，谁敢说我孩子浑？你爷爷没死，谁都欺负不到你头上。"

阿衡摇头："爷爷，我最坏，我不听话，我一直气你，我没有一次听话的时候。"

老人怜惜，摸摸她的头发："爷爷这辈子就剩你和你哥哥了，你们是爷爷的命，爷爷做什么只有为你们好，没有坏的。谁家的孩子谁心疼，我把你放在云家，你奶奶还在的时候根本不能提你，一提就哭，总是指着你阿妈寄来的照片对我说，我们的小阿衡又长大了一点。"

阿衡却放声大哭："是我浑，是我想不开，是我不懂事，我错了爷爷！"

老人说："我听你妈说你预备去法国留学，准备得怎么样了？"

阿衡满眼通红，转眼，言希站在那里，静静地看着她。

她说:"爷爷,我想,和言希……在一起。"

开始时有些口吃,后来却抬起头,眸子温柔似水却熠熠生辉:"爷爷,我想和他在一起,一辈子,我想和他结婚。"

温老却淡淡开口:"我答应你千万件事,只有这一件,我不允许。"

他说:"言家,不是我们家能配得上的。小希,你说呢?"老人抬眼,目光如炬,近乎严厉阴狠地看着言希。

言希默默,不作声。

温老却说:"言希,你即使是我最好朋友的长孙,我却一直瞧不上你,这你是知道的。人道年少纨绔,如若是我们这种家庭,这本是常事,没有什么。可是我的孙女阿衡,温家的女儿,虽然自幼懦弱无知,愚钝古板,却还算本分,从未做过任何出格的事,你们在一起免不了磕磕碰碰,实在算不上良配。况且,阿衡四体还算健全……"

况且,阿衡四体还算健全。

况且。

言希脑中混混沌沌,嘴唇干涩,耳中又鸣痛起来,他说:"抱歉,我出去一趟,温爷爷,让阿衡陪你说会儿话。"


他走了出去,拔了耳塞,随手扔进了走道的垃圾桶。

到自动贩卖机旁,三元钱一罐咖啡,还是滚烫的,放在手心,真暖和。

五指挤压,铝制的银色罐子,强大的压力,扭曲变形,褐色的液体冲了黑发、眉眼。

思莞走了过来。

言希说:"我真的,很想和你做一辈子的好朋友。"

他抬头,思莞看着他的眼睛,却吃了一惊。

那样的言希,连听不到世界都未曾掉过一滴眼泪的言希,现在眼中却有比眼泪更加悲伤的东西不加掩饰地流过。

他说："不只是你温思莞，还有辛达夷、陆流，我一直没有放弃过和你们做一辈子兄弟的打算。"

褐色的液体顺着他的黑发流下，像极了泪滴。

他说："你们想要什么？权力、金钱、地位、势力，好，老子有的，全部给你们，从来没有吝惜过。就连当时决定救温家，除了阿衡，温思莞你难道真的妄自菲薄到认为没有自己一丝一毫的原因吗？可是，你们呢，你们一个个，回报给老子的是什么？"

他忽然大笑起来："达夷想要钱，我给他，两千万，老子在演艺圈摸爬滚打挣的老婆本，全部的积蓄，全部给他，一毛不剩；陆流想要一个可以陪在他身边的人，想要一个一辈子可以不寂寞的人，他设计老子，设计了二十五年还没有放弃，老子不跟他一般见识；你呢，给你什么你也不会满足，你从小就想要和陆流抗衡，所以他有的你必须也一定要得到手，金钱、权势、地位，包括我，你也一并跟着他，依葫芦画瓢，设计我！"

思莞皱了眉："言希，你说什么，我怎么听不懂？"

言希手握着铝罐，突出的部分划破了他的手，血色殷红，好像初绽的梅花，触目惊心。

他望着温思莞，眉眼悲怆："为什么，从没有人，从没有一个好兄弟，问问我，我想要什么；问一问，我的老婆本攒没攒够；问一问，我要不要爱一个男人；问一问，我这么设计你你还上套，言希你是不是傻啊？"

雪色的阳光，他抬眼，阿衡走出病房，看着他微笑起来，山水温柔，一如初见。

他也笑，对着她，笑出了眼泪。

他张张嘴，声音那么低，低到自卑的海洋中。

他说："更没有人告诉我，我可不可以娶阿衡。"

*Chapter 99*
## 谁为谁不惧流年

辛达夷二十四岁的时候,说了一句话。

那是远去法国的阿衡听过最想笑的话,结果乐极生悲,哭了。

他说:"老子要是能穿越,一定对我奶奶说,您千万别生我爸,要是生了我爸,您以后虽然能得个大胖孙子,但会气死您老伴儿。"

这个事儿,必须得摆摆了。

虽然大家不怎么待见辛陈一对,腻味男男,但是,这事儿,它不说我没法继续剧情。

好吧,事情我们先穿越到很多很多年前,辛达夷还是高一的大小伙子的时候,他遇到一个心仪的女孩,啊不,是男孩。

这是一个有异装癖的男孩儿,他说自己有一个英文名儿,叫Rosemary。

玛利亚一样的玫瑰花儿。

辛达夷英语不好,但是小时候四人组、陆流、思莞都是贼好贼好的,他爷爷也说,喊兄弟喊得这么亲,怎么不跟你兄弟学学那啥语?

辛达夷坚持:"爷,这个问题一定要怨言美人儿,他一颗老鼠屎,坏了老子一锅粥。言美人儿英语也不好来着。"

所以,他一直对英语有一种莫名的情结,对英语说得好的更是情结深重。

然后,看见玫瑰花儿,情结犯了,初恋扔出去了,末了,才知道是死胡同不归路。

## Chapter 99　谁为谁不惧流年

他从小到大,身边的女孩,除了一个长得好看爱撒娇不中用的温思尔,就剩一个长得不好看不爱撒娇同样不中用的温衡。

看身边儿,姑娘们也就那样儿,论好看,不如言希眼大;论人品,不如温思莞会装;论做饭,你拉倒吧你,现在的姑娘,除了温衡这样儿的,还有几个不是等着老公伺候的。

十七八岁的时候,跟大院儿里一帮哥们儿到高级会所,也就是俗称的高级妓院开了开眼界,知道男女是怎么回事儿了,蓦然回首,才发现AV、BV、CV之流,不管欧美还是小日,纯属瞎掰,技术含量太高,不是正常人类能做出来的。

于是,最后一道防线也破灭了。

然后,女的这条路,好像隐约仿佛走绝了。

这么想的时候,身边还剩一同桌仇人哥们儿初恋,随便丫怎么定位,一扭脸就看见了,一张脸比起言希也差不了多少,笑起来还会撩眼角,整天勾肩搭背,身上还不臭,这是多难得一人。

辛达夷总觉得玫瑰花儿难得,可到底哪里难得,却说不出来。

言希耳朵聋了,出了那档子事,他和花儿拿着酒瓶子对吹,喝了大半夜,喝出了风格,从米卢脸上的皱纹说到克林顿加布什合起来智商二百五;喝出了感情,陈倦,我小时候那会儿……那会儿,好像是真喜欢你;喝出了成绩,喝到了一张床上。

男人跟男人,不知道需不需要负责,或者怎么负责,反正男未娶男未嫁,就凑合着过了。

该犯的傻也都犯过,蹲在马路牙子上看过星星,结果B市沙尘暴;做建筑设计图的冬天吃过大姑娘都喜欢的哈根达斯,最后嘴都冻麻了;夏天放烟花矫情一句"真美",蚊子直接能往胳膊上搭窝。

就这么凑合了两三年,从言希耳聋开始,到言希冒着雪坐着火车去江南找一个长得不好看不爱撒娇不中用的温衡。

言希给他打电话,说:"达夷我刚刚吃了排骨面——和阿衡两个人一起吃的第一顿饭。"

多少年了啊,什么脑子,记得这么清。

转眼,花儿忙着在做公司的企划案,低着头,眼角轻轻地向上撩着,清潋潋的,干净明澈,一如他多年前看见的一个叫作玫瑰花儿的人。

辛达夷说,神天菩萨,时光祖宗,我也记这么清。

唉,造孽。

2006年,他说:"陈倦,我回家过年,陪爷爷。"

辛爷爷是个固执的老头儿。

他一直拧在辛达夷职业的问题上,即使辛达夷已经是个资产上亿的小小富翁,老爷子始终认为,培养这么多年,算是废了。

他问:"辛达夷你什么时候给我领个孙媳妇?你喜欢阿衡你直说啊,我告你,是男人就去跟言小子抢。奶奶个熊,老子还不信我老辛家抢不过他老言家了!"

辛达夷直抽搐,心里说,您别搁这儿添乱了,要是让言希知道了我还活不活了?一个陆流,一个温家,就够他堵了。

门外有人敲门。

本是惯事,正月初五正是亲朋走动的时候。可这时间不对头啊,大半夜的。

辛达夷开门,皱了眉头,是陈倦。

他问:"你怎么来了?"

陈倦的脸很红,诡异的红,像是生病了。

## Chapter 99　谁为谁不惧流年

辛老在里面大嗓门儿问着是谁,达夷狠心,装作没看见,说:"过完初八我就回去了。"

陈倦从怀里费力地拿了个袋子:"你的防寒服忘公司了,我来你们这儿的医院看感冒,顺路给你捎过来。"

辛达夷心疼得直抽抽:"陈倦你可真顺路,家门口就是医院,你走三十里路来这儿看医院?"

陈倦面色疲惫,说:"我这两天做企划累得慌,你让我靠会儿吧,我马上走。"

辛达夷心里不是滋味,抱住陈倦,不说话了。

辛老一到冬天,腿脚就不好,见孙子不回答,拄着拐杖往玄关走,脑子却轰的一下炸了。

他的宝贝大孙子抱着个大男人在门口,搂得跟当年他搂他老伴儿一个样儿!

老爷子大半辈子了,什么事儿不清楚,大骂了一句"小畜生",拄着拐杖就往孙子连同他怀里那个伤风败俗的男人打去。

达夷护住陈倦,说:"爷爷,不是你想的那个样子!"

辛老气得青筋直暴:"呸,下流的东西,鳖羔子,我这辈子的脸都让你丢干净了!"拿起拐杖,往两人身上一阵狠打。

陈倦在家做设计图没顾上病,好几天了,头晕眼花的,一个趔趄倒在了雪地里。

辛达夷急了:"爷爷,您干什么?"夺了老爷子的拐杖扔到一旁,抱着陈倦就往医院跑。

辛老眼中爆着红丝,气得浑身颤抖,喘粗气:"辛达夷我跟你说,如果你今天跟这个男人走,这辈子你就不是我孙子!"

辛达夷打小倔脾气,也咬牙了:"不是就不是!您从来就没有瞧得起我的时候，做您孙子，我也做够了！"

他想，这一次别说言希、阿衡一块儿劝，就是加上陆流、温思莞，他也不回家了！却没有再回一次头，看看已经气得在门畔昏倒的辛老。

等到陈倦打过针，辛达夷却接到爷爷护理小赵的电话，说辛老正在抢救。

辛达夷接到电话的时间，是凌晨两点零三分。

辛老过世的时间，是两点十分。

当时，他还在路上……

好了，再也不用做爷孙俩了。

辛达夷跪在病房哭得血好像要从嗓子眼儿出来。摸着辛老的手，已经开始凉了。

他养了一辈子，就养出这样一个好孙子来。

辛达夷撕心裂肺，天都没了！

爷爷，爷爷，爷爷！

总是握着他的手，不管工作怎么忙，总是用一双长着厚厚茧子的手牵着他的手上幼儿园上小学的爷爷；在公园给他用小草编过帽子，给他讲过越南自卫反击战故事的爷爷；在别人都说"辛达夷，你怎么比你兄弟丑这么多"的时候，喷着唾沫星子骂"滚你娘的！我孙子长得最好看，言家温家陆家的算个屁"的爷爷。

他没有爸爸妈妈，只有爷爷。

爷爷等于爸爸妈妈，不，比存在着或者已逝去的任何人都亲。

辛达夷大病一场，没了半条命。

言老听说老友亡故，一口气差点没提上来，乘着飞机赶了回来。

在灵堂看到好友的遗照，看到陪着达夷三天三夜熬夜没吃没睡的言希，气到极处，当着众多言党辛派人的面狠狠地扇了孙子一巴掌，他说："小畜生，是不是你教坏的达夷？下一步，是不是把我气死才算如意？"随即又阴狠地瞪了陆氏爷孙一眼。

陆氏和言党，剑拔弩张，一触即发。

言老身后一直陪着张参谋父子，张若唇角微妙地带着笑意，冷冷地看着言希。

言希身后站着阿衡，阿衡说："言爷爷，您这是做什么？"

言老看着阿衡的眼睛，高深莫测，仿佛浇了一盆冰水在阿衡身上，他说："阿衡，跟你没有关系。"

温老却目光大定，没有任何多余的表情。

几人祭奠了好友，一阵痛哭。

帮衬达夷过了辛老五七，言老拿出一张护照扔给言希，说："跟我走，回美国！"

言希摇头，很认真地说："我想要，和阿衡在一起。"

言老却失望透顶，他说："你还要拿阿衡做幌子吗？"

他说："言希，我培养你一辈子，想着你秉性聪慧，想让你接我的摊子，可是你为了一个男人，太让我失望了。"

言希眼神澄澈，他说："我想和阿衡在一起，跟陆流没有关系。"

言老却已经听信了一众老部下的话和满 B 市上流圈子的风言风语，言希一人之力不可能敌过泱泱众口。

所谓，人言可畏。

言老看着孙子的耳朵，叹了口气："小希，不要再做《狼来了》的孩子了。即使是阿衡，你看温老三的态度，摆明不想把孙女嫁给你，你跟爷爷回去吧,啊?爷爷给你找个好医生瞧瞧耳疾。"

言希摇头,说:"我要跟阿衡在一起,我要娶她,我想有个家。"

言老却狠下心肠,沉声:"言希,我给你两个选择:一是跟我走;二是和言家断绝一切关系!"

他只当孙子欺骗,他断不能允许他和一个男人在一起,让言家贻笑大方。他培养这么多年的继承人不是一个戏子。

言希看着天,忽然笑了:"如果没有三,我选二,我想有个家。"

不再孤独,不再寂寞,不再被辜负,不再被抛弃,有保护自己和可以保护的人。

言老拂袖,搭飞机离去,随之,冻结了言希的所有信用卡。

高高在上的言家,和言希再没有关系。

阿衡返校之前和祖父长谈一整夜,第二天家人问起,温老抱着鸟笼子充耳不闻。

阿衡的考试成绩全院第一,拿到了去法国留学的资格。

她问,能不能带家属?

院领导说,可以,但必须自费。

阿衡打电话说:"我在H城等你。等你,嗯……三天,到上飞机的最后一秒。"

言希微笑,那笑容真美,像个孩子。

他说:"好。"

第一日,达夷出了事,被下了单子,说公司偷税漏税高达千万。辛老尸骨未寒,达夷却被带到了看守所。

言希问他:"是不是有这么回事?"

达夷摇头:"账务一直都是陈倦在管。"

找到那朵玫瑰花儿的时候,他正与陆流谈笑风生。

言希知道发生了什么,他觉得荒谬:"你和陆流是一伙的吗?你跟达夷的感情是假的吗?"

陆流微笑,胜利者总有一种高姿态。

陈倦低着眼睛,声音苦涩:"是,我是。你知道,我一直喜欢陆流。"

言希大笑:"这一招真妙。连辛爷爷也在你们的计划之内吧?瓦解了辛家,而言家因为我这个污点声名狼藉,独剩陆家岿然不动,妙,真妙!"

陆流眯着眼说:"言希,我说过,我不会给别人做嫁衣。"

言希却抬起陈倦的下巴,居高临下,目光冰寒,咬牙切齿:"陈倦,你耳朵跟我一样,也聋了吗?听见了吗?为了这种人,你害了朝夕相伴八年的辛达夷!"

陆流淡淡地扫了陈倦一眼。

陈倦病还未好,猛咳起来:"是,辛达夷算什么东西,他死了跟我有什么关系?"手却是掐着桌角稳住身形。

言希问:"陆流,你想要什么?"

陆流微笑,反问:"言希,你现在还有什么让我瞧上眼的东西吗?你践踏了自己的灵魂,把我耗尽半辈子养出来的灵魂装了别人,已经毫无用处。而温衡,我小瞧了这个女人,她毁了我的心血。她不是说她想和你在一起吗?我偏偏不让你们在一起。"

言希眼睛明亮,大笑出来:"陆流,你什么时候脑子变笨了?只能想出这种八流的电视剧剧情。不就是温衡嘛,温衡又值什么,蠢笨如斯,陆少也瞧得入眼吗?"

他打电话,当着陆流的面,目光灼灼,背脊高贵:"温衡,你走吧,我喜欢的是陆流,不要再回来,也不要再自欺欺人了,我改变主意了,不和你一起出国了。"

阿衡沉默,只有呼吸。

半晌,她说:"知道了。"掐断了电话。

还有两天,离她上飞机最后一秒还有两天。

第二日,辛达夷的一千万补齐,撤了案,检察院不再提起公诉。陈倦消失,不知去了哪里,建筑公司全部资产也随之不翼而飞。

第三日,辛达夷平安出狱。言希带着他吃了一顿烤肉,兄弟俩兜里的钱加起来不足百元。

吃完烤肉,所谓纨绔,灰飞烟灭。

言希语气很温柔,抵得过达夷与他相识的二十五年。他拍拍他的肩:"达夷,我得去见阿衡了,你好好活。"

达夷狐疑:"你不怕陆流对阿衡不利……"

言希微笑,他说:"我不怕。我想和阿衡在一起,我想要有个家。"

他说:"你好好地活着。"

他开着酒红色的跑车,上了高速。

一百八十码的速度,松开了白色衬衣下的手。

他微笑着,如此从容。

车像火色的凤凰一般,高高远远地飞翔着。

他要看到阿衡,曾经为他唱着山歌的阿衡。

那首歌怎么唱的来着?

人若有知……配百年。

人若有知配百年。

远方,驶来了什么?

他闭上了眼睛，嘴角的一抹微笑，像极了绚烂的初开的桃花。

黑暗中，发中的血在滴落，那样减弱的心跳。

言希忽而想起，他的阿衡，要的也许只是一句简简单单的"喜欢你"。

跌跌撞撞这么多年，他的小情人，一直不知道，他是，那样那样的"喜欢你"。

也只是一瞬间，时空旋转，血色猩红，打散在车窗。

第三日，阿衡一直贴在胸口戴着的言希送的戒指，他一直以为她丢了的戒指，断了线。

她望了他们共同存在的国土，最后一眼。

## Chapter 100
## 了却身旁天下事

当我们热爱着英雄的时候，
就必然热爱着英雄身后的美人。

这个世界呢，有关男人的话题，总是很丰沛，从三过家门而不入的大禹同志到被诛了十族的方孝孺同学；从铁面无私杀侄儿的包黑脸再到走向共和的孙国父。

从野史到正史，从怪谈到正说，男人总有能耐把自己塑造得很悲情，或许，我们可以称之为英雄情结，跟女人喜欢漂亮衣裳全套SK-II一样一样的。

这玩意儿，是个男人都少不了。

比如，陆流，很爱八流电视情节的陆少爷。你说至于这么麻烦吗？人温姑娘定了三日之期的时候丫才出来折腾，早几天晚几天都不行，非关键时候拆戏台。你说你找几个大老爷们抓住言希不就行了，就那小身板儿还跑得了吗，至于不至于再搭个辛达夷。人孩子爷爷都死了，招你惹你了？这倒霉摧的。

再比如，言希，很爱悲情琼瑶戏的言小少。逮住机会就显摆自己多能牺牲，那身骨头那身肉能让人孩子玩出中国足球的臭水准，说耳聋耳朵就聋，说自杀逮着车就敢往上撞。你说你要是能撞死也成啊，这会儿裹成木乃伊在医院挂着个拐杖晃来晃去算毛？摆明虐得不到位，让作者下不来台。

## Chapter 100　了却身旁天下事

辛达夷扶着他,颤巍巍:"言希,你怎么这么想不开?回头阿衡又该恨死我了。"

言希吭吭哧哧练走路不敢说话——做手术那会儿忽然不想死了,咬舌头咬得太狠,舌膈裂了。

护工在一旁舔冰棍儿:"磨蹭什么?说你呢,不想好了是吧,大腿粉碎性骨折那个。"

言希扭脸,身后还有俩做了内八字矫正手术的姑娘,听说都是非主流。

辛达夷扶他:"美人儿,坚持,咱再走两步。"

言希一字一字地开口:"你没跟别人说我这出吧?"

辛达夷抽搐:"我没脸说你自杀未遂,跟思莞他们说的都是阿衡走了,你心情不好旅游去了。不过,估计瞒不住陆流。"

当时120查言希的电话,最后一通是打给达夷的就拨给了他,达夷觉得自己是唯一知道言希车祸的人。

言希拍拍辛达夷的头,继续练走路。

距离阿衡离开,已经将近三个月,到了盛夏。

言希拿笔写:"你哪来的钱?"

辛达夷看看四周,很警惕,然后写:"我也不知道,这两天户头上多了好几千万,比陈倦拿走的数目还多。"

言希愣了,看着池塘里清凌凌的水,总觉得哪儿不对劲儿,可一时又想不明白。

第二天,陆流来了。

他看到言希,笑了,这德行,比埃及法老还法老。他说:"我还真是意外你会用这样的方法。这让我很苦恼,接下来该怎么处置你?"

言希说不出话也懒得说,写了两个字:随便。

陆流看着他,轻轻蹲在他的身旁,他握住言希细白的指,问:"我们不能回到过去了吗?没有温衡的过去。言希,真的不能了吗?"

言希睁着眼睛,瞳仁黑亮,纯真而嘲弄。他又写了几个字:我们有过过去吗,陆流?

陆流看着他的字,轻轻触摸,淡淡地起身,拿出手帕擦了擦手上的墨水印,随手扔掉,慢条斯理:"我会让你记起来的。"

言希也笑,轻轻张唇,声音嘶哑难听,他说:"陆流,你确定,你对我的是爱吗?"

陆流推动他的轮椅,低头微笑:"我别无选择,让人觉得这么寂寞的世界,没有谁比你更契合我。"

九月的时候,他的腿稍好些,国内一家知名的报社想要采访 DJ Yan——离开演艺圈,作为正常男人生活的 DJ Yan。

言希推辞了几次,被陆流囚禁在公寓内,他能去哪儿?后来觉得是个机会,动了心。

和陆流说了说,本也没抱什么希望,意外的是这人同意了,于是提前和达夷说了自己同记者约会的地点。

记者是个有丰富经验的老记者,以前也采访过言希,双方是点头之交。他拿着速写本看到言希的相貌时,扶扶眼镜,很惊讶:"你发生什么了吗?"

言希在演艺圈一向以"俊美"著称,这会儿的样子,实在很难向这两字靠拢。

言希笑,声音还是嘶哑难听:"我想,您可以问些别的,我一个小时

## Chapter 100　了却身旁天下事

后还有别的约会。"

记者虽然诧异却点点头，说："好吧。你的粉丝很想知道你的近况，或者，你当时退出的原因，在当时那样当红炸子鸡，粉丝俱乐部接近五十万人的情况下。"

言希想了想，说："当时，比起工作，我有更想完成的事情。"

"比五十万粉丝还重要吗？"

"虽然很抱歉，但是，是的。五十万粉丝的存在是为了DJ Yan，这无比荣幸，但是，我的勋章，还是要为自己的女人保留。"

"你……有喜欢的人了吗，是楚云？"

"虽然大家一直期待这样的一个结局，但是我和楚云……这么说吧，如果我不是以DJ Yan的身份和她相识，或许我会爱上她。我们都忠于自己的职业操守，相信她也很清楚这一点。"

"似乎不容易为人所接受呢。这么说，这个人不是演艺圈的了。能谈谈你喜欢的女人吗？我最近一直听到这样的风传，你和陆氏少东陆流关系匪浅，似乎越了界。说有喜欢的女人是一个幌子吗？"

"我和陆流从小就是好朋友。我和那个女人，虽然认识了八年，却也只是八年而已。这样的称谓——喜欢的女人，实际上并不妥当。我坦言，如果没有她，也许我和陆流会以好兄弟的身份将就着过一辈子。可是，她存在了，这让我很头痛。"

"八年，很长了哎。是个怎么样的女人呢？看起来，让你很……无奈。"

"我在用漫长的时间抵抗怎么与她不那么亲密，可是显然难以成功。我在很大程度上是个相当自私、冷漠的人，可是为了她，做了太多让自己都觉得光怪陆离的事情。"

"我听说，DJ Yan在辞职前很长时间内都在做一本画册，你的画功一向不俗，那么这本画册准备出版吗？"

"这本画册属于私人物品,或许以后有机会,会带着我的妻子,拿给大家看。"

"和那个女人有关的吗?"

"不,是一些抽象的东西,与她无关,与一些心情有关。火热,爱恋,明媚,冰冷,苦涩,胆怯,太过两极的东西,却是在连续的时间感受到的。那个孩子是个古板迟钝的人,恐怕不会看明白。"

"DJ Yan,希望有一天我能参加你和她的婚礼。"

言希笑了笑,握住他的手:"这是,最好的祝福。"


和记者又客套了几句,采访便结束了。

达夷猫着腰,从咖啡厅的另一侧跑了出来。俩囧孩子刚接上头,陆流就似笑非笑地走了过来。身后还跟着一身白西装、笑容不羁的孙鹏。

孙鹏看着言希,眼睛幽黑带着笑意,玩世不恭,捏了捏言希的脸颊:"哟,言少,怎么瘦成这模样了?"

陆流摇头,淡淡地笑了笑:"见天的不吃饭,下次,我准备找人给他注射营养针了。"后半句,语气带着威胁。

他转身,说:"达夷也在呀,你们准备去哪儿吗?我也是刚刚碰见的孙鹏,正巧,咱们几个也很久没见了,不如一起吃顿饭。"

辛达夷看着他,面目冷硬,带着寒意:"不用了,我怕您毒死我!"然后掏出一本书递给言希,"你让我找的,专门处理线条明暗的书。"

陆流挑了挑眉,伸出白皙修长的手:"怎么最近想起看这些了?你不是很久以前跟 M 大的苏教授学画的时候,就不看基础书了的吗?"

言希漫不经心,把书递给他。

陆流看着言希的表情,手上的书带着厚重感并不作假,没有翻,笑着递还给他,轻轻握住他的手,说:"该吃午饭了,我们走吧。"

## Chapter 100 了却身旁天下事

孙鹏眯着桃花眼看着烫金皮的书,看了半天才收回视线,似笑非笑地望着言希,又捏了捏言希的左脸。

言希拿书砸他头:"孙鹏,你有毛病啊有毛病吗?一见老子就捏老子的脸,从小就这毛病,神经病!"

孙鹏轻咳,转头,笑,点头,说:"我是。"

陆流看了孙鹏一眼,目光深沉,望不见底。

他们坐在一起吃饭,言希懒洋洋地捣着牛排,一口也不沾,只不时啜两口果汁。

陆流跟孙鹏说着话:"听说,你准备成立公司?"

孙鹏却说:"言希,你刚刚喝进一只苍蝇。"

言希脸色发绿:"啊!"

孙鹏却从他张开嘴的缝隙塞进去一大块切好的嫩肉,笑眯眯:"我骗你的。"

言希愤愤,咀嚼了两口,咽了下去。

孙鹏笑:"言希,你的人生是建立在成为猪的努力目标上的。"

言希声音沙哑,不屑:"谁定的?"

他说:"我定的。"

转了身,这才微笑有礼地回答陆流:"过一阵子我大赚一笔后,就全面启动。"

言希被重新带回了公寓,陆流下午有董事会,吩咐了保镖,就离开了。

言希拿出那本书,手心全是汗。

这不是一本书,或者说,只是一个被掏空了中心,外表却和书无异的盒子。言希一眼就看了出来,因为市面上,这本书的原本只剩下六本,而且统统是藏在图书馆破损不堪的模样,绝不会这样崭新。

这是达夷给他传达讯息的方式。所幸，陆流对绘画技巧不感兴趣。

言希打开来，里面是一封信和一个文件袋。

他展开了信函。

言希：

展信安。

距我离开已经四月有余，但愿家里一切都好。

巴黎天气一贯很好。现在是夏天，繁花似锦，听房东太太说，以往冬日也甚是温暖，不似 B 市，大雪满城。

我住在十二区，离研究所很近。每日地铁不过五站路，就是走到地铁站要耗费三十分钟，颇是麻烦。我最近吃胖许多，巴黎的乳酪配着面包味道很奇怪，不过习惯了又容易上瘾，好像这个城市。这样也好，胖了正好减肥。世间男子，除了你（因你时常注意不到我的外貌），多半不喜欢阿衡腰似水桶。

我买了一件风衣，只要三十五欧元，是房东太太带我买的，价格尚能接受。

研究所在我报到的时候，除了发了三百欧元的生活费和一套白色工作服，竟然还有一本《圣经》。房东太太的儿子——八岁的伊苏对我说，这是神的话，你要看。

那么小的孩子，穿着他父亲的衣服改成的大外套，拖沓在地上，他对我说他想做福尔摩斯。我用纸给他叠了一个烟斗，他整天叼在嘴上，问我要不要做华生。

我想，这很好，以后也是一种职业呢。

如果有一日，你在 B 市寻不到我，我并非对你那句"永远不要回来"耿耿于怀，只是大概已经做了福尔摩斯的华生，不再回去。

也许，你偶尔还会回到家中。自你闲置了庭院，我闲时无聊，手植了满园的向日葵，虽不敢说殚精竭虑日日呵护，但每每归家，第一件事便是看它。如今，整整三年，花期将至。

不知你是否还记得楚云，你长大成人之后第一个如此亲密的女子。她曾经说，她最喜欢的人是个像向日葵的男子。这话于你，很是贴切。

向日葵，金灿灿的，笑的时候，眼睛里面有很美的光芒流动，永远向着太阳。

而我，总爱向着向日葵。

世间万人，可叹，人人都有怪癖，且不如一，见多了，反而不足为奇。

言希，我想我总算找到一个地方，能大声喊着你的名字，却没人侧目。他们不懂中文，也不懂这二字于我，又是什么含义。

我盼你好，却不知你现状如何。自你认识温衡，从未有一分一秒予我相信，你只信自己，所以，才宁愿依凭自己的力量去救达夷。可是你不知，那一日，你打电话的前一分，陈倦才打电话来让我稳住你，他说他愿为达夷与陆流周旋到底。不知你这一闹，是遂了陆流的愿，还是你的愿。

我知道你怕我被陆流伤害才说出这样的话，可是，我既已说出只原谅一次的话，就绝无反悔。况且你敢往货车上撞，死生不顾，我若真与你在一起，依你如此勇气，温衡做未亡人的机会岂不又多了几分？

再者，我说我愿养一个残疾的男人，哪怕你双腿残疾，爬着来见我，我也养你。可，以你步步为营的性格，又敢不敢信？

我盼你好，想你优柔寡断多年，与陆流纠缠至此还不罢休，大概存了什么百年好合的心思。温衡无意阻拦，愿你能与陆流坐在有壁炉的屋子里，白了头发，念着我最爱的诗歌，看着你画的画儿，脉脉含情，至死方休。

爷爷在我出国的前一天送给我一样东西，是他多年以来掌握的陆家的证据，隐瞒至今，以备最后鱼死网破。我求了许久，为我们求了个将来，可你却从不曾信我一分一秒。现在既已用不到，让达夷悉数转赠，只盼你虽与陆流亲爱却不至掣肘。

我自与你相识，唯愿天下有情人终成眷属，如今，了却心事，心境平和。

勿念。

温衡<br>二〇〇六年九月书

## Chapter 101
## 过去吹散似尘埃

我觉梦想很近，又觉深爱梦想。

因为梦想是你。

十月半，来到在法国的第五个月份，阿衡正在做一份研究报告——对 AIDS 传播途径的微生学测评。

带领她的医生 Edward——来自美国的金发男人，这样对她说："这个课题如果改成对 AIDS 传播途径的道德观察，对愚蠢的人类会不会更有警醒作用？医学有时候就是世人转移话题的最佳替代品。"

阿衡想了想，说："这跟我跟你没有太大关系。你知道我们是医生，虽然不用对着南丁格尔起誓，但我必须对得起我的国家送我深造的钱。我的祖国需要更多的好医生，道德研究是社会学家贡献给上层的难题，与我无关。"

Edward 耸肩，嘲笑："Winnie，目光如此短浅，也是你的祖国教你的吗？或者，你们是不是贫穷到考虑不到更深刻的问题？"

阿衡抿抿唇，淡淡地微笑："穷人也有穷人的活法，永远不要拿一个国度的富有去戳另一个国家的脊梁，尤其，你面对的是一个有如此多同胞的中国女人。"

Edward 大笑，唇放在阿衡耳侧："研究所很久没来这么有趣的中国人了，祝你在接下来的日子，更加愉悦。"

阿衡所在的医学研究所，虽然名义上是法国政府投资建设，但是很久以前，在开放邀请各国输送医学人才之后，这里已经是美国人的天下。

强大的资金注入、先进器材的输送、尖端的人才，美国人轻轻松松占据各种项目研究的主要席位。

而阿衡和她的另外四个同学，只是被当成中国人，仅此而已。

阿衡跟在 Edward 身边，研究各项世界尖端疾病。他们这一组总共十人，四个来自欧洲，五个美国人，外加阿衡。

整体而言，除了狂妄的出身美国富豪家庭的组长 Edward，其他人还算好相处。

这些人都喜欢写论文，研究项目稍有成就就抢着发表在欧洲各大学术期刊，主要嘛，虽然可以说是为自己的国家，更多考虑的还是自己的发展状况。

阿衡不行，主要吧，她的法语连同英语都还在拼写错误查字典的无限怨念中强大循环。

阿衡住在十二区，巴黎二十区之一，塞纳河的右畔。

倒不是精心挑选，而是日常花销之后，三百欧元所剩无几，只能在十二区有些老的住宅区租一个简陋潮湿的房间。

当时爷爷对她说："阿衡，你已经是成年人了，要对自己的行为负责。你为了言希违背你爸爸的遗愿，我给了你握在手心的最后筹码，而你和言希从这一刻开始要接受惩罚，学会怎么做一对贫贱夫妻。"

阿衡对爷爷的话保持缄默，因为她不清楚爷爷话里对她和言希有多少嘲弄。没有温家和言家庇佑的温衡和言希，斗草品花纨绔多年，如今两袖清风，算个屁，啊不，是比屁还不如。

至于言希，略过，阿衡不想提言希。

## Chapter 101　过去吹散似尘埃

阿衡住的胡同出口的地方有一个小小的咖啡馆，干净而温馨。她经常带着房东太太的儿子伊苏去那里看书，她看她的医书，伊苏看《福尔摩斯探案集》。

最通常的状况，她一杯咖啡，伊苏一个小块奶油蛋糕，就能耗一整个下午。

伊苏经常带着她去河边捡石子，褐色的、白色的、椭圆的、有许多棱角的，很多很多。

每一天都有船夫载着各国的游人经过，不同的语言，大声的异国情调的歌舞，转了音刺啦啦的收音机的声音，意外的动听。

她牵着伊苏的手，想起很多年前的笑笑，同样是对小小生命的珍惜和温柔对待。

伊苏是个有忧郁症的孩子，家中贫困，时常要靠政府接济。他不爱说话，瘦瘦小小，可却喜欢在她怀里笑得东倒西歪。

"Winnie，你当我的华生，我给你礼物。"他拿出一个草编的戒指，粗糙而硕大。

阿衡笑眯眯地套在拇指上，说："好，等你长大。"

伊苏揉她的眉毛："Winnie，不要皱了，比 Pang 太太的皱纹还要难看。"

Pang 太太是他们的阔邻居，同时也是个虔诚的基督教徒，精神有些异常。她不喜欢伊苏，常常在这个孩子经过的时候拿石子丢他，骂他不祥。

伊苏没有告诉过父母，阿衡看见过，制止了许多次。

阿衡轻轻地把伊苏抱在怀里，她说："宝贝，你知道世界上最残忍的事是什么吗？"

伊苏摇摇头，低着头，试图把戒指的尺寸缩小一些。

阿衡笑:"是'不知道'。"

伊苏歪着头,蓝色的眼睛,很大、很漂亮,他说:"不知道什么?"

阿衡握着他的小手,指着沿着长长的塞纳河延伸的金黄的夕阳,说:"不知道,太阳落下后还会不会升起;不知道,奶酪面包放到明天会不会坏;不知道,绕地球走一周会碰到什么;不知道,还会不会有勇气继续下去。"

伊苏笑:"继续喊'言希'吗?"

他学着阿衡经常说的两个汉字,发音稚气绕口。

"言希,这是代表中文中的'你好'吗?"

"不,是再见。"

阿衡买了一辆二手的自行车,三十欧元,算很贵了,没有了铃,吱吱扭扭、摇摇晃晃。去地铁站上班前的一段路,靠它省了不少工夫。

阿衡与那个怪人相逢,实在是很意外的情况,我们得从头说起。

虽然不同于雾都伦敦,但同样是经过工业革命的巴黎,早上的情况也没比伦敦好到哪里。再加上巴黎人手一狗,不管多名贵的品种,拉出来的一坨坨还是基本一样的。它们翘翘屁股,巴黎人走路中奖的概率相当不低。

阿衡早上七点钟起床,不仅要瞅着雾,还要躲狗屎,骑自行车技术含量要求很高。

那一天是十月底,阿衡睡觉前没什么心灵感应,睡醒了也没觉得有挂历上写的不宜出行的状况,迷糊着眼,就骑自行车过胡同了。

那天雾很大,什么都看不清楚。

刚走完胡同,一坨狗屎就拦住路了。

阿衡一个掉转车头,有些庆幸自己没撞着狗屎,却一扭脸,撞着了个木桩子一样的大活人。

阿衡的车前把被他撞歪了。她眉毛直跳,扔了自行车走到那人面前,说了一连串法文,语法颠倒:"没事儿吧您?"

那人听不懂,摆了摆手,挣扎了两下,扶着墙根站了起来。

青黑色的发,嘴角长着浓重的胡楂子,脸颊凹了下去,眼窝青黑,只是个侧脸。身型,尤其是腿,瘦得几乎看不到肉。

这还是个……人吗?

从哪里逃来的难民?

他的手心蹭破了皮,手粘连得只剩青筋和一层皮。

阿衡递过一块手帕,静静的,黑眼珠一分不错地看着他。

他接过手帕,嗅到淡淡的松香,手指却僵硬了起来。

她在大雾中说:"你转过来。"

平平静静,软软糯糯的中文。

那人动动唇角,迟疑许久,终究还是,蹲在地上,挡住脸。

阿衡却转身,扶着车把,离开。

达夷说:"他逃了八次,终于逃出来了,你知道吗?"

阿衡说:"我知道。"

"哦,你见到他了,太好了!"

"没有,我没有见到他。"

"不可能,我按着你给我的地址,和孙鹏一起把他送到机场的。这一次,陆流被孙鹏折腾得元气大伤,至少五年内缓不过气来,再没人找你们的麻烦了。"

阿衡却挂断了电话。

伊苏跑到她的身边:"Winnie,胡同里来了一个怪人,很瘦,很丑。"他说,"Winnie,才秋天,他却穿着厚厚的棉裤,你说他会不会是流窜的大盗？"

阿衡不说话，侧过脸，拿手腕揉了揉眼睛，微笑了，说："兴许。"

她带着伊苏去喝咖啡，那个穿着厚厚棉裤的男人也要了一杯咖啡坐在角落里，静静地不说话；她带着伊苏拾石头，那个男人，瘦得像鬼的男人，行动缓慢，却站在很远的地方，看着他们；她每一天都会骑着自行车走过胡同，不管多早，永远有一盏灯蒙蒙亮着。

伊苏帮母亲去集市买面包，Pang 太太拿着扫帚打他，口中念叨着不祥的犹大。

那个很瘦很像鬼的男人拦住了她，他的眼睛很大，瞪着 Pang 太太。Pang 太太尖叫一声"恶魔"，扔了扫帚躲进了她那富丽的房中。

伊苏看着他，很久。

那个男人笑了，用中文说："你不怕我吗？"

伊苏问他："你是大盗吗？"

那个男人听不懂他说话，笑了笑，躬身摸了摸他的小脑袋。

他离去的时候，伊苏说："Yan xi。"

他在对这个男人表达善意，说着阿衡教过的中国话——再见。

那个男人却转身，愣愣地看着他。

这个孩子笑了，大声喊着："Yan xi。"

阿衡接到远方的电话，来自孙鹏，他说："我送温姑娘的大礼，姑娘为什么迟迟不受？"

阿衡皱眉："孙鹏，到底发生过什么？"

孙鹏答非所问，轻轻地笑了："他已经很久没有照过镜子了，自车祸后。之后又和陆流对抗，从不肯吃他一粒米，陆流强迫他，注射过许多次营养针。他看到你的信，总共逃过八次，第一次只出了门；第二次下了楼；第三次跑到了街上……有一次，甚至走到了机场。每一次，只要能多走一步，他就从未放弃。他还活着，你为什么不庆幸？"

阿衡却淡淡地微笑："宁愿这样艰辛，不屈从于陆流。面对我，却依旧这么……没有勇气吗？"

她说："孙鹏，我谢谢你，跟我一样傻。"

孙鹏却笑："我从小最腻味的就是他，早送走早不碍我手脚，有他在着实烦心。若要谢我，不如让我再也见不到他，如何？"

阿衡说："你到底用了什么法子击溃的陆流？"

孙鹏说："陆流心太大，想要权想要钱还想要人心，就算是天才又怎么样？分心太多，反受其害。而我自十八岁时，唯一筹备要做的只有一件事——击败他。他不可能是一个全心全意的人的对手，尤其这个人，本就跟他旗鼓相当。更何况，还有陈倦。"

阿衡头疼，这都是一帮子什么妖孽？

她说："你连一家公司都没有，怎么可能斗得过陆氏？"

孙鹏轻笑："阿衡，那是另外一场战役。如同你用漫长的时光耗尽所有让那个笨蛋爱上你一般，我在想着，如何放他走。"

阿衡放下了电话，她呆呆地坐在床沿，有些难过。

狭小的屋中穿过一缕阳光，像爱过的那些时光一般明媚艰辛。

蓦然却发现，原来，那些曾经发生在她身边的吉光片羽，和她像照镜子一般的孙鹏，他们，都曾经那么辛苦。

她想要让言希变得再坚强一些，不依靠任何人，走到她的身边。

可是，他却在害怕，害怕见到她。

他不敢依靠自己的双脚走到她的身边，只因为，那些曾经遭遇过的伤痕累累。

有人轻轻推开虚掩的门。

那个瘦弱憔悴的大眼男人。

那么费力,一步一步,走到她的身边。

他蹲跪在她的床角,轻轻捧起她白皙的指,温暖的唇,吻了下去。

他说:"阿衡,我饿了。"

*Chapter 102*

## 笑了吗我的宝们

阿衡筹划着每月三百欧元的花法。是每天两顿排骨,还是每天一顿排骨,还是不吃排骨?

如果两顿,新衣服没了零嘴没了咖啡没了;如果一顿,新衣服没了;如果不吃,言希没了,饿死的。

她在笔记本上算账算得咬牙切齿,逮着什么都往身后的黑影砸去:"你个败家子,信用卡冻结了就算了,就指着法拉利能卖钱。结果,连法拉利你都敢给我撞坏!"

想起那天两人大眼瞪小眼,阿衡满心期待地问言希车呢,这厮憋了半天就说了一句话:"咳,钱财乃身外之物,重点是,我来了。阿衡,你看看我,我,我呀,你最爱最爱的言希呀。"

"呸,谁最爱你了。少废话,车呢?"

"大型垃圾处理站,我撞扁了。"

阿衡吐血,捏他的耳朵:"要你有什么用啊有什么用!"

言希弯眼睛:"我长得好看。"

阿衡看着言希憔悴甚至称得上丑陋的容颜,眼中有些酸,于是望向小屋角落咕嘟煮着的排骨汤。

转目,眉眼温柔,露出整齐洁白的牙齿,轻轻拍拍他的脸颊,微微地笑了:"是,长得真好看。"

言希的右侧大腿骨裂,内部有固定的钢针。他一直在练习走路,花了很多工夫,速度却还极是缓慢。

言希来时,达夷和孙鹏本来准备了钱。但是言希一向很有原则,就算吃软饭也绝不吃阿衡喂的以外的软饭,所以很大方地推辞了。

阿衡听说了,就更想掐死他了。

她说:"我去上班,上午随便你溜达,下午你在家里练走路。四点我准时打电话给房东太太,如果你敢偷懒,晚上不许吃饭!"

言希"哦",埋头喝排骨汤,流泪,怀念。

阿衡推着自行车,穿着白大褂,在雾中朝他挥挥手。

他隔着窗,眼睛弯了,说再见,像极许多年前,他去维也纳时告别的场景。

只是,阿衡没有了当年的青涩傻气,言希也丢了当年的明艳灿烂。

可是,他们眼中的彼此,却从没有像此时此刻这样动人。

阿衡戴着手套拿着试管,像在学校无数次操作过的步骤一样加一些研磨过的 SMZC。

Edward 忽然推开实验室的玻璃门大步走来,把一篇论文扔到了阿衡面前,不可置信地冷笑:"Winnie,这样的论文水准你还想指望发表?"

阿衡愣了,这是她刚交上的论文,如果得到 Edward 的批准就可以自主拿去发表。

这篇稿子,大概准备了两三个月,事前已经电子传阅给李先生。语法没有问题,至于内容,李先生看了之后只展颜说了一句:"雏鸟终于离巢,

## Chapter 102 笑了吗我的宝们

很好。"

她拿起稿子,皱眉:"Edward,有什么不对的地方吗?"

Edward 双手插进白大褂的兜内,扫了一眼她的实验进程,压住怒火,说了一句:"你跟我到办公室。"

阿衡不喜欢 Edward 的办公室,那里经常有很多女人的香水味,她本来就有鼻炎,去一次过敏一次。于是,她把试管放在试管夹上,微笑开口:"在这里说就好。"

Edward 眯眼,眼睛狭长,金黄的发在实验室的阴影中格外醒目:"Winnie,你对我的 Office 有什么意见吗?"

阿衡笑笑,医用口罩没摘,直接跟他到了办公室。

阿衡一踏进去,香水味就扑鼻而来,这次应该是隔壁耳鼻喉研究室 Anna 医师的 Guerlain。

妈的,连口罩都没用。

她连打喷嚏,说:"你说吧,Edward。"

Edward 环胸,挑眉看着她。半响,见她喷嚏不止才打开窗,接了一杯水递给她,开了口:"Winnie,你在论文里预测了我这次实验的所有步骤,而且妄下断言,说最后,我,连同该死的你,实验一定会失败,是吗?"

阿衡喝了一口水顺顺气,说:"是的,我的每一步都写清楚了。"

Edward 嘴角一抹冷笑:"女人,你知道这次我们实验组的所有投资是多少欧吗?"

阿衡摇摇头,慢条斯理地说:"我不知道,但这是我近期做实验得出的结论。我只知道,Edward 你在浪费所有人的时间去做一件会陷入哥德巴赫猜想的事。"

Edward 眼睛幽碧,盯了她许久才吐出几个字:"八千万。"

阿衡慢吞吞地说:"所以,现在撒手改为申报其他项目还不晚。"

Edward咬牙切齿:"你否定的是我钻研三年做出的课题,仅凭你几个月的实验,不觉得自己可笑吗?"

阿衡摘下耳畔的口罩,淡淡地笑开:"如果我的论文推测是正确的,下一步,三天后,实验的恶性反应就会显现出来,我们不妨看一看。"

Edward看她许久,眼神凌厉,却没有开口。

阿衡回到家的时候,言希正在房前窄窄的胡同里画画,伊苏蹲在他的身旁,大眼睛专心致志地看着画纸。两个人一个中文一个法文,鸡同鸭讲,却十分融洽。

伊苏看到她,欢呼一声跑到她的身旁,他比画着说:"Winnie,大盗是个很神奇的人,他会画福尔摩斯。"

伊苏爱喊言希大盗,他觉得大盗是一个很酷的职业。

言希笑了,睫毛在夕阳下金灿灿的,双手高高举起画纸,是栩栩如生穿着风衣抽着烟斗的福尔摩斯。

阿衡推着车子走近,也笑了:"真像。"

然后,伸手轻轻地把言希从小凳上拉了起来,说:"今天按时吃饭了吗?我拜托伊苏的妈妈给你热的排骨汤。"

言希点点头:"阿衡你放多了胡椒啊胡椒,呛死人。"

阿衡皱眉:"又瞎说,我煲的清汤,除了盐和配料什么都没放!"

言希轻轻地用瘦削的手抚了抚她的眉毛,他指尖微凉,说:"你跟谁学的皱眉毛,丑死了。"

伊苏看懂了言希的手势,严重点头。

阿衡无奈,笑了笑,舒展了眉眼:"你们真烦,烦死了。"

法语、中文轮流说了一遍,伊苏和言希都笑了,牙齿洁白,像两个

## Chapter 102 笑了吗我的宝们

孩子。

阿衡为了省租金让言希退了租,和自己住在一起。言希以前睡觉就有一毛病:爱踢被,爱缠被,爱扭曲被,不把自己和被扭成麻花不罢休。

阿衡怕他腿着凉,晚上和他睡一床,她睡外侧压住被。

言希害羞,不好意思:"我睡觉一般裸着。"

阿衡咳:"那从今天开始,学着穿睡衣!"

十二点前他还算老实,因为没睡沉。

过了零点,好家伙,不得了了,明明是半个残疾人,腿还敢那么嚣张,一齐压在阿衡身上,顺便把被踢了个七零八落。

阿衡无语,轻动作帮他放下,不出三秒,他又跷了上来。

重复了无数次,阿衡愤怒了,把两床被全压言希身上,然后,开台灯,写论文。

凌晨两点,言希被尿憋醒了。睡前牛奶喝太多,新鲜牛乳,没有巧克力味儿,言希郁闷得死去活来,却在阿衡眼神的强大压迫下一口不剩。

他发现台灯亮着,阿衡手撑着下巴,歪着头,睡着了。

言希揉揉眼,用手扶着左腿挪到了书桌前,推了推阿衡。

阿衡歪倒在书桌上,长发铺散,嘴微微张着。

言希笑了,怎么睡成这副样子?

他的腿脚无法负荷阿衡的体重,抱起阿衡,大概是健康的言希才能完成的事。

言希又挪了一把凳子坐在了阿衡身旁,微笑着拿起画笔。

阿衡醒来,第一眼看到的就是放大的言希的脸,言希趴在桌子上,口水泛滥。

戳，戳，喂，醒醒。

言希把头缩了缩，唇角浮起笑意，不知道梦到了什么。

阿衡红脸，哎哟哎哟，真可爱。

她转身，出去接水洗漱。

胖胖的房东太太在院子里带着伊苏做早操，看到阿衡，嘴先张成"O"形，然后哈哈大笑。

"Winnie，是你想的吗？干得好！"

"Winnie，中文字母吗？真帅！"

阿衡愣，说："怎么了？"低头看着水盆中清澈的水，三秒后脸开始发青。水中荡漾的倒影中，阿衡嘴唇上是言希用粗炭笔写下的字，清晰骄傲。

希。

言希的希。

他把自己的名字印在她的唇上。

阿衡哭笑不得，挫败，手掌抵在水中想洗掉。

伸手，又舍不得，半晌她才抬头，有些不好意思地呵呵傻笑："房东太太，您知道最近的地方，哪里有卖口罩的吗？我的医用口罩在实验室……"

然后，有个傻姑娘整整戴了三天口罩。

同事问她怎么回事，她说："我感冒了，咳咳，嗯，都怨 Edward，办公室熏的，咳咳。"

同事们都很同情，Edward 咬牙切齿，连名带姓："温衡，你几天没洗脸了，我们的实验室是无菌实验室，给我滚出去洗脸！"

阿衡心想，我男人好不容易送我个啥，怎么这么残忍？坏人，Edward 欺压亚洲儿童，咒你不举……

## Chapter 102 笑了吗我的宝们

言希在教堂找了一份工作，帮他们画壁画，是社区的主管官员在伊苏妈妈的拜托下帮他找的。

工作需要长时间的站立，阿衡考虑到他的腿，本来不愿意让他去，伊苏自告奋勇说会好好监督大盗，让他按时休息。

言希可怜巴巴地抹眼泪："别人家都是男人养自己的女人，我的男子气概啊阿衡。"

阿衡："你拉倒吧，就你，那种玩意儿存在过吗？在我跟前丫就没不撒娇的时候！"

后来严肃想了想，男人是不是都挺在意这个的，就放了行，叮嘱伊苏跟着，全当让他遛遛散心。

言希去画壁画之后快乐很多，一小时两欧元，能给伊苏和阿衡一人买一个蜜豆蛋糕，甜得腻死人，阿衡却很喜欢吃。

伊苏似乎不大乐意，总是气呼呼地噘着小嘴："大盗，我不喜欢这个，我喜欢香蕉，我喜欢吃香蕉！"

言希用刷子给小家伙刷了两撇胡子，笑眯眯地用蹩脚的刚学的法语对他说："工钱。"

他画得好的话，最后还会得到一大笔酬劳，由那些绅士募捐给教会的钱中抽头。

提起言希的法语，阿衡当马三立相声听，常常在床上笑得死去活来，比她当年学京片子还惨，主谓不分，语法倒置，比如"我去吃排骨"，言少能说成"排骨吃，我"。

她教他跟人问好，您好吗？

言希睡觉前常常摘了耳塞，他听不到外界的声音，穿着宽大的蓝睡衣（阿衡在市场上给他做的，比较省钱），盘腿坐在床上，只看得到阿衡的唇形。

"好吗您咧？"

阿衡黑线，怎么这么笨？捏言希的脸——她挖空心思才养回来的一点婴儿肥，说："是您好吗？"

"好吗您是？"

"错了，您好吗？"

"错了，好吗您？"

"你个猪！"

"猪，你。"

阿衡泪奔，用中文："你走吧，我不要你了，明天就把你扔分类垃圾箱，洋垃圾。"

"什么是洋垃圾？"

"就是从外国进口的很没用的东西。"

"你说什么？我是聋子，听不见。"

阿衡："呸，只有这会儿才说自己是聋子，平常我跟房东太太说你句坏话，跟伊苏一起看着动画片都能竖着耳朵瞪我。"

"听不见。"

阿衡无奈，轻轻握住他的手放在自己的喉咙上，一字一顿，用法语说："你……好……吗？"

言希的手很凉，他感觉到那片温热轻轻颤动着的，咕咚，吞了口口水，他望天，说："阿衡，我想亲你。"

阿衡咬床单，暴走了："是你好吗你好吗你好吗……等等……你刚刚说……你想什么？"

言希眼睛弯了起来，轻轻地吻她的眉心、眼睛、脸颊、唇角，最后，移到唇，缠绵悱恻，说："我很好我很好我很好，亲爱的。"

## Chapter 103
## 心中一段未完成

言希坚持练习走路,但是效果并不佳。渐到冬日,腿脚血气不通得益发厉害,常常一片冰凉。

阿衡脸上不显什么,晚上却总是一边看医书,一边把他的腿捂到怀里,暖热了才敢睡。

言希在阿衡身边总是小孩子脾气。她说把腿给我,他不仅用凉被窝裹着腿,连脑袋也缩进被里,背对着阿衡说好暖和。

阿衡掀他的被窝,阴沉着脸:"你想一辈子当瘸子吗?"

言希大眼睛看着她,黑色的,寂静的。

阿衡去移动他的腿,却不小心碰到一个凸起的部位,尴尬了,手指滞了滞,松开,懊恼:"言希,你个流氓。"

言希咬牙,恼羞成怒:"温小姐,我今年二十六,不是六岁!"

阿衡:"那需不需要我出去,你自己,咳,解决一下。"

言希拉起被,轻轻闭上眼:"不必了,你别碰我就好。"

阿衡更尴尬,在台灯的光亮中,看着言希白皙的面孔上浮起的一大片红晕,轻轻地戳他:"很难受吗?医学上,那个……那个海绵体,虽然血液可以自己回去,但是,好像,不是……很健康……"

言希抽搐:"不是不让你碰我吗?滚回去睡觉!"

阿衡:"哦,晚安。"

她关了台灯,在黑暗中看着潮湿破旧的天花板,想了想,轻轻地说:"要不然,我们结婚吧。"

言希满脑子都是阿衡皮肤上淡淡的松香,左脚轻轻抬了一下却剧烈地痛了起来,额上满是汗。

他握紧了手却又松开,耷拉在枕上,微微笑了:"婚礼前,新郎要把新娘抱到婚车上,我行吗?"

她静静地看着天花板,扑哧笑了:"所以,你在变相通知我太胖了吗?"

他说:"阿衡,我以前在酒吧喝酒的时候……"

阿衡打断:"咳,什么时候,你什么时候又背着我去酒吧了?"

他说:"重点,重点是有一个人告诉我,我们生活的地球,常常会饿死许多人的地球有这样一种功能,你要是一直不停地烦它,分分秒秒告诉它你的愿望,这个球,咳,我也就是听说,这个球听到了,也许会完成你的心愿。"

阿衡说:"那你的愿望是什么?"

言希咳:"我希望我媳妇儿胸再大一点儿。"

"你的胸是有多大,敢要求我!"

"咳,我就是跟它商量商量。"

"哦,希望你愿望成真。"

"你呢,你有想跟那个球许的愿吗?你的愿望呢?"

"我……我希望能回到二十六年前。"

"然后呢?"

"然后把一个大眼小孩儿偷出来,告诉他我是他妈,然后把他养大,

## Chapter 103　心中一段未完成

不准他挑食不准他撒娇不准他欺负人。然后一定告诉他，如果他敢接近一对姓陆的母子俩，我打断他的腿！"

"哦，也希望你愿望成真。"

"谢谢。"

"不客气。"

她说："我还有一个愿望，能说吗？"

他说："那个球，它在听……"

阿衡闭上眼，攥着被害羞了，一连串说了一段话："虽然我也没有很想听但是我从没有听过你说所以你能不能说一句'我喜欢你'。"

言希："哈哈，地球才不喜欢你，总是任性总是傻乎乎的总是用排骨谋杀我，而且，胸这么小……"

阿衡："言希，我跟你说，我跟你这人没法处了！"

言希："你不能怨我，没感觉，我说不出来。"

阿衡微笑："是吗？"然后亲他的嘴巴，漫不经心地用齿咬着。

言希全身僵硬，崩溃："你是有多不把我当成男人？"

阿衡笑了："好了，晚安吻，睡吧。"

言希抓狂了："睡毛，小弟弟又起来了，不许睡，陪我说话！"

阿衡和Edward争执完的三天后，虽然如她所说，实验室的细菌繁殖速度比之前加快了一些，但是并没有引起其他人的注意，这还在实验差值的正常范围内，很快就被遏制住。

之后半个月实验状况良好，各种实验的菌类繁衍分裂的能力都在以四倍的速度削减，实验室一片振奋。

下班后，Edward看着阿衡，把她堵到了墙角，语气嘲弄："女人，你的尖牙利嘴呢？"

阿衡迅速把他推开，还是没架住，开始打喷嚏："Edward，你虽然对我不满，但没有必要用香水谋杀我。"

Edward眼睛幽蓝，抬起阿衡的下巴，声音低沉，像对情人的蜜语，他笑："Winnie，你说，对你那份为博出位扰乱军心的论文，我该怎么处置呢？"

阿衡打掉他的手，微笑："Edward，为什么不再等几天？"

Edward冷笑："因为你那些信口雌黄我已经忍耐了半个月，你觉得我还会考虑你说的话吗？"

阿衡眯眼："我现在说什么你都会沉浸在一时，不，是短暂的胜利中，听不到其他的声音。我的论文中已经说清楚了，在呈现第二次不良后果之前会有蒙蔽的假性结论，一切为时过早。"

Edward漂亮的蓝眼睛中却有了一丝兴趣："中国女人都像你这么死要面子吗？还真是可爱。喂，女人，做我女朋友怎么样？我还没有搜集过东方的女人。"

阿衡黑线，连连鞠躬："我谢谢您组长，我谢谢您能看上我看上我们中国女人，谢谢谢谢。虽然过意不去，但是，我有未婚夫了，不好意思。"

Edward挑眉："是吗？我们打个赌，怎么样？"

阿衡退后三步："您说。"

Edward耸肩："没什么，要是你的论文结论对了，我接受你之后提出的任何实验议题，并全部资金投入；要是你的结论错了，做我的床伴，well，我不需要负责，你也不必对不起未婚夫，怎么样？"

言希的壁画画了一半，常常把衣服弄得很脏。阿衡知道他喜欢穿粉衬衫，就到市场批发了一整包，十二件，随他去穿，弄脏了尽量洗，洗不干净，扔掉。

## Chapter 103　心中一段未完成

　　言希和伊苏在胡同里穿梭着，跟邻居们混得很熟。

　　他们爱喊言希"粉衬衫"，言希不好意思，说："Lepaysans è meleblé. 阿衡粉衬衫。"

　　胡同里大大小小的法国人都蒙了，不知道言希说的啥，后来，伊苏说了，大家才明白。Lepaysans è meleblé 是农民种小麦的意思，中国人初学法语往往以这句话识别法语语序，也即是主谓宾。阿衡嘱咐言希碰见不太会说的话时先说"农民种小麦"，自己明晰一下语序，再说后面的话，可是他依旧说得颠三倒四。

　　故此，大家都知道了，眼前的粉衬衫是阿衡的粉衬衫。

　　教堂的壁画在圣诞前要完工，平安夜教堂要做弥撒，准备启用崭新的壁画。平时，唱诗班的孩子们会来教堂排练，唱累了就坐成一排，看言希画画。

　　他们喜欢言希，对着他讲基督教的教义，告诉他如果信教会得到神的祝福活着。

　　言希用中文嘀咕："难道我现在是受诅咒活着的吗？"他抬头，看着自己画的圣母像，弯了眼睛。

　　他们说："你看，粉衬衫，你心底还是倾慕着 Maria 的温柔美丽的，是吗？这就是一种信仰的开始。"

　　言希大笑："是，这是我的信仰。"

　　然后，大家瞅着瞅着，觉得不对劲儿。这次，Maria 怎么这么像一个人，好像，好像……

　　只有小伊苏在抱头纠结：是 Maria，是 Maria，不是 Winnie，绝对不是 Winnie！


　　阿衡在休息室打了个喷嚏，看表，四点一刻，刚站起身准备打电话，却看到 Edward 穿着白大褂大步流星地走了过来。

他攥住阿衡的手腕，睫毛上都沾了汗："Shit，告诉我，实验到底是怎么了？为什么细菌会以之前百倍的速度繁衍？告诉我，Winnie！"他全身肌肉紧绷，蓝色的眼睛再也不是和女人调情时的勾人，变得十分严肃。

阿衡匆忙走到实验室，同事们已经乱成一团，他们在试用不同的药剂遏制细菌飞一般增长的速度。

她走到自己的试验台前，用显微镜观察了一段时间，转身看着 Edward，淡淡开口："你还要继续吗？下一次恶性反应是这次的二百倍。在研究所让我们全部卷铺盖之前，Edward，你要为自己的愚蠢负责。"

Edward 咬牙切齿："Shut up！"他伸直双臂，快速用英语对着众人开口，"我的问题我会负责，现在，立刻停止一切实验进程！"

阿衡终于松了一口气，在背着人的角落抹了把汗，给李先生打了个电话心绪才稳。她虽然一直说得笃定，但毕竟全部都是猜测，这一次虽然赢了，但走得太险。

第二天，Edward 写了一份实验鉴定报告叫停实验，顺便交上去的还有一份用法文、英文双文写的检讨。阿衡和她的同事被高层喊去敲打了一番，罚了一个月工资，才放人。听说，Edward 被罚了一年薪水。

她去自动贩卖机前接咖啡，Edward 面无表情地走了过来，他说："我输了。你可以提提你想要的实验议题。"

阿衡喝了一口咖啡，微笑地说："能不能考虑研究耳疾？"

Edward 看着她："这是 Anna 他们负责的，你知道，属于耳鼻喉科。"

阿衡握紧咖啡杯，薄唇淡淡漾开笑，说："Anna 的项目不专，很难有所突破。我们要做的，是更深入的研究。"

Edward 唇角勾起笑，蓝眼睛定定地看着她："Winnie，为什么，告诉我。如果连我都能看出你的私心，为什么，我要替你编个理由去堵住那

## Chapter 103　心中一段未完成

群食古不化、自命不凡的董事们的嘴？"

阿衡面上没有波澜，她说："我的未婚夫是个聋子。这样，够吗？"

法国的阳光，很美，照在她的黑发上，照在她的眉眼上。

她说："Edward，我想，亲自治好他的病。

"我是个医生，能医所爱之人，能自私一次，才能无私一生。"

Chapter 104
## 苦是甘糖甜是霜

一般，通常，有时候，在小说里，除了亲妈后妈伪装的命运大神，还有一种生物的存在，让看官欢欣鼓舞。

在武侠里，就是死命给笨主角输内力输完就挂的世外高人；在穿越里，就是告诉女主角她其实是某王公大臣家衣来伸手的天下第一美人的室内丫鬟；在盗墓里，就是某村告诉某摸金校尉这里不闹鬼闹粽子的村民；在种马里，则是看到一帮如花似玉的老婆围在马病床前哭还对马说"皇上今天选秀"的小太监。

在十年里，咳，不管了，反正，在十年里，也存在一个相似的路人甲。

这个人是阿衡听自己的中国同事说的。在戈博兰区的第六巷里住着的一个老中医，针灸很神，专治腿疾。但是老中医有些臭脾气，甭管中国人、外国人，长得好的不治，有钱的不治，医院能治好的不治。

言希："难道让老子去毁容吗？"

阿衡："滚丫的，我好不容易养回来的，你乐意我还不乐意呢！"

"那怎么办？"

阿衡咬牙："你说你长这张脸，除了招男人，还有什么用？"

她从衣橱中拿出灰围巾，把言希裹成狼外婆，说："行了，走吧。"

## Chapter 104　苦是甘糖甜是霜

言希抑郁："本少的美貌岂是一条围巾可以遮盖的！"

阿衡不理会，骑自行车带他，这二手材料咯吱咯吱的，听着快不行了。

言希透过围巾，笑了起来："阿衡，以前我也带过你。"

阿衡吭哧吭哧地蹬车："那辆老爷车现在还在你家储物室？"

狼外婆摇头："我卖了。"

"什么时候？"

"我搬去陆流家之前，和你分手之后。"

"当年忘了说，分手快乐，祝你快乐。"

"谁说我快乐的，你哪只眼看见我快乐了？我要是快乐了，能在现女友面前缅怀前女友吗？我是那人吗我？"

"你逻辑颠倒你，前女友……现女友……都是谁？"

"是你，都你，只有你！"

言希望着天，白皙的手指在左边的废腿上轻轻弹着钢琴，他叹气："连我都不知道，那些曾经喜欢过我的人，为什么都怕了你，一个个远去？"

阿衡傻了："我什么都没做过。"

言希高挺的鼻子轻轻抵着阿衡的毛衣，他笑了："是，你什么都没做。"

他说："都怪我，把你变成了唯一。"

不断地选择，不断地追寻，拼命地填补心中的漏洞，排除了所有人。

只剩下一个唯一。


老中医姓魏，看看狼外婆一样瘸着腿的言希，再看看阿衡身上廉价粗糙的衣服，特和蔼。

魏医生住的院子不大，支着架子晒了许多中药，有很浓的药香。阿衡想起了小时候，觉得转换了时空，在法国还能看到故景，很是亲切。

魏医生问："以前看没看过医生？"

言希比画着说:"看过很多家,做过复健,里面还有根这么长的钢钉。"

魏医生沉吟:"小伙子,你脱了棉裤躺床上,我看看。"言希从秋初就一直穿着棉裤保暖,可血气不通,时常一片冰凉。

阿衡想要看看偷师,却被魏医生锁在外头,碰了一鼻子灰,临了还送一句话:"大姑娘的,看男人光大腿,不害臊啊!"

言希隔着门大笑,阿衡脸一阵青一阵红。

不一会儿,小丫开始嗷嗷喊疼,扯着嗓子叫得满院子的鹅乱撞。

阿衡趴在门上问:"怎么了?"

老中医连声骂:"以前看的都是些什么狗屁,再等个把月肉全死了!"

阿衡急了:"能治好吗您?"

老中医甩了一句话:"看造化!"

阿衡更急了:"别啊,您别说这话,到底怎么样?"

老中医在室内缓缓施针,全神贯注不再理会阿衡。言希疼得直掉泪,咬着枕头,哑着嗓子对着门外呜咽:"我没事儿。"

老中医拍言希的嘴:"个孩子,什么毛病,脏不脏?有这么疼吗?"

言希恨恨,青筋直跳:"疼不疼,您下针您还不知道啊!"

阿衡满脑门汗,拍门:"针灸怎么会这么疼,别是您扎错了吧?您悠着点儿,他打小就怕疼,魏医生,您让我进去吧!"

老中医不搭理她。

言希喊疼喊得更厉害,杀猪一样。

阿衡快把门拍烂了:"你让我进去啊魏医生,言希看见我就好了,真的!"

魏医生眼皮翻翻,继续施针:"你是止痛剂啊见你就好,有你还要我什么用?"

阿衡吐血,这什么老头儿,她爷爷言爷爷加上去世的辛爷爷,搁一块

## Chapter 104 苦是甘糖甜是霜

儿都没这个难缠。她说:"我就看一眼,一眼,看完就走。"

魏医生从言希腿上几处大脉收针,边收边问眼泪汪汪的言希:"这姑娘是你谁啊?这么关心你。"

言希抽泣:"我媳妇儿,没过门儿的。"

魏医生说:"怪不得呢,要不是年龄在那儿,还以为是你妈。"

言希边抹眼泪边吭吭哧哧地费老大劲儿穿棉裤:"您开玩笑呢,我妈哪有她疼我。"

魏医生看言希围巾说:"等等,你怎么回事儿,一进来就没摘过围巾?"

言希:"那啥,我毁容了,因为太丑,从小我妈就不要我了,您要看吗?"

魏医生咳:"算了,只要不好看就成了。"

言希愤愤:"好看的跟您有仇啊?"

魏医生冷笑:"长得好的大多心术不正。"

言希讪笑,缓步打开门,一下子扑进阿衡怀里,泪汪汪:"阿衡,疼死了。"

阿衡心疼,摸言希头发:"没事儿啊乖,没事儿了,回去给你煮鸡汤。"她回头问魏医生,赔笑,"魏医生,您看,我们言希的病……"

魏医生说:"每周来一趟,做完针灸一个小时内必须一直步行,不能休息。"

阿衡眼睛缓缓漾起笑:"这么说,言希的病,能好?"

魏医生说:"看他对针灸的感应能力很好,如果坚持下去,应该可以。"

她看着怀中的言希,温声开口:"听见了吗?"

言希眼睛亮了起来:"阿衡,我们结婚时,我能抱着你上礼堂了吗?"

阿衡点头,笑容更加温柔清晰。她牵着言希的手,陪着他缓慢步行,一直不停,于言希,那么困难。

他说:"拜托,让我看着你的背影走。"

阿衡却很坚持,她说:"这次,我们一起。"

每一周,都是阿衡陪言希走一个小时,然后再骑自行车带他回家。

十二区离戈博兰不算近,骑自行车还要一个小时。大概过了不到一个月,自行车报废了。

阿衡之前被罚了一个月工资,一直紧巴巴地过日子,再加上言希的医疗费,虽然不算多,对现在的他们来说却还是一大笔钱。所以,阿衡决定不再买一辆,言希走完一个小时后她背他走完剩下的路程。

言希死活不愿意:"我们坐地铁。"

阿衡:"地铁难道不要钱吗?"

"那公交?"

"公交也不免费。"

"那……我走回去。"

"你还没走回去就废路上了。"

"医生不是让多练习吗?"

"没这么多。"然后,不等言希说话,阿衡就背着他往回走,她说,"你看你多瘦,瘦得一阵风都能刮跑。"

巴黎的冬天,2007 年,飘雪的第一天。

她背着像个球一样的言希,微笑着说:"言希,你真的太瘦了,还要再多吃些。"她咬着牙,嘴唇发白,脸上都是雪花,额头憋着青筋的模样。

言希在她背上,忽然笑了。

他说:"温衡,你是有多爱我?"

## Chapter 104 苦是甘糖甜是霜

阿衡愣了半晌,才淡淡开口:"上辈子欠你的。我害了你害了你全家,这辈子来还债的。"

她用棉花给言希缝了一个护膝裹在他腿上,一路踩着雪,走了许久,似乎走到了天和地的尽头,才是家。

言希裹着的围巾在针灸的过程中不小心碰掉了,魏医生看到了言希的样子。

那个慈眉善目的老人像受了巨大的欺骗,中途收了针,说:"你们走吧。"

阿衡和言希都傻眼了。他们没想到,老人会发那么大的脾气。

老人说:"我不会再给你看病,你们这些肮脏的骗子!"

阿衡嘴唇干涩,试图解释:"我们只是没办法了,言希的腿一直好不了。我虽然是个医生,但是对他的腿却一直没办法。您能知道看着自己的亲人生病却无能为力的痛苦吗?"

魏医生却像被触动了什么,怒气冲天:"滚,都给我滚!"

阿衡眼里的泪跟珠子一样往下掉,她哽咽了:"为什么呀?言希的腿马上就好了,您明明知道,一旦半途而废,他的肌肉会加速坏死,以后只能锯掉腿,您怎么能这么不厚道?"

魏医生却关了门,说:"滚,我不想再看见你们俩!"

言希一直站在旁边不吭声,他扶着墙,看着阿衡哭。他额上还残留着针灸后的汗水,忽然笑了:"不要哭,阿衡。"

阿衡蹲在地上,额上的绒发散乱,吧嗒吧嗒地掉眼泪,说着好不容易。

言希扶着墙走到她的身边,呼噜一把那张小脸上的眼泪,说:"哭什么?起来,不哭,我们回家。"

阿衡哭得昏天暗地,她说:"我走不下去了,言希,我很累,真的,很累。"

他说:"站起来,温衡,再不起来我抽你。"

阿衡看着他,红着的眼睛满是泪水,她说:"言希,我累。"

言希蹲在地上,背微微倾斜:"上来,我背你回家。"

阿衡吧嗒吧嗒继续掉眼泪,说:"你的腿还没有……"

他却火了:"温衡你给我上来!腿就算废了、锯了,今天老子也背自个儿媳妇儿回家,快点儿!"

阿衡迟疑,向后退了一步。

言希却不吭一声,一手握着阿衡的手,另一只手揽着阿衡的腰,站了起来。

他步履蹒跚,弓着背,咬着牙,每走一步,额上的汗就密了一层。

他说:"我以后每天都给你,给我们的孩子画画,然后开一间画廊,展览的全是你们,好吗?宝宝,别哭了。"

他说:"我虽然不能把你抱进礼堂,可是,我敢说,这个世界,只有我敢娶你。"

阿衡问:"为什么?"

他笑了:"谁去娶你,我杀了他。"

他说:"你总是,想听我说喜欢你,可是,宝宝,你还预备让我怎么比现在更喜欢你?"

Chapter 105
## 这年谁爱谁太多

我曾经有那么多年触碰不到你,若即若离。

所以,要我继续亲你吗?

曾经的曾经呢,有很大的一块岁月,阿衡是没有把言希归为一类人的。他那么远。

不是距离的遥远,而是,好像面对着的是电脑屏幕里的真人视频,你看得到他的一举一动,很清晰很清晰。想要触碰他的脸颊的时候,他在另一端,却永远感受不到你的温柔怜爱。

她常常沮丧,这么失之控制,多让人困扰。

她对每一个人说得很骄傲,我在 DJ Yan 的 Fan Club 注册有十个号,怎么样,很了不起吧?于是,除了说明你很闲,闲到对他投入别人十倍的爱,还有什么了不起?

在别人夸着温衡很乖、很懂事的时候,她从爱情的追寻中获取的除了失败就是肤浅、幼稚。

一如她时常说着言希的话,烦死了,真烦。

这么喜欢一个人,连作者都想说,真烦,烦死了。

言希却忍了,在他说出"你还要我怎么比现在更喜欢你"之前,在他还没有对阿衡生出什么情绪之前。

如果不是那么一堆缠麻花报恩歉疚的意思,咱们言少对着不喜欢的人,大概只会问一句"对不起,你是哪位";或者,偶尔心情好,善良一下,说一句"嗯,谢谢",谢谢你的喜欢。

然后,阿衡偶尔偷看言希一眼,长大了,坚强了,也就看开了,嫁人了。

至于言希,也许如果没有那么多伤痛,他和同样耀眼的楚云再合适不过。

什么锅配什么盖。

如果十年只是一个人的十年,温的十年,言的十年,温不如言,温走不到言的道儿上,言瞧不上温的路,莫说十年,便是生死簿上划去百年,也是眨眨眼,就过去了。

他说,阿衡,我背你回家。我们回家。

阿衡觉得,自己似乎就这么把自己和言希硬生生拐到了不是既定的她的路,也不是高傲的他的路,而是另一条陌生的路——他和她一起走的路。

是和我一起吃饭还是和我一起聊天?

是和我一起聊天还是和我一起睡觉?

是和我一起睡觉还是和我一起吃饭?

重点是:和我一起。

她把言希折腾惨了。

言希没耳朵了,没腿了,也没了……逃跑的能力。

她趴在言希的背上,说:"言希,你当年看出我喜欢你的时候,到底是怎么想的?"

言希笑,舔舔嘴唇,额上汗珠一滴滴顺着白皙的面孔滴下,他说:"我一直在想,怎么帮你把这种想法扼杀在摇篮中?"

他说:"你完全不是我会喜欢的类型,懦弱、古板、傻气、口吃。我喜欢的女人要像天上的太阳一样耀眼,值得我回头凝视。"

阿衡想了想，吸鼻子说："我喜欢你，言希。你一直没有听到我说这句话。"

言希笑了，放下她，细白的手指滑入她的发际线，认真地看着她的面孔，不亲吻、不拥抱，只是一直看着。

他看着她，眼睛干净无瑕："然后，我发现我错了。阿衡，我和你，我们之间，陆流从来不是障碍。真正算得上背叛的因素的，只有楚云，在你离去的时候，我曾经考虑好好谈恋爱，去爱一个我看得上的女人。"

阿衡点头，说："我知道，我清楚。你对她的感情，我一直很混沌，看不清。"

言希说："她是我见过的最纯净的女人，而你，让我惧怕，太执着、太聪明、太隐忍、脸皮太薄，哪一样都和我当年的预期完全相反，除了对普通话的迟钝。"

阿衡说："所以呢？所以为什么和她分手？"

言希微笑："我做不到。和她约会时还一直心神恍惚着，顾飞白有没有好好照顾你，有没有给你买糖吃？"

他看着自己的手，忽然握紧，无奈地自嘲，他说："我……不甘心。为什么，为什么不是我？不是我好好照顾你，不是我给你买糖吃？甚至，我会做得更好。为什么只是因为我的皮相，温家就否定了我对你所有的努力？我可以不要太阳，不做向日葵，只想要回我的江南小水龟，为什么不可以，为什么要征得全世界的同意？"

阿衡扑哧笑了："言希，我吃过三块钱一碗的面，还吃过五块钱一碗的面，三块钱的真的不如五块钱的好吃。"

她老实承认，阿衡不如楚云。

言希也笑："我还吃过十元、百元的面，那又怎么样？只有三块的里面扣着我喜欢的红烧排骨。"

忽然，魏医生家的门打开了，老爷子扯着嗓子骂："要吃面回家吃去，在我家门口又哭又笑是怎么回事儿？"

两个孩子一齐扭头，呆呆地看着他。

阿衡一看老头儿，残存的哭腔又回来了："魏医生，我下次保证捂好他的脸，不让你看见，还不成吗……"

言希把脸埋在阿衡怀里，泪汪汪地说："我也不想长这样的呀的呀的呀……"

老爷子虎着脸，半响，才转身道："算了，你们进来吧。"

阿衡不知道魏医生为什么重新接受了他们，只是，老人的脸色依旧阴沉。

阿衡在言希针灸的时候坐在隔壁房间等候。大块的玻璃压在桌上，隔着透明的玻璃，里面有许多照片，还不算很老的魏医生和一个笑容憨厚的小姑娘。小姑娘长得和他很像。

给言希施完针后，魏医生洗了手，到这个房间取毛巾。看到阿衡一直盯着照片看，走上前凝视着照片，笑了："这是我女儿，笨得很，连我一半的医术都没学会。"

阿衡说："我从没见过她。"

魏医生隔着玻璃，摸了摸女儿的相片："她走了。"

阿衡直咽唾沫："去哪儿了？"

魏医生满头白发，淡淡开口："三十年前，她求我救了一个男人，后来嫁给了那个男人，一个远近闻名的有身份、有钱的人。我女婿嫌我开小诊所不体面，让我关了这里，我没同意。后来我女儿怀孕了，生孩子的时候难产，没治好就去了。那个男人在我女儿尸骨未寒的时候又娶了一个，我的外孙被他爸爸挑唆从没来见我一面。我女儿忌日的时候，我强带他去看他母亲，他问我，这里面躺的女人是谁？"

阿衡沉默，许久，才说："您的女婿长得很好吗？"

魏医生冷笑："不过是个衣冠禽兽。蓝眼睛高鼻子，亚麻色的黄发，多俊美多真诚。可是这一切，是他这种畜生用来迷惑别人的先决条件，趁你麻痹再狠狠咬你一口。当年如果我没有救他，他早已经是森森白骨，是我心软，害了我的孩子。"

阿衡摸鼻子，讪讪道："怪不得讨厌长得好看的有钱人。"

不过，蓝眼睛，高鼻子，亚麻色黄发，怎么这么熟……

门外有人敲门，高声喊着"Grandpa"。

魏医生拍桌子，脸色发青，朝着门口吼："小畜生，给我滚！"

言希刚穿好衣服，被吓了一大跳："哟呵，老爷子，您干吗？吓死人不偿命啊！"

阿衡捂言希嘴，一个缺心眼，长成这样还敢多话。

言希呜呜，瞪着漂亮的大眼睛，看看门，再看看魏医生。

外面的人继续高呼"Grandpa"，魏医生咬牙切齿，吼了一声："说人话！"

门外人蔫了，老老实实地用中文喊了一声"外公"。

阿衡讪讪，瞄老爷子脸色稍缓，便挪去开了门，然后眼珠子差点吓掉："怎么是你？Edward？"

门外站的可不是身材挺拔、蓝眼黄毛的洋帅哥 Edward。

Edward 眯了湛蓝的眼："Winnie？你怎么在这儿？哦，是 Lee 和你说的。"Lee 就是介绍阿衡来这里看病的中国同事。

这么说……

阿衡抽搐："你是魏医生的外孙，并且是个混血儿……"苍天大地，这人哪里像混血儿？

Edward耸肩："Winnie，小心，下巴掉了。"然后挑起阿衡下巴，语气暧昧，"你给谁看病？"

言希脸绿了，拍掉他的手，用法语大声吼："农民种小麦，打你死！"

死你，打！

阿衡咳："言希，人说的是英语，不是法语。"

言希撇撇红红的嘴唇，很傲慢："这说明我的外语水平很高，用法语回答英语。"

Edward莫名其妙，用中文说："你是说打死我吗？"

言希一听见对方说中文，呸了口，搓手，活动手关节："丫会说中国话啊，老子揍死你，连我媳妇都敢摸，手不是一般的欠。"

Edward笑了："哎哟，大美人儿，从哪儿来的？这么可爱！"

魏医生听了却铁青了脸，拿着扫帚往Edward身上招呼："小畜生，不学好，长相没仿到你妈一分就算了，连玩儿女人的毛病都跟你老子一模一样！"

Edward怪叫："外公，够了，我是来看望你的，不是来挨打的。"

魏医生吐痰："我打你，你敢还嘴！"

Edward哀号："不敢，我不敢。哎哟，外公，我错了。哎哟，疼！"

言希蹲在花丛外，吹口哨欢呼："打，继续，继续，好！"

阿衡窘。

她走到了言希身旁，眉眼含笑，看着那对祖孙，轻轻拉起言希："走吧，我们不便参与到别人的家务事中。"

回去的时候又下起了急雪，言希在阿衡背上打了个喷嚏。

他戴着帽子，搓热了双手，放在阿衡耳畔，给她取暖。

阿衡耳朵有些痒，呵呵地笑了起来。

言希歪头:"你有什么想吃的吗?我们省了公车钱,可以买些别的。"

阿衡说:"虽然不知道为什么,但是我今天很想吃香蕉。"

言希:"哦。"

他们路过超市,水果很少,香蕉很贵,买了俩,五欧元,纯属抢钱!

他在阿衡背上抹泪:"老子从没有这么穷困潦倒过,香蕉都论根算着买。"

阿衡翻白眼,吭吭哧哧往前走,不说话。

穷吗穷吗穷吗,我们很穷吗?

窝在名贵的沙发上喝着路易时代的红酒就是很富有吗?

言希在阿衡背上揣着两根香蕉看着雪花,想起什么,放在阿衡头上,一边一个,弯了大眼睛哈哈地笑:"兔女郎。"

阿衡怒:"言希你再给我去那些乱七八糟的地方,我捏死你!"

言希窘。

"这么凶的丫头,我是要娶你还是要娶你还是要娶你呢?"

回到家的时候,伊苏正在院子里帮房东太太择菜,看到言希手里的香蕉,眼睛亮了:"大盗,给我的吗?"

伊苏很爱吃香蕉,言希以前承诺过小家伙,只要挣了工钱,就给他买香蕉。

想起自己说过的话,言希泪了,看着阿衡,孩子这么多年好不容易要求吃个香蕉,怎么半路还来个小强盗?

阿衡看着伊苏,摸摸小家伙的脑袋,笑得牙齿洁白,说:"是,给你的。"

言希很无奈地看了阿衡一眼,笑着递给了伊苏。

伊苏很高兴,脸红扑扑的。他一直是个懂事的孩子,从没有向大人提过任何要求。

言希蹲下身搂着他,逗他:"农民种小麦,尝尝甜不甜,帮你看。"

帮你尝尝,看甜不甜。

伊苏是个大方的小家伙,咯咯笑了,剥开黄黄的外衣,递给言希。

言希咬了口,笑着递还给了他,然后上楼,很沉默地上楼。

阿衡在他身后,说:"我其实没有很想吃香蕉,再说,我这么大了,和孩子抢什么?"

言希闷着头大步向前走,不理她。

阿衡摸鼻子,有些忐忑。该不会是少爷范儿上来了,触景伤情,觉得自己现在很悲惨、很难堪,连老婆都养不起吧?

看不出来,还有些自尊心……

阿衡清清嗓子,打开门正想说些什么,言希却锁上了门,把她按在了门上,低头,伸出了舌头,探入阿衡口中。

滑溜溜的舌头,还有浓重的香蕉味。

他把含着的香蕉全部用舌推入阿衡的口中,眸子黑黝黝如水一般,笑着含了她的唇,说:"好吃吗?"

大盗是跟小福尔摩斯抢的口粮,然后送回华生口中。

阿衡脑子眩晕:"香蕉,咳,里面是不是有麻醉剂?"

言希搂着她的腰,一直低着头专心索吻。

他说:"宝,你强吻过我两回,今天,一次还回来,怎么样?"

圣诞节前夕,社区的教堂请了美国的一支唱诗班参观交流,都是一群高中生。

其中,还有一个中国孩子,大眼睛,不爱说话,笑起来有两个小虎牙,总是用手抵着唇,很羞涩的样子,戴着红色的针织帽,总爱坐在角落看着快要完工的壁画。

　　那几日是言希治腿的最后一个疗程，很是要紧，于是请了假没有去教堂，但是承诺了一定会按时完工。

　　疗程结束后，言希拿着各式各样的画笔，半跛着脚走到教堂的时候，看到了一堆陌生的美国孩子，他并没有太在意。

　　等到他走到壁画前正准备开工的时候，身后却有人抱住了他："哥，我来了。"

## Chapter 106
**一切都突然安静**

阿衡从来没想过会看见缩小版的言希,简直惊悚,好像做了噩梦,变成匹诺曹的言小少没走出十七岁。

她问:"你是坐时空飞船来的是吗?"

坐在床沿上的小言希乖巧地笑了笑,用英语 Say Hello。

她继续问:"我知道我做梦了,但你丫怎么会来?为什么不是缩小版的小阿衡?我要给她买红烧肉,你来了只祸害排骨你。"

小言希抱着她的医书,很有礼貌地用英语问:"你是哪位?"

她拉拉他的手,再捏捏脸颊:"是美国做的吗?高科技啊,从小英语没及格过的人竟然会说美语了。"

小言希白眼,拍掉她的手,一连串的英语:"大妈你谁啊?"

她悲愤:"变小了不起啊?等我再梦个小阿衡,勾搭个更小的帅哥,甩了你,让你失恋!"

小言希鼓起红扑扑的腮帮子:"你认识我大嫂吗?"

阿衡郁卒:"你有大嫂吗?谁啊?"

小言希仰望着她,大大的眼睛、小小的嘴儿:"你刚说阿衡,我大嫂是阿衡,爷爷说的。"

## Chapter 106 一切都突然安静

阿衡抓狂，捏小言希耳朵："你说毛啊毛啊？"

一个大美人儿拐着腿走进来了，指着小言希："臭东西，谁让你来我家了？滚出去！"

阿衡泪，大言希也来了，这是什么乱七八糟的梦？然后，使劲儿拍脸。

小言希看着大言希，可怜巴巴地用半生不熟的中文说："哥，我是代表爷爷来看你的，不要赶我。"

大言希却挑着眉，拽小言希的胳膊把他往外拉。

小言希抱住了床柱，眼泪汪汪："大嫂呢，我的温柔善良的大嫂呢，为什么不救我？"

大言希拽住小家伙，扯扯扯使劲儿扯。

阿衡："谁能告诉我发生了什么吗？"

大言希吼："阿衡，你傻了啊，把这人帮我扔出去！"

小言希恍然，奔泪："不要赶我。大嫂，爷爷说你最最温柔、最最可爱。"

阿衡咳，问小言希："你是谁？"

小言希微笑得大眼睛弯弯："初次见面，大嫂，我是言格，我哥的弟弟，你可以喊我格格。"

小家伙只有十六七岁，很有礼貌的样子，对着阿衡鞠躬。

言希趁他放开柱子，直接提溜着小家伙往外一扔，哐，关门上锁，一气呵成。

阿衡反应过来了，隐约想起言希在美国还有个同胞弟弟，一个爹一个妈一个爷爷的弟弟。

阿衡："唉，多可爱的孩子，你干吗把他扔出去？"

门外有撕心裂肺的敲门声："哥，大嫂！"

言希冷笑:"哪儿可爱了,完全二等劣质仿制品。"

阿衡母性泛滥:"唉,格格,那啥,你别敲了,乖乖,我给你开门。"

言希龇牙:"你敢给他开门,我们离婚!"

阿衡:"我们什么时候结婚了?你这是嫉妒,绝对的嫉妒!"

言希说:"我嫉妒什么?"

阿衡:"嫉妒他比你年轻貌美,嫉妒他比你多一个爸爸多一个妈妈多一个爷爷。"

言希怒气冲天:"谁稀罕那种爸爸妈妈爷爷了?你是我媳妇儿还向着别人,离婚离婚离婚!"

阿衡拿袖子蹭脸:"口水真多。"

门外的小东西继续撕心裂肺:"哥哥啊,大嫂啊!"

她对着门说:"格格,你先回去,等我跟他结了婚再办了离婚就去接你。"

言希泪,咬被子:"你为了他,竟然要跟我离婚。"

阿衡无奈:"你是多大了,跟一个孩子闹成这样?"

言希说:"我讨厌他,我讨厌他全家。"

阿衡摩挲他的脸颊:"你连我也讨厌吗?"

言希抬头:"跟你有毛关系?"

阿衡微笑,眼睛温柔:"我是他哥哥未来的妻子。"

言希望天,耍赖:"总之,我看见他能短寿十年。"

阿衡笑得宠溺:"反正你能活到一百八,短寿十年也没什么。"

言希叹气:"阿衡,我很抱歉让你为难,但我没法原谅他们,至少现在。"

阿衡笑:"不用,不用原谅。我陪你一起骂他们,我们对着地球骂他们。"她的眼睛温和却带着一股坚韧,她说,"会遭报应的对不对?把我

## Chapter 106 一切都突然安静

们言希变成被抛弃的孩子的父母会遭报应的,对不对?"

言希把头埋进被中闷着,他说:"阿衡,成熟的男人,要当丈夫的男人不能哭,对不对?"

她抱着他说:"对。但是,阿衡的言希可以哭。"

这个男人像个孩子,抓着她的大衣衣角,红了眼睛。

他的情绪低沉到极点,抱怨着,痛苦着:"阿衡,你看到他的眼睛了吗?言格的眼睛,他的眼睛,除了温暖和被爱,什么都没有。而我呢,小时候对着他们的电话哭过很多次,可是,为什么连一个孩子的哭泣思念都觉得碍眼……"

阿衡微笑,定定地看着他,说:"让我看看,你的眼里有什么?很善良的言希,有着很多喜爱着言希的朋友的言希;很孝顺的言希,会冒险给爷爷采果子的言希;很优秀的言希,连挑剔美丽的楚云都很爱很爱的言希;很骄傲的言希,强大冷静的陆流都无法强迫的言希;很温柔的言希,答应会给自己的妻子和孩子办一个画廊的言希。还有,还有眼里有着阿衡的言希……"

她说不下去了,抵着他的额头,几乎哽咽。

她说:"言希啊言希,我喜欢你的时候甚至还不知道你叫言希,所以,为什么要自卑,为什么要害怕?"

Edward 跟高层提出了新的议案,对耳疾做全方位多角度的分析。

阿衡问 Edward 和魏医生的关系有无好转,Edward 却说:"魏医生不是我的外公。"

阿衡:"啊?"

Edward 笑了,指着自己的脸:"你看我像混血儿吗?我是我父亲和他第二个妻子的孩子。"

阿衡纠结了："那魏医生的亲外孙呢？"

Edward摊手："因为母亲生他的时候早产，所以先天不良，没熬过七岁就死了。"

阿衡说："为什么要冒充魏医生的外孙……等一下，你喊魏医生的女儿母亲……"

Edward嗤笑："是的，我父亲告诉我和我的其他兄弟姐妹，要喊这个逝去的女人母亲。至于魏医生，父亲怕他知道这个消息伤心，而我又跟大哥年龄相仿，所以要我在他面前冒充大哥。然后我就当这个老头儿的外孙当了二十年，如果不出意外，我老爸继续拿遗产要挟我的话，我还得当一辈子。"

阿衡迟疑："你父亲对魏医生的女儿……"

Edward冷笑，蓝眼睛变得幽魅："是你们这些愚蠢的人最爱挂到嘴边的爱吗。我老爸为了这个女人不惜违背祖母的愿望，娶她为妻。可惜这女人命不怎么好，到后来，他为了给这个女人的孩子一个完整的家，才娶了我老妈。"

阿衡没想到真相是这样，头痛了，她说："魏医生一直骂你父亲是忘恩负义的畜生，当年就不该救他。"

Edward面无表情："是吗？我老爸倒常常说，感谢生过那样一场大病，遇到这样一个爱逾生命的女子。"

阿衡咳："还请您以后也不要告诉魏医生真相，老人家会伤心。"

Edward却笑得露出洁白的牙齿，带着嘲讽："女人，不必装好心。你是怕魏医生一怒之下连你未婚夫的病也放手了吧。"

阿衡："随便你怎么想。"

Edward忽然笑了，手抵着墙壁把阿衡圈在狭小的空间，他说："这

## Chapter 106 一切都突然安静

样一个残疾的未婚夫,真的能满足你吗?和我一起做一次怎么样?"

阿衡却伸手扇了他一巴掌,她说:"这是我这辈子第一次自愿打人。Edward,收回你的话。"

Edward 抹了唇角的血渍,扬眉:"哪一句,做一次吗?"

阿衡冷漠:"不,是你形容我未婚夫的那句。'残疾'这两个字,对他,我的丈夫,在这个世界,只有我能说。"

平安夜那天,阿衡买了四个苹果,自己留了一个,送给言希一个,伊苏一个,还有言格,阿衡瞒着言希悄悄给的。

小少年拉着阿衡的一角,大眼睛水汪汪的:"大嫂,今天晚上有我们的表演,你和我哥来吗来吗来吗?"

阿衡:"我尽量把你哥骗过去,咳,尽量。"

于是阿衡跟言希说:"我们去做弥撒吧,小区里的人都去,咱们也去凑热闹吧。"

言希啃苹果:"阿衡,你这是毛耳塞,戴上嗡嗡的听不清楚。"

阿衡揪他耳朵:"别装了,这是我们组用最新的材料做的,声音的清晰度能让你听到隔壁 Pang 先生打鼾的声音。"

言希"哦":"我不去,臭东西在那儿我死也不去。"

阿衡说:"我都答应他了,你不去搞得我多没面子不是?"

言希说:"我要去了我也很没面子。"

"我们就在台下当普通观众,我们装作不认识他。"

"你拉倒吧,看他跟照镜子似的,谁不知道我们的关系!"

"你嫉妒他年轻貌美。"

"是,我嫉妒他。"

阿衡抱着孩子,在脸上嘴上吧唧亲了好几口,好声气哄他,但言希软硬不吃，死活不去。

阿衡怒了："你不去我去。米饭在锅里煮着，菜都炒好了，一会儿拔了插座就成了，自个儿待家吧。"

她穿了外套，就走了。

言希也郁闷，吃完晚饭闲得咯血，家家户户在放圣诞歌，隐隐约约又听到教堂做弥撒的声音，也不知道是不是幻听。

最后看衣架，阿衡没有戴围巾就跑出去了，想了想，叹气，握着围巾走了出去。

小区的人几乎倾巢出动，坐在教堂里，虽然热闹但还算有序。

言希看了半天没找到阿衡，就坐到了靠窗的位置。他的身旁还有一架钢琴，应该是备用的，因为台上有音响。

一群白领黑袍的孩子抱着诗谱，走到了台上。

言格站在中间领唱，这孩子太扎眼，大刺刺望去，一眼就看到了。

后台播出了音乐，是 Silent Night。

言希静静地看着言格，这个孩子，健全完整的样子，真让人……讨厌。

他的声音圣洁清澈，低声呢喃："Silent night, holy night."

紧接着，是女生的低音，温柔无比："All is calm, all is bright. Round young virgin mother and child."

优美的音乐，融洽的气氛，大家双手交握，微微闭上了眼睛，神情祥和虔诚。

"Holy infant, sotender and mild. Sleep in heavenly peace. Sleep in heavenly peace."

快唱完的时候音效却戛然而止，舞台的灯全部灭了，只剩下一盏盏烛

## Chapter 106　一切都突然安静

光,想来是线路出现了问题。

言格慌得唱转了嗓子,观众开始窃窃私语,有的甚至笑了起来。

这个孩子张望着台下,惶恐不安。但是台下一片漆黑,什么都看不到。

他从没有受过任何挫折,他是天之骄子,是连自己的亲哥哥都嫉妒不已的言格,父母口中最是溺爱的格格。

他看着四周,依旧一片黑暗,只剩下嘲笑和斥责。他握紧了拳看着四周在烛光下陌生的伙伴的面孔,无助地颤抖着,像个小动物。

他又一次望向台下,却没有自己的亲人。

整个世界的声音几乎都消失了。

忽然,伴随着温柔悠扬的钢琴声,有些清灵的男人的声音响起:"Silent night, holy night."

言格愣愣地望着钢琴的方向,许久才回过神跟着钢琴声唱起第二节的第二句:"Shepherds quake at the sight. Glories stream from heaven afar."

其他的孩子也如梦初醒,跟着唱了起来。

那个男人的歌声消失了,惊鸿一瞥,只剩下言格和唱诗班完美的合作和空灵的钢琴声。

终至,巅峰。

演出结束。

又过了一会儿,线路修好,教堂又明亮起来。

言格飞快地从后台跑到钢琴前,这里却空无一人。他跑了出去,教堂外又下起了雪,细碎的雪花,悠悠扬扬。

前方,有两个依偎的身影,一个有些跛,另一个隐约温柔。

他大声喊着"哥哥",破了嗓子,却在叫出的一瞬间落下了泪。

哥哥。

多温暖的声音。

那个容貌秀丽的男子转身看着他,离得很远,却大骂了句:"号什么,臭东西!赶快滚回美国,让老头儿别操闲心了。有空我会带着你大嫂去看他还有李妈!"

走了两步又滞了,他转身:"还有,告诉你爸妈,我永远不会原谅他们。"

言希把围巾绕在阿衡颈上,说:"宝宝,法国的新年了,许个愿吧。"

阿衡眼睛亮了:"是不是什么愿都可以?"

言希点头,他的指抚着她的发,宠溺地开口:"是的。"

"咳,那好吧,我要你说'我爱你'……啊不,不对,你还是跟我求婚吧言希,然后从明天开始学着做阿衡喜欢吃的红烧肉哈哈。"

一切都突然安静。

他笑了,单膝跪地,握住她的指:"宝宝,嫁给我吧。"

他说:"我爱你。"

Chapter 107
## 那一天春暖花开

言希三月去了中国驻巴黎领事馆,办理国内的出生证明、各项亲属关系,未婚证明是托达夷和思莞寄来的,魏医生做了担保人,一切办理得还算顺利。

达夷打来电话,语气很是纠结:"言希,你是我们兄弟里面结婚最早的。"

言希在房东太太家里,耳朵和肩夹着话筒,细白的指一直填着结婚申请书,照着阿衡的笔迹抄法文,挑眉:"怎么,吃醋了?兄弟们什么时候挡着你结婚了不成?"

达夷说:"行了,滚边儿去。你是到阿衡边儿上了,有人疼有人爱,嘚瑟了。也不看看我,见天儿的水深火热,不是温思莞拉着我喝白的就是孙鹏拉着我喝红的,老子快喝成阴阳脸了。"

言希笑了,低声说:"达夷,看来你已经恢复了,不用我这做哥哥的操心了。"

达夷:"别啊,听你这语气,想在法国扎根儿似的,让人心慌。"

言希转着圆珠笔:"没有,我和阿衡以后会回去看你……嗯,跟他的。你们俩……"

电话另一边儿也不吭声了,半天,才勉强笑了:"都散了,也没什么好说的了。回头你和阿衡婚礼的时候,要不我把借你的钱都还了。你打小没过过什么苦日子,缺钱了,少爷脾气上来了也是我们阿衡受苦。"

言希:"不用,我有钱。辛达夷我跟你说,这就是个死孩子啊死孩子,整天逼着老子学做红烧肉,以前也没见她对肉这么执着,都哪来的牛脾气,越大越闹心。"

辛达夷:"哈哈,那你学会了吗?"

言希郁卒,点头嗯,拉长腔。

达夷无奈:"你不那么惯着小姑奶奶不行吗?"

言希:"老子统共就这么一个媳妇儿,不惯着她还惯着你啊?"

辛达夷也郁卒:"算了,甭说了,今儿晚上我还得继续跟你大舅子吹白的,你说你丫到底造的什么孽!"

达夷絮絮叨叨无限怨念,言希揉揉眉头,含着笑挂断了电话。

言希画壁画挣了将近一千五百欧,但办个婚礼大抵是不够的。可是借钱又有些不甘心,而让达夷还钱,他刚从重创中恢复也不容易,因此,有些心烦。

家里有一个储蓄罐,是阿衡从国内带来的,白瓷做的小猪。言希每天帮社区做一些杂工,可是由于他的法语不太娴熟的缘故,总是做不来需要交流的工作,因此,接的工作和挣的钱很有限。但是每天拿到工钱,他都会往储蓄罐中存上几个硬币。

伊苏都知道,大盗除了 Winnie,最爱的就是储蓄罐。

四月的时候,阿衡、言希带着各种证件去区政府注册结婚。

阿衡一路上只是抿着唇笑,看着言希,脸红了又红。

言希捏孩子小脸:"哟,宝宝,知道害羞了。"

## Chapter 107　那一天春暖花开

阿衡无语，看着言希手里的证件继续低着头呵呵地傻笑，似乎失去了长大后的坚强平稳，又变成了当年那个傻气无害的小少女。

言希牵着她的手，望着巴黎刚冲破晨雾的日光，不知不觉也笑了。

到了地儿，工作人员看了言希的居留证，却点了点上面的时间摇头："不行，已经快过期了，必须续时之后才能办理。"

他们赶到警察局续办居留证的时候，已经到了午休时间，阿衡和言希买了两块面包坐在门口等。言希看着大马路上穿梭行走的时髦的巴黎女郎，瞪大眼睛："喂，阿衡，她们眼睫毛真长。"

阿衡解释："她们都用睫毛增长液，我一般不用那玩意儿。"

言希："哇，个子真高。"

阿衡咳："她们一般垫增高鞋垫，我基本不用那种东西。"

言希："哇，胸真大。"

阿衡咬牙："她们基本上都注硅胶，我是全天然的！"

言希一边往嘴里塞面包一边摊手："现在的小孩子，脾气都不怎么好。"

阿衡怒："你到底要纠结胸的问题纠结多久？我是C啊C，哪里小了？"

言希目测："咳，顶多36B。"

阿衡捏他脸："你吐出来我给你做的排骨，我不跟你结婚了！"

言希同情："没关系的宝宝，就算你是A，我爱的也只有你。"

阿衡泪："都说是C了，C啊！"

午休结束的时候，阿衡和言希排了很久的队。

工作人员检验的过程很严格，四个主审官轮番问问题，如果回答不符合规定，大多被遣返回国。意图不明涉嫌违法，则会被拘留二十四小时，第二天再审，在此期间可以请律师辩护。

言希之前一直逗阿衡,是因为担心她心中不安。

言希总觉得有些事是女人过不去的,因为涉及她们的男人;而对于男人,有些事又是必定过得去的,因为涉及他们的责任,他们的女人。

所以,这个事儿,这个事儿也一样。

他说不定平安获得居住证和阿衡结婚生子了,也说不定一倒霉就被遣返回国了,然后锲而不舍,继续换签证,继续回到他女人身边,继续结婚生子。只是过程麻烦一些,结果还是一样一样的,媳妇儿跑不了,大胖儿子也跑不了。

当然,言少没想到是这么个结果。在他前面的那个小鬼子哭天抢地地被几个警察从玻璃门中押走后,四个主审官穿着没有褶的制服,齐刷刷拿灰眼珠瞅着他。

言希抽搐:"你们好。"

这是他说得最囫囵的法语。

其中一个问他:"在法国以什么谋生?"

言希挠挠头,说:"画壁画、社区海报、送信、牛奶。"

另一个问:"你有吸食大麻和摇头丸等的不良嗜好吗?"

言希摇头。

一个长着络腮胡子的男人看了看他,问:"那么,你有从事色情服务的经历吗?"

言希狂摇头。

又一个女的问:"你听说过霍斯安顿、理查德、克洛维这几个人吗?"

言希隐约似乎听过克洛维是法国墨洛温王朝的末代君主,所以这道题,他推测应该是考察对法国的适应程度的,于是立刻点头:"很熟,我,了不起的人,他们。"

几个主考官一起瞪大了眼睛:"你确定,你对他们很熟?"

言希点头:"熟。"

其中一个男人挥挥手,出来几个狱警,立刻把言希的头压在桌上,扭住他的手就往外走。

言希挣扎:"干什么,你们!"

阿衡站在玻璃窗外,腾一下站了起来,匆忙跑了进去拦住那些狱警,她说:"你们要对我的未婚夫做什么?"

言希的头被一个狱警死死摁着根本抬不起来,他不断挣扎,另外一个警察拿着警棍就打在言希脊背上。

言希几乎是下一秒就疼得弯下了腰。

阿衡吼了起来:"住手,法国是一个讲人权的国家,我简直不敢相信你们会用这样粗暴的方式对待一个外国的合法居留者!"

主审官走了出来制止了狱警,他说:"小姐,冷静。你的未婚夫不是一个合法的居留者,他竟然认识法国最臭名昭著的涉黑集团的霍斯安顿、理查德、克洛维。我们必须对他采取强制拘留。"

阿衡深吸一口气:"言希,你听过这几个人的名字吗?"

言希脸色苍白,他说:"不是历史人物吗?"

阿衡对着主审官说:"您都听见了,他只是一个生活单纯、来法不久的中国人,他只是把这些人当成了法国历史上的人物,他只是误解了,请您立刻马上放了他!"

那个主审官很严肃地看了言希和阿衡很久,才说:"小姐,我无法保证您说的话是正确的,所以,在我们得到确凿的证据之前,他必须被拘留。"

言希疼痛至极,额上冒着冷汗,说:"真假不知道,证据没有,不住监狱!"

狱警押着言希的头,腿狠狠地顶着他的肚子让他闭嘴。他低着头,只看到阿衡穿着的布鞋。他的声音又变大了一些:"证据没有,监狱不住!"

阿衡左手手指掐进右手,她一字一句地说:"如果没有确凿的证据,我的未婚夫绝对不能进监狱!我是 N.T.S 研究所的医生温衡,住在十二区第三巷 1098 号,我的同事和邻居都可以为我的未婚夫做证。况且,他一直有腿疾,从来没有离开过居住的社区,每次送报、送牛奶都是勉强而行,这是社区所有的人都知道的事。你们如果愿意给我们公正,调查时只要提及粉衬衫,他们就会告诉你我的未婚夫是一个怎样的人,而如果你们不愿意的话,我将在二十四小时后向法院提起行政诉讼。"

主审官耸耸肩:"好吧,但今天晚上只能麻烦 Mr.Yan 在警局一晚了。"他做了个手势,狱警拖着言希大步地朝审讯犯人的房间走去。

言希扭曲着脖子说:"阿衡,你先回去。"

阿衡滞了脚步,看了他一眼,转身和主审官用法语交流着什么。

言希被关到了一隅封闭的房间,只能通过一扇金属玻璃门看到外面的空间。刚刚阿衡在,他撑着不喊疼,这会儿受不住了,靠着玻璃门,喉中泛酸,想要呕吐。

当时巴黎的天已经渐热,言希摸了摸白衬衣,衣领上浸透的都是汗,摸摸额角,想起今天还没有送的信,有些肉疼。

妈的,五欧元呢!

别人家的媳妇儿结婚都穿婚纱,他总不能让阿衡穿个廉价的布裙子。

其他房间刚巧审讯完犯人的警察走了出来,看言希状态不佳,就给他倒了杯水,问他需要什么。

言希看了看那警察,指了指他蓝衬衣口袋里的烟。

言希学会抽烟是在 2004 年到 2005 年间。那会儿和阿衡分手了,跟陆流又有些不清楚的交易,一直住在他家里。

当时，耳朵废了，什么都没了，喝酒总想起阿衡，也就靠着吸烟能镇定情绪。后来，陆流在他烟里总放些有依赖性的东西，他就戒了。

言希吸了几口烟，夹在指间，屈膝，疼痛减缓了一些。

天色暗了，警局闹哄哄的。到了下班的时候，大排的中央空调和日光灯都关了，隔壁提审的犯人也被押回监狱，值班人员在前台，这里，渐渐安静。

他看着烟圈，只剩下星点的亮光。

肚子咕咕叫，饿了，也想家了。床、台灯、排骨、阿衡的背影、胡同的夕阳、塞纳河畔的小蚂蚁……

一帧帧画面，闪过，飞速。

他把烟放在唇边，微微笑了，却又想起了生命的最初。

还很小的时候，他一直追逐着，不停地追逐，母亲、伙伴，走了许多年，似乎什么都没抓到。

阿衡呢，没有阿衡的最初，在她还没有成长为他的爱人的最初，他们的每一次碰撞、融合，都似乎预示了上天的仁慈和厚待。

他没有想过，会是这样的补偿方式。

昏昏沉沉，意识迷糊了。

醒来的时候，四周已经全然黑暗。

落了一地的烟灰。

身后，透过玻璃门，有轻柔平缓的呼吸。

她说："你醒了吗？言希，回答我。"

言希惊悚，回头，却是熟悉的背影。

她也回头，眼睛冷冷冥冥，却瞬间，微微一笑。

她说："我跟他们说了，我的未婚夫有黑暗恐惧症，所以申请来陪你。"

　　言希："拉倒吧，丫从小就怕黑，还敢陪我！"

　　阿衡弯了眼睛，却没有笑："言希，我饿了。"

　　言希挑眉，一边骂她"谁让你来的死孩子快滚出去吃饭"，一边摸着口袋，掏出两颗巧克力从玻璃门下的缝隙递了出去。这是他给阿衡备的零嘴。

　　阿衡却抓住了他的手，她手心满是汗。

　　他诧异："你怎么了？"

　　阿衡说："言希，你……让我握一握就好。"

　　言希裹住她的手指，他说："宝宝，告诉我，怎么了？"

　　阿衡笑了，靠着门的另一侧，说："我很害怕，我从来没有这样害怕过。"

　　他只当她被下午的蛮横场景吓到了，笑了，安慰她："我以前和别人打架时，比那个狱警还粗暴。"

　　阿衡却像没听到，轻轻地叩着玻璃，她问："言希，你还在吗？"轻轻一声叹气。

　　言希忽然心里一扯，痛得入骨，他说："我在，我没有事。阿衡，我很好。阿衡，你听我说，我很好，没有比现在更好。"

　　她笑了，轻轻地干涩开口："你刚刚一直在睡觉，一直睡着，我喊你，你却没有听到。我担心你的伤，他们用的是警棍，他们就那样押着你的头，他们打你……"

　　阿衡有些语无伦次，她的手从说起言希挨打时就一直在颤抖着。

　　言希却说："阿衡，躺下。"

　　阿衡"哦"，乖乖地躺下蜷缩着，头对着门的缝隙，眼睛温和干净得像个婴孩。

## Chapter 107　那一天春暖花开

言希伸出手轻轻地抚摩着她的头发和她的眼睛，微凉柔软的指，他说："阿衡，我没事，那些，伤及不到我的身体、我的自尊心、我的高傲、我的所有。你害怕着的那些，都伤害不到。"

他说："宝宝，是我以往给你太不坚强的假象了吗？让你以为我这么容易被击溃。"

阿衡脸贴着冰冷的地板，眼角却不断渗出泪水，她的声音变大、变空洞："可是，为什么是我们，言希，为什么是我们受到这么多的磨难？为什么是我们想要在一起，却比世界上的所有活着的人都要艰难？"

这个孩子多么困惑为什么，每一次的痛苦屈辱，都降临在他们想要在一起的时候。

言希擦去她的泪水，他笑了："因为，即使如此辛苦，也没有任何力量能阻挡我们相爱。"

第二日，调查了证据之后，言希被放了出去，并且得到警局的道歉和一年的居留证。

四月底，言希和阿衡登记结婚。

那一天，春暖花开。

*Chapter 108*
## 一个人两个人啊

言太太，你好。

言先生，请多多指教。

思莞一日醉酒，打电话说："我从来没有想过，你们真的能在一起。"

电话是在旧货市场淘的，掉了漆，不过，数字分明，总是向房东太太借用电话终归不太好。

言希拿着话筒，望着身后微微地笑了："阿衡，思莞想跟你说话。"

电话另一畔沉默了。

温思莞没觉着自己给言希打电话像找碴，但是言希让阿衡接电话已经委婉侧面不客气地暗示他自己觉得不耐烦了。

婚纱的设计图是言希花了好几个夜晚画好的。阿衡倒是看着他台灯下的背影，睡得很熟。

她"哦"，手摸了摸带着缎带的紫色盒子，走过去接电话。

思莞听到阿衡的声音，借着酒力，倒像个孩子。

他多委屈啊，妹妹没了，喜欢的人也没了，到底怎么在自己眼皮底下勾搭上的？这么多年他这个当事人还竟然不清楚，有这种事吗？

他喊："妹妹，妹妹，妹妹。"

阿衡黑线："你喝醉了温思莞，现在在哪儿呢？"

思莞看看白瓷砖，明晃晃的镜子映着红脸，特实诚："我在咱家卫生

## Chapter 108 一个人两个人啊

间呢。"随即怨念,"不对,是我家卫生间,你都要嫁了你。"

阿衡:"滚,怎么着,结婚了还不让回娘家了不是。我要跟妈告状,跟嫂子告状!"

思莞望天,想起自己悲摧的人生,滚滚的泪,他说:"你没嫂子了,刚分。"

阿衡问:"爷爷拿手榴弹砸你了?"

思莞叹气,在马桶上蹲了半天,俊俏的脸上才浮现出小酒窝,他的声音很低很缓:"总不能一直自欺欺人。"

阿衡磨牙:"你干什么呢?当大舅子的整天垂涎妹夫,你还要不要脸了温思莞?"

温思莞说:"我呸,就不能让你跟他住一块儿,以前多好一孩子,现在脏话暴力一起来,好的不学,坏的学得倒快。"

思尔在厕所外踹门:"温思莞你掉坑里啦,是大便干结还是小便不畅整天喝喝喝?"

达夷却捂着耳朵哎哟怨念:"哎哟卧槽我就一陪酒的你甭瞪我了,再瞪也没你亲哥眼大!"

思莞哈哈笑,对电话另一端说:"妹妹妹妹,我不跟你说了,等你照了婚纱照寄回来,咱妈想你想得茶饭不思。"

阿衡莞尔,说"好",忽而声音变轻,大大的笑容:"哥哥哥哥,我跟你说,据我推测,言家小妹应该喜欢你。"

随即,好心情地挂断电话。

言希正在喝水,听见这话,一口水喷了三尺远,他咳得撕心裂肺:"宝宝,那是你小姑子,别瞎说!"

阿衡:"谁瞎说了?温思尔要不喜欢温思莞,依我妈的性格怎么可能看见儿子女朋友比闺女还亲?老太太都快愁死了,逮着什么都当救命稻草。"

言希脑子疼,他说:"我不管这事儿,也管不了,一群死孩子。"

阿衡跪坐在地板上,拆婚纱。

双臂伸直,打开,白裙子上的花瓣倾落一地。

无肩的干净婚纱,旋转着,三层白纱。

收腰,胸线上的小小花朵好像干燥过的栀子,细碎而妖娆。

简约、高贵而完美。

言希洁白的牙齿却咬了唇,他皱眉说:"不对,有个地方做得不对。"

阿衡:"啊,这么漂亮!"孩子把脑袋蹭到言希颈上,她说,"言希,我已经很喜欢了。"

言希:"哎,你穿上,我给改改。"

阿衡惊悚:"你会用针线?"

言希咳:"不都是学的吗?"

阿衡窘。

言希害羞,怒了:"我会针线怎么了?本少天生聪明,无师自通!"

阿衡"哦",换裙子,她说:"好看吗?"

言希拿着针线,吭吭哧哧,蹲在她裙边说:"别乱动。"

阿衡坐在凳子上,看着他低垂下的黑发和眼中的认真,揪他耳朵:"老公,好看吗好看吗?"

言希耳朵梢儿都是红的,轻轻嘀咕了一声什么,忽然,大眼睛猛地抬起来:"温衡,你说什么,你刚刚喊我什么?"

阿衡呵呵,说:"老公。"

言希咳:"宝宝,再喊一遍!"

阿衡不好意思,低头,说:"老公。"

"宝宝,再喊一遍哈哈。"

## Chapter 108 一个人两个人啊

"老公。"

"宝,再一遍哈哈哈哈。"

"老公。"

"再来一遍哇哈哈哈。"

"老——公。"

"再再喊一遍哈哈哈哈哈。"

"你去死!"

"来嘛来嘛来嘛,我想听。"

"去死,立刻,马上!"

婚礼那天,很不巧,下雨了。

言希对着天骂了很长时间才百米冲刺,从教堂跑到借的婚车旁,打开车门,把阿衡抱了出来。

伊苏抱着捧花,小家伙是伴郎,跟在言希身后狂奔。突然想起车里的小伴娘,刹车,啪啪跑回去又把小姑娘拉了出来。围在教堂前观礼的邻居都笑了。

阿衡有些不好意思,但是更担心言希的身体,她窝在言希怀里问:"你的腿,没事儿吧?"

言希拿白西装的袖子遮住阿衡的头发,笑了:"我没事。"

房东太太在教堂前迎接。

言希把阿衡抱到地儿,房东太太把干毛巾递给他们,望望教堂里面,说神父已经在等着了。

伊苏吧嗒着小皮鞋跑过来,带起污水。

言希抱着阿衡往里面跳了跳,捏捏小家伙的脸,说:"农民种小麦,捣乱没香蕉。"言希承诺过,只要伊苏当好小伴郎,香蕉大大的有。

伊苏一边被房东太太拿毛巾呼噜着脑袋,一边扒着言希的肩歪歪扭扭地在他耳畔说:"Winnie 今天很美,比你在教堂画的 Maria 还要美。"

言希含笑点头,看了看阿衡,眼睛温柔专注。

阿衡揽着他的脖子:"你们说什么?"

言希剥了一颗奶糖扔进她嘴里,低头在她唇畔蜻蜓点水,很骄傲地说:"男人的秘密,不告诉你。"

他放下阿衡,牵着她的手,走进教堂。

窗外雨声滴答,躲雨的鸽子在教堂的窗前,眼睛那么干净,小小的黑曜石。

小伴娘抱着捧花,拉着阿衡的裙摆跟在他们身后,胖胖的小姑娘走路还摇摇晃晃的,可是,拉着阿衡的裙子却很认真。

十字架上的耶稣看着他们,鸽子的羽毛从顶窗飘落,停在耶稣的肩上。

祥和,怜惜,温柔,珍重,爱意。

那个穿着黑色长袍的绿眼老人把手放在他的额头,问他:"你愿意永远爱着眼前的这个女子,保护她,陪伴在她身边,在每一封家书中倾诉着你的爱意,在每一个破晓时分握着她的手,不因世人的毁谤而抛弃她,不因生命的变故而让她悲伤吗?Mr.Yan,以尔全名,你愿意发誓吗?"

言希笑了,大眼睛明亮而坚贞,他说:"我愿意。"

老人又把手放在阿衡额上。他说:"你呢,你愿意永远爱着眼前的这个男人,保护他,陪伴在他身边,在每一次回信中倾诉着你的爱意,在每一次早餐时坐在他的对侧,不因世人的侮辱而放弃他,不因容貌的变迁而让他孤独吗?Winnie,以尔全名,你愿意发誓吗?"

她握住言希的手,握到他几乎发痛大叫,她说:"我愿意。"

老人笑:"请你们为彼此交换戒指。"

## Chapter 108　一个人两个人啊

言希伸出白皙的手，手心柔软，他说："阿衡，把手给我。"

阿衡戴着白手套，轻轻地把手放在他的手心。

他从蓝色的盒子中掏出一个戒指，紫色的点点梅钻。

阿衡愣了："这个是……"

言希轻轻地把戒指套入她的无名指，他摩挲她颈上的紫梅印，唇角的微笑比钻石还要明亮，他说："一件是生日礼物，一件是婚戒，何其有幸，都由我完成啊，言太太。"

项链和戒指本就是一套，当年他出钱让陈倦拍下，项链托思莞转赠，戒指由他留着。

本来预想，她喜不喜欢这项链无所谓，可是这婚戒，怕是要由他当作秘密，百年后带入黄土。

阿衡看看手指，眼中有笑，落下的却是泪。她轻轻地伸出一直蜷缩着的另一只手，是他曾经送给她的那枚简单的戒指，已被改大。

这是曾经一直被她戴在胸口，不为任何人知道，距离心脏最近的东西。

言希咳："你不是弄丢了吗？"

她把戒指套入他左手的无名指，叹气，破涕为笑："好好待我吧言希，能娶到我真的是你上辈子修来的福分。"

连续扔了两次，又被重新捡回来两次的戒指，在那双素白的手上闪耀。

如斯，珍贵。

神父说："依耶稣之名，我宣布你们从此结为夫妻。"

他说："言太太，你好。"

她说："言先生，请多指教。"

低头，抱着她，深吻。

从此，走向生命的另一个起点，不再寂寞。

上床，关灯，咳。

言少没穿衣服，言太太也没穿衣服。

他问："我能摸吗？"

言太太紧张地咬牙："不知道。"

言希"哦"，摸："果然是B，你骗我……"

言太太恼怒："都说是C了，什么爪子啊啊啊？"

言希摸自个儿媳妇儿脸："你发烧了？怎么这么烫？"

言太太羞耻心暴增："我是新娘子啊新娘子，初夜男人都这么表脸的吗？"

言希用舌头舔孩子嘴："要脸还是要孩子，说。"

言太太温和的性子忍到极限，张嘴想要破口大骂，却被言先生舌头一闪，长驱直入，唔唔嗯嗯，说不出话。

言希说："你别紧张，我一会儿轻点进去。"

言太太被他亲得七荤八素："哦。"

然后，三分钟，啊啊啊啊啊啊啊啊啊啊啊啊啊啊啊啊，开始尖叫。

"疼死了！"

"言希你个表脸的，滚出来，我不要孩子了，快滚出来！"

言希狰狞，滴汗，不敢乱动，最后趴言太太身上撒娇："老婆婆婆婆，我动动你就不疼了。"

言太太怀疑："真的？"

"啊啊啊啊啊言希你个骗人精，疼死了啊啊啊啊啊啊！"

言先生不厚道，装作没听见，封住她的唇，眼睛在黑暗中却满是笑意温存。

一夜，香汗。

Chapter 109
## 这是一段浪漫史

儿子,虽然你在法国只待了一个月,也叫"海龟"。

哇哇。

温母接到女儿怀孕的消息是在八月份。

之前几个月思莞一直忙不迭地相亲,一天安排八场,长得不好的当贤惠长得泼辣的当个性长得好点儿的当仙女,总之,和众家姑娘保持亲切会见。

云在在温家过夏天,见温家哥哥忙得没天理,乐得占他的房间做程序。

张嫂年纪大了,温妈妈心疼老人家,做饭自己揽下来,洗衣服的活儿却基本是思尔包了。

某一日,思尔洗衣服,思莞好不容易得闲跟云在打游戏,两个大小伙儿正盯着屏幕,轰隆一声巨响,震人心魂。

两人吓了一大跳,跑到洗手间,就见温小姐铁青着脸,洗衣机已经被踢翻,满桶的衣服随着水流了出来,全是思莞的。

温思莞臭美,相亲时一天换八套,最上面的白衬衫上还有桃红色的唇膏。

思尔冷哼一声,看也不看二人就往外走,顺脚踩了那件白衬衫,漂亮的小脸有点狰狞。

思莞讪讪,云在不知死活,温和地露着细白的牙齿开口:"尔尔,今天晚上吃什么？我很久没吃阿衡做的狮子头了，你会做吗？"

思尔转身，踩着白衬衫走过来，捏着云在的下巴冷笑："哟，想吃我大嫂做的狮子头啦？成啊，姑娘今天心情好，给你做！"

云在抑郁。

当年，想跟去法国没跟成，阿衡就说了一句话："你要是敢跟着去，这辈子就别见面了。"

他想了想往事，微笑，对思尔慢条斯理地说："没关系，我会努力让他们离婚的。"

思尔继续冷笑，瞟了一眼思莞："可别，我求你了，让我们老温家留个后吧！"

思莞尴尬，走到思尔面前拿纸巾给她擦汗，责备："多大的孩子了，闹起脾气来没完没了的。"

思尔甩了他的手："你不是躲我躲得恨不得不回家吗？滚你房间去，姑娘我还不想看见你呢！"

电话铃响了，思尔眼里有泪，怕被看见，转身跑到客厅接电话。

"岳母，妈，妈，我跟你说哈哈哈。"

思尔黑线，对着电话吼："言希，谁是你妈！"

言希继续傻笑："是思尔呀，哎我跟你说个大喜事。"

思尔听到电话另一端有一个温柔的女声正在一旁骂："言希，你真是烦死了。"

思尔心头一暖，不自觉地翘了嘴角，问："怎么了，有什么喜事？"

"哈哈哈哈哈哈哈。"

"说！"

"哈哈哈哈哈哈哈哈哈哈。"

## Chapter 109　这是一段浪漫史

"别笑了，说！"

"娃哈哈娃哈哈娃哈哈娃哈哈娃哈哈。"

"……言希你个疯子，说话！"

窸窣的声音，阿衡抢了电话，温声无奈："尔尔吗？别理他，言希现在智商三岁。"随即，有些不好意思地开口，"其实也没什么事儿，就是……我怀孕了。"

思尔呆了半天才反应过来，惊喜非常："我要当姨妈了！不对，是姑姑，也不对，到底是姨妈还是姑姑？"

阿衡呵呵地笑了："什么都一样，爱是什么就什么，反正咱们一家人，不讲究这么多。"

温母正在厨房剁肉，听见思尔的话，扔了菜刀就往电话前跑："什么尔尔，你说你要当什么了？"

思尔笑了："这老太太耳朵真尖，我要当姨妈，您要当姥姥了！"说完，把话筒递给温母。

温母抱着话筒，连珠炮一般地问："什么时候的事儿几个月了胃里难受吗？能吃下饭吗？言希能伺候好你吗？他又不会做饭，哎哟，两个小不省心的，要不妈妈现在办签证去照顾你吧，啊？"

远处，某两枚俊俏男人头顶轰隆隆劈着雷，八月飞霜，表情呆滞地看着温母，啊不，是温母手里的话筒。一个脑中回荡着相亲相亲赶紧相亲；另一个怨念着离婚离婚快点离婚不对离婚了我外甥就没爸了，外甥……我外甥……唉……

阿衡远在法国，怀着一个月的身孕还要安慰激动的言先生和温家老少，连爷爷都跟打了鸡血似的闹着要来法国，这叫什么事儿？

最后终于安抚完毕，挂断电话，扭头就见一个笑得大眼睛都挤到一块儿的，他说："媳妇儿你挪挪，电话给我。"

阿衡黑线，这人从昨天拿到化验单，就没消停过。

言希用屁股把凳子上的阿衡挤到一边，说："凳子硬，你乖，带咱儿子坐床哈。"然后抱着电话，开始嘚嘚嘚。

喂，××吗？老子要当爸爸了呀，我媳妇儿可争气了，哈哈你媳妇儿还没怀呀哈哈。

喂喂，×××吗？我媳妇儿怀孕俩月了，嘿嘿，哎我跟你说，真不是特别厉害就是一般厉害，真的，你不用夸嘿嘿。

喂喂喂，我媳妇儿怀孕了 Balabalabala……

喂喂，×××吗？我跟你说，我有了……

阿衡拿医书砸言希。

言希停顿，抱着脑袋哎哟，电话另一方惊悚："言少，你什么时候突破医学障碍有了？"

"呸，你才有了，我是说我有了儿子，我媳妇儿怀孕了哈哈。"

阿衡上手拔电话线，把鼻孔朝天、笑得嚣张的言先生拉回现实。

言希委屈："媳妇儿，你干什么，我还没通知完……"

阿衡闭眼："我不生了。"

言希抱孩子坐在腿上："为什么呀，你想吃什么我给你买，你可不能不生，那是咱儿子，嘿嘿，儿子，娃哈哈。宝宝，不是我吹，我兄弟里面哪个媳妇儿有你这么争气的，刚结婚俩月就怀了。"

阿衡掐言希腮帮："还不如不结婚呢，结了婚脸皮怎么变这么厚？你都不嫌害臊！"

言希脸皮厚，理直气壮："他们生不出来还有理了？咱们有娃哈哈是天下最好的事，害什么臊！"

阿衡懒得理他，低头，拉着他的手指把玩。

## Chapter 109　这是一段浪漫史

言希反手握住她的手,看看电子钟,说:"到散步的时间了。"

言希昨晚连夜奋笔疾书赶出一份孕期时间表,规定了阿衡吃饭的时间睡觉的时间散步的时间养神的时间喝汤的时间,以前高考作文都没见他这么有逻辑。

阿衡说:"我困了,明天要上班呢。"

言希皱眉,细白的手指轻轻按摩她的额头:"不去不行吗?"

言希担心科研所大量的药物环境给阿衡和孩子造成坏影响。

阿衡摇头:"请产假也不是这会儿呀,还得好几个月呢。"

阿衡其实还有别的考量,假不是不能请,可是如果现在就请假工资肯定没戏。言希虽然腿脚好了,但是找工作依旧困难。

言希想了想,把怀里的阿衡又紧了紧,笑了,眼睛很温柔,轻轻地拍着她,说:"睡吧。"

阿衡"哦",闭上了眼睛,眉眼有些疲惫。

她似乎从小到大都是个安分的人,就连怀孕也不用别人过多担心。可言希不是别人,言希不行啊,平常就宠得含嘴里怕化了,这会儿怀孕了,你让他不担心,可能吗?

把阿衡哄睡后,他打开抽屉拿出一张广告函,是他送报纸时留下的,法国油画展的作品征集,一等奖税后大概能得五万欧。可是,结果出来也是明年的事儿了,阿衡等不了,孩子也等不了。

团了团扔进了垃圾篓,又扒了扒抽屉,把画素描的一盒铅笔找了出来。画夹一直在角落,差不多蒙了尘。

视线定格,笑了笑,也只好这么办了。

阿衡起床时言希已经去送牛奶了,留下一瓶在小锅里煨着,另外煮了一个白水蛋,都是给阿衡的,言少的孕期时间计划表里写得清清楚楚。

天蒙蒙亮，一片寂静。她趴在栏杆旁，看着远处的那个粉衬衫穿着布鞋在胡同里穿梭，似乎还是很多年前的那个少年，修长漂亮的样子。抱着牛奶瓶忙碌时依旧像个孩子，可是确凿已经是个男人，有着强大的保护自己妻儿的力量。

阿衡吃了白水蛋，留下了牛奶。

她穿着白大褂从胡同走过，拐角处，言希远远地招手，扯着嗓子号："阿衡，脏活累活留给别人，照顾自己照顾咱儿子，知道吗知道吗？"

阿衡无奈，却笑了，眼睛温柔至极，在细碎明朗的时光中框入天长地久的相架。

言希送完牛奶刚刚七点，回家背着画夹和铅笔就匆匆地往巴士底广场跑，坐在标志性建筑七月柱的对侧，支起了画架。

人来人往，盛夏时分，天气渐热。

这一天是周四，Richard Lenoir 大道里的集市已经喧喧扰扰。他的身旁有许多流浪汉一般的街头艺人，头发像枯草，却唱着快乐的小调子。小丑们拿到硬币灵活地变出一束花，逗笑了明媚开朗的金发女郎。

言希坐在小马扎上看着人来人往，抓住几个漂亮姑娘的神韵画了肖像。他把画展到她们面前，那些年轻女子简直惊异，这么短的时间。她们笑着看言希，问需要多少钱。

言希不知道价钱，想了想，伸出一根手指。

一欧。

热情的姑娘们觉得捡了大便宜，争相拥抱眼前的清澈男子。

言希吓了一跳，闻到了她们身上沁人的香水味，往后结结实实地退了一大步："农夫种小麦，走一边，走走！"他身上如果沾到香水味，孕妇闻到要难受的。

## Chapter 109　这是一段浪漫史

他皱皱鼻子,姑娘们又笑了,觉得眼前漂亮的男子实在怪异。

言希赚了三欧,三幅画。

然后,他继续画,继续卖,觉得钱来得真的容易,丝毫没想到这样微薄的利润到底意味着什么。

再然后,他挨打了。

夕阳西下,收摊时,被身边同样画素描的三个法国男人围堵到香水小道里结结实实揍了一顿。他们攥着他的头发,说:"小婊子,这只是个见面礼。"

香水小道上全是漂亮的香水铺子,幽蓝、澄碧、红粉,瓶身婀娜惹人爱。

言希跪在角落里半天没有站起来。鼻子流血了,这群人渣。

言希站起来时,背着画夹站在香水铺子的玻璃窗前,沉默地看着一室的高贵旖旎。

漂亮风情的店老板带着嘲弄的眼神问他要什么,他攥着手里的几个微薄的硬币,想着要是能给阿衡买一瓶世界上最好的香水该有多好?话到嘴边,却变成:"画像,要吗?"

他蹭掉鼻血,带着灰尘泥土的手拿出笔,利落专注地画着她的眉眼。夕阳西斜,他的黑发被日光晒得暖暖的,背脊端端正正。

店老板诧异地看着他递过来的画。她笑了,问他:"你要多少钱?"

言希想了想,迟疑着开口:"一欧。"

店老板笑了:"怪不得会挨打了,他们都卖十欧元。你很缺钱吗?"

言希连说带比画:"妻子,怀孕了,宝宝,要钱,长大。"

她指着店前的招工广告,说:"你帮我设计香水瓶的样式,我按利润给你抽百分之十,怎么样?"女老板微笑,"我从来没见过像你这样的爸爸,像个孩子一样的爸爸。"

言希找到了工作。

阿衡的预产期是第二年三月，十一月份的时候研究所做出了矫正耳塞，拿言希当小白鼠，听力恢复了百分之五十，效果不错。

阿衡松了一口气，撂摊子，回家养胎。

Edward质疑，看笑话："这个废物男人能养得起你吗，Winnie？"

孩子在阿衡肚里抓耳挠腮，踢了妈妈好几脚，为爸爸愤愤不平。阿衡抚摸肚子，很温柔："小乖，没事，这个叔叔脑子缺氧，咱们不跟他一般见识。"

言希喊孩子娃哈哈，阿衡听着怪，另起了别的。

Edward想起别的事，耸肩："Winnie，你明年需要做一次选择，是完成学业回到中国还是留在科研所工作。董事会说如果你留下来，可以考虑给你开一间办公室。"

阿衡低头想了想，说："让我再考虑考虑。"

Edward挑眉："我个人建议你留下来，没有任何一个地方比这里拥有更多的医学资源。"


言希买了一大堆玩具，除了画设计图，就是坐在阿衡身边，耳朵贴着妻子的小腹，每天和小言同志扯白几句。

什么"娃哈哈能听见爸爸说话吗嗯宝贝儿"；又什么"臭孩子不准踢妈妈再嘚瑟爸爸打你"；或者"爸爸给你买玩具枪了跟AK-47长一个样你喜欢不哈哈我就知道你喜欢"；要不，戳戳，"喂娃哈哈你是男的还是女的呀是男的吗快说是不说打你"；末了，蹭脑袋，加一句"哎哟宝贝儿爸爸最爱你了哈哈这世界最爱你"。

阿衡郁卒，看着肚子前言希毛茸茸的脑袋，要得产前忧虑症。

她说："你滚远点儿，别让我看见你。"

言希泪汪汪："怎么了老婆婆婆，就和儿子说几句话。"

## Chapter 109 这是一段浪漫史

阿衡怒："是啊是啊，你儿子，你这个世界最爱的儿子。要是姑娘，你还打算把她扔了不是？言希，你行啊，以前我怎么就没发现你重男轻女得这么厉害？"

言希淡定，挥旗子："爱女儿，坚决爱女儿，只要女儿！宝宝第一，女儿第二，儿子垫背，万岁！"然后转身，吭吭哧哧地拿起包袱，收拾被褥、脸盆、毛巾、漱具，连带着给娃哈哈买的一大包玩具。

阿衡惊悚："你干什么？"

言希扫一眼："后天就是你预产期了，得提前住院呀，要不到时候就抓瞎了。"

阿衡叹气，头疼："你不能消停会儿？还早呢。我自己的身体我心里有数，把包袱收回去。"

言希摇头："妈说要提前住院，妈说提前准备到时候才能顺产，妈说我当爸爸的要时刻走在最前线。"

阿衡头疼："到底是你妈还是我妈？"

言希把玩具使劲往里塞，说："咱妈。"

阿衡瞟他一眼："手让让。"

言希心虚，继续往里塞。

阿衡揪他耳朵："就没见过你这么当爸的，给儿子买玩具还顺道给自己买个玩儿是吧？"

言希装无辜："没啊，他们说 PSP 大减价，我就是主要吧顺便给儿子买一个……"

阿衡咬牙："你儿子要是生下来就能玩 PSP，你最好做好准备当妖怪的爹。"

忽然，阿衡的手松了下来，脸变得苍白。

言希吓了一大跳："阿衡，你怎么了？"

阿衡捂着肚子，额上冒着汗，轻声说："不行，言希，我恐怕要生了，咱们去医院吧。"

言希啊，背着包袱抱起阿衡就往外冲。

让伊苏帮忙叫了计程车，言希一路上京片子外加法语、英语，顺溜地把巴黎的交通骂了个狗血喷头。

"丫的什么破巴黎，大马路上这么多车！"

于是，言先生，大马路上没车哪有车？让人火箭到大马路上人还不稀得来。好像他媳妇儿生个孩子，全世界不让道都欠着他了，典型的唯心主义。

从进产房阿衡就开始尖叫，生了一下午加一夜愣是没生出来，反而是声音越来越弱。

言希站在产房外，跟个陀螺似的转来转去。

护士端出一盆血水，言希差点一口气上不来，他问："我媳妇儿怎么样了？"

护士翻翻白眼："别急，就是有点难产，你们中国人生孩子就是麻烦。"

阿衡突然在产房拔高了一嗓子，回光返照似的，喊了一声言希。

言希一听，泪唰地就出来了，直接往产房冲。

两个护士把他往外推，言希蒙了，也急了，手往后摸包袱，摸出AK-47，用中国话说："全都不许动，让我进去！"

走道上的病人连同工作人员都吓得抱头蹲了下去，俩护士尖叫一声，缩到一旁。

言希推开产房的门，满眼都是血，全是阿衡的血。两个医生正在帮阿衡按摩，她的嘴唇已经咬得血迹斑斑，奄奄一息的样子。

他走到床边，忍住泪，哑着嗓子喊："阿衡，我来了，你看看我。"

阿衡眨了眨眼皮，睁开了眼睛，握住了他的手。她看着他，额发早已被汗浸透了，微微地笑了，有气无力地摸着他的头："这里是无菌产房，出去，言希。"

言希抹了一把泪："反正你要有个三长两短我也活不长了，管他什么产房！"

阿衡无奈，咬着唇说："你想死我还没准备死呢。"医生一个推力，阿衡觉得全身的骨骼都移位了，痛得大叫起来。

言希伸出手臂放到阿衡唇边，让她咬着。

她抓着被褥，言希手臂流了血，开始还觉得疼，到最后就麻木了，看着阿衡，眼睛红肿得厉害，他说："你死了我也不活了，你不是最喜欢听我说我爱你吗？我爱你，温衡，我爱你。"

他念叨着："我刚有个家，你要是毁了，咱们就一起走。"

到最后，医生吼了："怎么这么多话？孩子脑袋已经出来了，别说了，吵得我头疼！"

言希一个激灵，开始使劲摇阿衡，阿衡左手手指掐进言希的手臂，一声尖叫，孩子弱小的哭声传了出来。

言希瘫倒在了地上。

2008年4月，阿衡坐完月子，和言希搭乘飞机回国，外带大眼宝宝一枚。原因：非法携带玩具枪支，严重扰乱社会安定，驱逐出境。

*Chapter 110*
## 十年一品温如言

言希摁门铃的时候,是温母开的门。

他把手上一个小包裹塞到温母怀里,心急火燎:"那啥,妈,你先看会儿娃哈哈,我和阿衡回去整房子,全是灰,呛死人。"

然后,一阵风似的没了人影。

温母呆滞,手上的触感太软,低头,大眼睛,很大很大的眼睛,咯咯笑,口水,天使般的小脸。

三秒后老太太反应过来,中气十足地对着隔壁的隔壁大骂:"温衡、言希你们两个小兔崽子,这是我外孙不是布娃娃,小兔崽子!"

阿衡窘。

言希窘。

晚上,言先生携言太太到岳母家蹭饭,被老太太骂了个臭头:"我是看出来了,你们想虐待我孙子是不是?看看孩子,抱着奶瓶比看见你俩都亲,你们平常是怎么饿他的,啊?"

言希看儿子抱着奶瓶咕咚咕咚地喝着,像饿死鬼投胎,撇嘴:"谁饿他了,也不看看他那嘴小得还不如樱桃大,每次我媳妇儿喂他奶,这个死孩子，都呛得死去活来。"

阿衡摸鼻子，也觉得冤枉："妈，这不能怪我，您孙子不知道饥饱，胃口好，我一天喂他八遍。"

言希点头，伸出食指去戳儿子的脸颊，却被岳母一巴掌拍了下去。老太太说："就没见过你们这么不着调的爹妈，这幸亏是被法国撵回来了，要再待几个月，我的小宝贝儿还不被你们给折腾死。"

老太太抱着外孙心疼，哎哟小宝贝儿小心肝儿，笑得一脸慈祥，亲都亲不够。

思莞抖鸡皮疙瘩："妈，你也不嫌自个儿说话腻味人。"

思尔却瞪大眼睛："滚边儿去，我外甥，我侄儿，我妈爱怎么亲就怎么亲，你留着工夫相亲去。"

思莞郁卒，拉着阿衡的手，泪汪汪："妹妹妹妹，我在家越来越没地位了，你可算回来了，他们都欺负我。"

阿衡笑得温和，她说："哥哥哥哥，怕什么，你不是想要女朋友吗？明儿我上班，到医院给你物色几个白衣天使。"

阿衡拿到了Edward的介绍信和董事会的任职书，以后在北京N.T.S医学研究分所任职，担任耳鼻喉科的组长，每一季要去法国汇报一次工作。

思莞滴冷汗，讪讪地开口："不用不用，维持现状，现状……"

思尔这厢牙都快咬碎了，冷哼一声，不说话。

言希抱着儿子，弯了眼睛，开口说："妈，爷爷，我们先回家。"

温老本来一直在另一组沙发上，虽然逗着鸟，但一天偷瞄了言小宝宝几百眼。听说重孙要离开，想留，看看孙婿又抹不开面子，轻轻咳了咳。

阿衡知道温老一直对言希心存芥蒂，从言希怀中抱过孩子，蹲在爷爷沙发下，轻轻地笑了："小乖，亲老爷爷一下，我们明天见。"

她抱着小家伙轻轻地在爷爷脸上，印了个大大的口水印，叱咤半生的温老脸红了，僵硬了，然后笑了，带着皱纹的手轻轻摸了摸言小宝宝的脑袋。

大眼娃娃啊啊叫，在妈妈怀里蹬着小胖腿，对着老爷爷睁大眼睛，小手抓住白胡子，咯咯地笑了。

思莞偷看言希，言希望着他弯了眉，呼噜着他的头："思莞，你都多大了呀多大了。"

思莞笑："妹夫，快喊哥，快。"

言希白眼，左手抱着阿衡，右手裹着儿子："这里有疯子，快回家！"

外面，星斗满天。

温母看着女儿女婿的背影，笑着笑着，忽然就掉眼泪了。

思尔诧异："妈妈，你怎么了？"

温妈妈说："我看过阿衡从这里走过，也看到过小希，他们总是独自走过，每一次都让我很担心。这是第一次，我看着他们，察觉到幸福。"

她念叨着自己老了，转身却抓起电话，叹气了，只剩下释怀，她说："老嫂子，来 B 市定居吧。阿衡已经有了孩子，咱们一起看着他长大。"

言小宝宝眼很大，言小宝宝嘴很小，言小宝宝是个囧宝宝。

五个月的时候，辛达夷抱着言小宝宝，咧着嘴逢人就说："这我侄儿，怎么样怎么样漂亮吧，哈哈？"

众人坏笑，你侄儿长这么漂亮你怎么长成这样？

达夷觉得时间真短，一下子回到二十六年前，他说："我这辈子名声算是栽你跟你美人儿爹手里了。"

言小宝宝假惺惺，抱着叔叔的脸啃了两口，好心安慰。

六个月的时候言小宝宝学会了说话，啊啊啊，任何要求，都是一个字"啊"，吃奶啊，尿尿啊，跟爸爸抢妈妈啊。宝宝爸咬毛巾被，这是我媳妇儿，滚回你婴儿房去！

## Chapter 110　十年一品温如言

宝宝窝妈妈怀里咩奶,大眼睛撇撇,啊啊,经过作者翻译,应该是你滚。

宝宝妈说:"言希,你今年是不是才三岁?"

宝宝爸继续咬被,眨巴大眼睛:"媳妇儿,你当我三岁好了,只要能让我睡你怀里。"

宝宝吐奶头转小脑袋,转啊转,看爸爸,小手抓着毛巾被泪汪汪:"啊。"

"会啊了不起啊,我也会,啊啊啊啊,每次都装可怜,老婆婆婆,表相信他,这死孩子,最会装。"

"啊啊。"

"啊啊啊啊啊啊啊,喊,我也会。"

言小宝宝楚楚可怜状,大眼睛望着爸爸。

宝宝爸也楚楚可怜状,大眼睛望着宝宝妈。

宝宝妈无语,自个儿睡中间,左手搂着儿子,右手搂着宝宝爸。

半分钟后,宝宝爸颤抖,宝宝妈拒绝颤抖。一分钟后,宝宝爸卷着被连同宝宝妈一起颤抖。

宝宝眨着大眼睛,吸手指,迷茫……

爸爸呢……

妈妈呢……

在哪里在哪里……


言小宝宝七个月的时候,阿衡收到了来自巴黎的信函。

法国油画大赛,言希精心准备的 Mother 获得了唯一的金奖,邀请函上印着的宣传语是:他温柔的妻子。

从未有这样的视野,以一个丈夫的角度,如此诠释自己的妻子。

Mother。

邀请函的右下角对应着 Mother 的获奖词：The love beyond your imagination.

一夜成名，为爱而生。

阿衡望着不远处她的丈夫。他却只是低着头，耐心无比地喂着儿子吃米粉。

言宝宝八个月的时候，看着电视上的广播体操，在他爹怀里无比正直地跟着电视上的小朋友，穿着开裆裤蹦得欢快。

言希的画作自从获奖后被炒到一幅百万，家里有了些钱，言先生残念，想起以前壮烈牺牲的法拉利，又买了一辆。

阿衡在巴黎汇报工作时，顾飞白和杜清的婚礼邀请函寄到家里。

阿衡寝室大姐三姐四姐连同小五强烈要求看外甥，阿衡让言希带着宝宝开车去，她下飞机直接赶婚礼。

会场宾客云集，江南名流悉数到场。

言希抱着言小宝宝到达会场的时候阿衡还没来。

小五眼睛亮了，站凳子上直接招手，激凸："妹夫妹夫，这儿这儿，快快快！"

满场哪有这厮嗓门儿高，一时间大家鸦雀无声，看着大厅入口。

言希黑线。

娃哈哈刚睡醒，抱着爸爸的脖子，穿着背带裤，大眼睛转来转去。

顾飞白一身白色西装，看着言希和他手中抱着的孩子，微微失神。

杜清一袭婚纱，走了过去，轻轻抚摸了小家伙的头发，笑了："妹夫，我六妹呢？"

言希："啊，哦，阿衡还没下飞机，大概还要一小会儿。"

言小宝宝看着香喷喷的新娘子，大大地打了个喷嚏。

杜清有些讪讪。

小五从座位上飞奔而来，从言希手上抢过娃哈哈："哎哟，我的宝贝儿，你怎么长这么好看？比你爸都好看。哈哈，喊姨妈，姨妈。"

娃哈哈嘟嘟小嘴，然后碰碰他五姨的脸，笑了，呵呵的。

席中老一辈的言党早认出言希，尴尬，到底是打招呼还是不打招呼？

小一辈的眼睛亮了，瞄着言希窃窃私语，是 DJ Yan 吗？是他吗？

剩下些人略微凝视，却忽而笑了，是 Mother 的作者——言希。

这一辈子，谁还非得仗着谁出名？

阿衡的恩师李先生戴着老花镜走了过来，端详言希半天，才笑了："我知道你。"

言希深深地鞠了个躬："先生，我也知道您，谢谢您对我妻子的爱护。"

李先生淡淡地笑了，看了看顾飞白，温和地对着言希开口："我一生的得意门生唯有飞白和阿衡，你好福气，一定要珍惜。"

顾飞白望向言希，嘴唇动了动，目光定到杜清身上，却说不出话。

厅外有清晰的跑步声，门被推开，是还没来得及换掉白大褂，眉眼如画的阿衡。

她擦了擦汗，微微地笑了："还好，没有迟到。"

娃哈哈看见妈妈，伸着小手啊啊叫。阿衡从小五怀中抱过娃哈哈，眼睛温柔，略带歉意地对着顾飞白开口："顾师兄，你和嫂子的婚礼我来得急，没有带礼物，过几天补上行吗？"

言希在家接到请帖时已经是婚礼的前一天，夫妻俩除了随分子掏钱，没有时间准备礼物。

顾飞白看着她淡淡地开口："没关系，我听说言希的画千金难求，现场画一幅当贺礼怎么样？"

言希挑眉，含笑："画画吗？画画估计不成，我擅长油画。"

油画要耗费一些时间。

顾飞白摇头，表情冷淡："那么字呢？我订婚时阿衡送过一幅字，你再送一幅呼应也很好。"

顾飞白的字一向写得好，当年觉得与阿衡有些志同道合的地方似乎也就只剩下字了。

杜清的脸色益发难看。

言希宠溺地看着阿衡："言太太，拿你的和我呼应，我的名声可算是没了。"

阿衡脸色微红，装作没听见。

细长的手指执起毛笔，言先生轻轻地笑了，他说："顾飞白，今天是为了我媳妇儿的笔墨孤单，不然，你怎么配得上我的字？"

风云际会，浓翠挥毫。

一副对联。

"得成比目何辞死，只羡温言不羡仙。"

2008年秋。

阿衡、言希回到乌水。

## 番外一
## 你永远不知道的（孙鹏篇）

我感冒了，大夏天的。

鼻子很难受，拉开窗帘，斜对着的，是隔壁的隔壁的隔壁，那个空荡荡的房子，终于住满了人。

躺在床上，看了会儿书，公司有人打电话，问新行政楼建筑招商，里面有达夷竞标，是不是需要特别照顾。

我想了想，说不用。

达夷骨子里有股傲气，发作起来，比言希还吓人。

这两人，说起来，我认识那会儿，一个刚会爬，一个刚会走。

我喜欢达夷，厌烦言希。

因为我抢得走达夷的糖，却夺不走言希的任何吃食，包括他经常挂在嘴上的牛奶袋子。

他喜欢喝一个牌子的巧克力牛奶，厂子断货，宁愿不喝，也不换一家，死脑筋，缺心眼儿。

五岁之前，我们相处得很和平，我有我的小伙伴，他有他的达夷、思茺。偶尔我们会在一起铲沙挖土盖房子，言希的房子总是做得很漂亮，他爱昂着头，叉着腰对我们说："我要娶世界上最漂亮的美人，我们住在我盖的房子里。"

直到今天,我还记得他当时的样子,白衣服上都是一块块泥点,明明是西瓜头,却高昂着,猖狂傲气得让人想抽他。

当时,思莞身后总跟着他妹妹,大眼睛忽闪忽闪的,总是梳着两个小辫子,软软的头发尾部还系着漂亮的蝴蝶结。

我喜欢看她,很喜欢。她不像言希那么多话,笑起来脸上红扑扑的,总是娇娇软软的。

可是,看到她的眼睛,我总会想到言希,然后,我特别想看她哭的时候的样子。

因为,我从来没见言希哭过,就算是捏他的脸。

我揪了温思尔的小辫子,然后,她哭了,那双大眼睛里,饱含着泪水,委委屈屈,却还是亮晶晶,像两颗晶莹剔透的葡萄。

我心情很好,言希却来了,他打我打得莫名其妙,因为正牌哥哥温思莞都傻站在一旁。我还手还得莫名其妙,因为我一点都不想和他有任何交集。

再然后,我和言帅家的孙子结了梁子,全大院儿都知道了。

我爷爷爱骂我:"你就不能让着言希,他没了爸妈教养,你也没有吗?"

言希的爸爸妈妈不喜欢他,大家都知道。

可是我偏不让着他,开始时是因为温思尔干架,到后来,高兴了,难受了,有理由了,没理由了,都要干上一架。

凭什么呀,该怎么着就怎么着,凭什么让别人说他没教养我有教养或者他有教养我没教养,要有教养就一起有教养,要没就一起没!

后来,他身边有了陆流。

他宠着言希,溺着言希,言希说的什么话都一概维护包容,言希闯了什么祸他都在身后兜着,和我完全不同。

之后,我再也没有跟言希打过架,因为,他的身旁总是有陆流。

其实很奇怪，我和陆流玩得很好，和达夷、思莞也很好，可唯有言希，上辈子成的冤家，死活解不开的结。

尤其上七中后，他穿着七中以朴素难看著称的校服，依旧挑着眉，高挑挺拔的骄傲模样，让我更加厌烦。

初中时，我和陆流在同一班，混得很熟。

那时节，上初中，女生隐隐约约地发育了，男生心里朦胧中都有一些小东西，欲盖弥彰。他们爱掀女生的裙子，爱看女生脸红娇斥的样子，可是裙子下面是什么，问十个，却有九个说不出所以然。

我和陆流打赌，班花的内裤是土黄色的，他死活不信。我把那个女生喊到身边，然后，趁着问她题的空当，从后面掀开了她的裙子。

白皙瘦长的大腿以及，土黄色的四角内裤。

陆流伏在后面的桌子上笑得死去活来。那个女生惊呼了一声，脸颊发红，怔怔地看着我。

她暗恋我已经很久。

我说抱歉，含笑看着她。她却哭了，眼里有大点的泪滴，晶莹透亮。

那天晚上，我梦到了一张十分漂亮的脸，我把他压在身下，像发了狂，他眼里有泪，和多年以前看到的思尔那么相像。

我醒来的时候，床单湿了。

那是第一次，像个劫难，我难以接受，连看到陆流都不自在，因为陆流和他如此亲近，身上似乎还带了他的气息。

像阳光一样。

我和他益发疏远，和陆流更加亲密。

回家的公车上，我和陆流是始发站，言希、思莞、达夷在第三站上车。

我们一起回家。那时候，陆流家还没搬走。

他们习惯打打闹闹,我坐在一边看书,看累了,望望窗外,飞逝而过的时光。

达夷调侃言希,问他是不是暗恋同班的林弯弯。

言希难得没挑眉,脸红了。可是,思莞脸却黑了。而陆流,他不动不怒,微微笑着像个菩萨,可是握在手里的饮料纸盒却扭曲了个七零八落。

我透过书,坐在他身旁,看得分明。

过了些日子,陆流和言希似乎闹了别扭,言希放学了,总爱一个人闲逛,画一些乱七八糟的东西,过着独来独往的日子,他把自己放逐,和我们隔离开。

又过了些日子,首都南端出现了爆炸案,死了整整三十三人,言希很幸运,从火中自己爬了出来。

他住院许久,消磨了小时候的一些锐气。

我爷爷和爸妈去医院看他,我就坐在他病房外的花园里,继续看我的书。

我坐了很多天,来过许多人,去了许多人,其中,包括陆流和他那个狡猾阴狠的爷爷。

言希养好伤的时候,陆流去了维也纳。

一夜之间,这个世界,连属于言希的气息——像阳光一样的霸道绚烂,都消失在了空气中。

言希休学了。

我不知道为什么。半夜和达夷曾经爬过他家的墙,不过,我当的是人梯,把达夷驮到了二楼。

那块黑色的窗布,我每天躺在床上都能看到的窗户,紧紧地闭着。

达夷拿钳子撬开了窗户,他爬了进去,我缩在言家墙角把风,等着。

等到达夷再出来的时候,已经憋得脸通红,要哭却没敢哭出来的样子,他说，言希疯了。

我放学时，背着书包路过言家，总是盯着二楼看很久，看着看着，时间长了，也就不觉得累了。

我想把他偷出来，然后再和他打一架。

很久很久，久到我身旁言希的气息已经微弱到察觉不出时，他们却说言希的病好了。

我看着他屋子的窗帘又换成了粉色，却笑了。

这个疯子……

可是，他却已经不是我认识的言希。冷漠，冷漠到可以把笑容挂在脸上，心里却没有丝毫波澜，和陆流那个虚伪的模样，逐渐趋同。

言希的气息消失了，死了。

自从那天，我回家的第一件事，就是关窗户，拉窗帘，在黑暗中做任何事，除了停止思维。

从爸妈的交谈中，我隐约猜出温思尔是言希的亲妹妹，而后不久，正牌温姑娘回到了温家。

言希对温思尔一向百般爱护、万般维护，甚至，把妹妹欠的恩情背到自己身上，对正牌温姑娘温和大度得不像话。

我冷眼看着他演戏，再冷眼看着他陷入戏中，无法自拔。

他的身上，有太多黑洞，现在，又加了一个弱点。

言希癔症二次病发，我已经意识到一切不是偶然，花了大笔的钱找人调查陆家，然后，在爷爷和爸妈没有发现，或者他们看了出来却没有拆穿的情况下，学着炒股，填补空缺。

那年，我刚刚满十八岁，进入股市，跌了不少跤，所幸还有些小聪明，又挣了回来。

而所有的调查都真相大白的时候,言希也已经在温衡的照顾下痊愈。

我试图装着联络感情,和在维也纳潜伏的陆流取得联系。我从自己的角度,还原言希的生活状况,远比他从思莞那里听到的只言片语要牢靠得多。

他很相信我,至少在朋友应该给予的信任限度里。

那年冬天,很冷。

言希设计了一张卡片,下面写着"Myheng"。

那天,在电梯里,我距离他很近。

他身上阳光的味道似乎在慢慢复苏,我有些眩晕。

我坐在一席,看着他为温衡努力争取,看着他的眼睛,好像重生。

那扇窗许久没有打开,推开时,风中,远处粉色的窗帘随着春风吹起。随便他,无论是听摇滚,还是画画;无论是打游戏,还是因为思念陆流而拉起小提琴,随便哪一样,都好,只要有了快乐的源头。

他和温衡总是站在一起。他爱抓着她的手,兴奋得手舞足蹈。那个孩子,却永远只是温和秀气地笑着,看着他,宠溺的模样,端正而温柔。

陆流对我说,他的时机到了。林若梅在陆氏做了几项错误决策,她安插的人也被陆流爷爷的人压制,声望降到最低,时机绝佳。

我不知道他有没有替言希报复的意图,因为,言希被逼到这种境地,他功不可没。

比如说,酒吧爆炸,根本不是一个巧合;比如说,林若梅把相册寄到温衡手里,也是他默许的。

可是,林若梅的下场很惨,她的权力被架空了,然后被她的公公和儿子以身体虚弱的名头送到了疗养院,表面上,好一派冠冕堂皇、母慈子孝的景象。

陆流回到了言希身边,温衡却离开了。

我打电话告诉言希,温衡已经在温家门前跪了一天。他连夜赶飞机从美国回来,却因为温家的一句央求,他们求他放了温衡,言希沉默了,妥协了。

他跟在温衡身后,跟了一路。

我清晰地记得那时他们的背影,远远地平行着,却没有交集。

言希穿的是黑衣服,戴着连衣帽。

回来时,和他一起到酒吧喝酒,他醉得一塌糊涂,脸很红很红,看着空气中的某一个点,很久,才开始掉眼泪。

我才发现,自己错了,他哭时和思尔一点都不像。

思尔哭的时候我会笑,可是,他哭的时候,我笑不出来,心里的弦,一根一根地断裂,无声无息。

我告诉他,地球能听到人的愿望,你只要说,念叨得多了,总有一天,它会完成你的心愿。

他说:"如果可以,能不能麻烦这个球把老子的宝宝送回来?"

我想了想,笑了,捏捏他的脸,说:"可以。"

我起初是以散股的形式购买陆氏的股票,抛售,寻找规律,花费了三年时间。然后,加大了投资的力度,不停购买,陆氏之后的很长一段时间,股票一直疯涨。

陆流虽然有些疑惑,但是陆氏一向谨慎,应该不会被钻空子。

可是,我比他更谨慎,假姓名、假身份,并以普通中股股民的姿态炒了许多年股,他查不出猫腻。

可是,这么多年,和他如此亲近,陆氏的动态,我却一清二楚。

他问我新公司几时成立的时候,言希在他身边,已经消瘦得不成人形。他不吃饭,身上阳光的气息却不屈不挠。

我想，也到时候了。

看着言希，又捏了捏他的脸，早已找不出儿时的婴儿肥，不变的是，他不会哭。

不会，让我看到他的眼泪。

我抛售了手中所有的陆氏股票，大赚一笔，而陆氏董事会，全部出了血本，如不好好经营，一夜倾厦，也是有可能的。

趁着陆流焦头烂额，我和达夷把言希送到了机场。

我对他说："地球已经满足了你的心愿，言希。"

我喊他的名字，从没有一天如这一日，如此坦然，如此温柔。

又过了一些年头，回复到今日感冒的我。

对面的粉色窗帘内，总是有小宝宝的哭声和他的父亲撒娇的声音，女主人无奈而又幸福着。

那种气息，愈来愈温醇，好像老酒一般，挥发到空气中，永久不散。

新交的女友听闻我感冒，跑来探望，见我又在看书，扑哧笑了。

"孙鹏，从我第一次看到你的时候，你就在看同一本书。"她问，"书名是什么？"

我翻了翻扉页："哦，《我爱你》。"

书名是，我爱你。

你永远不会知道的我爱你。

## 番外二
## 当我们重新相遇（小言希）

2012年某日，某地出现震云。专家辟谣，这是天气异常造成的，绝对跟地震没有关系，咳。

然后，两个小时后，B市小小地晃了一下。

温衡拿着纸杯，觉得是自己夙兴夜寐研究太勤奋导致血压高脑袋眩晕的缘故。

然后，虎口上还有两滴褐色的咖啡，不知道什么时候从杯中晃出来的。

她是研究所最后一个走的，下午刚从法国汇报工作回来，整理完文件，很想凑凑运气，去幼儿园接儿子。

言小宝今年五岁，上大班，机关幼儿园的第N批学员。鉴于第一批教出的是言希、达夷、思莞之流，阿衡对儿子的教育状况很是忧心。

她平常这点儿，基本上摸不到儿子，有两个姥姥、两个舅舅、两个老爷爷（言老被重孙的周岁胭脂照秒杀回国）、一个姨妈兼职姑姑轮流接送，这娃命太好。

于是，小宝闪亮体，这当亲妈的连同言先生那个亲爸基本上是碰不到，但是回家会经过幼儿园，阿衡还是决定往里拐拐。

阿衡走出研究所的大楼时，觉得天暗了些，梧桐树被吹得七零八落，似乎快要下雨。

转身，看着四周，总觉得不太对劲。

这条有名的商业街好像隐约大概变破了。

只除了，参天的大树依旧蓊蓊郁郁，翠色欲滴。

而树后的研究所，若隐，若不现。

阿衡揉了揉眼，看看街道，行人很少，但是，最近流行白衬衫了吗？为什么初中生模样的孩子一律白衬衫外加蓝短裤，啊，还有黑色横梁的自行车……

阿衡走了一路，看了一路，越来越狐疑。

大家看着她的眼神，跟看怪物一样。

阿衡低头，短袖风衣牛仔裤，没什么吧？

走到幼儿园的时候，却又冷汗了，什么时候这里都变成了平房？

年初，思莞才从腰包掏出赞助费帮外甥的幼儿园盖楼。原因，主要是，他觉得他们兄弟一帮小时候没少干欺男霸女、组团抢劫的事儿，靠赞助费摆平幼儿园小老师的不在少数，觉得言小宝是言希儿子他外甥，基因的力量不可小觑，他体贴外甥，掏钱掏得很是大方。

阿衡从铁门走进去的时候，黑云慢慢压下，一片片好像蛟鳞，大雨迫在眉睫。

四处八方，空无一人，寂寂寞寞。

目光所及，滑梯、转椅、跷跷板、平衡木，还有……秋千。

她松了一口气，走到秋千旁，弯腰，轻轻地开口："小乖，怎么还没回家，姥姥没接你吗？"

他坐在秋千上晃晃荡荡，小小的身子忽然停了。

抬了小脑袋，是西瓜皮，看着她，很奇怪的表情。

阿衡蹲下身子，摸了摸孩子的小脑袋，笑了："宝，什么时候剃的头，是不是姥姥拿推子给推的?"

　　阿衡去法国两天,一直隔着电话跟言先生言小宝缠绵。小宝说爸爸给我洗头又洗到眼里了姑姑做的奶茶真是这个世界上最难喝的东西舅舅相亲又失败了,于是眼泪汪汪妈妈妈妈你什么时候回来呀,叽叽咕咕拉拉扯扯一大堆,并没有提头发被剃了。

　　秋千上的孩子看着她,大眼睛很平静,撇了撇小嘴:"你是人贩子吗,要拐我吗?我家很穷,我妈早不要我了……"

　　阿衡以为儿子闹脾气,笑了,抱起他,轻咳:"是是,言小朋友,我要拐你,把你卖了。"

　　孩子好奇,皱眉:"你知道我姓什么?"

　　阿衡亲亲他的额头,亲昵道:"怎么办呢?不姓言,跟妈妈姓温好不好?"

　　孩子使劲儿推她:"你胡说什么?我妈妈不姓温,思莞那个跟屁虫才姓温。"

　　阿衡捏孩子鼻子:"没礼貌,舅舅的名字也敢乱喊,下次再调皮,妈妈打。"

　　孩子睁大眼睛,使出吃奶的劲儿挣脱:"放开我,神经病。"

　　阿衡抱紧了孩子,把额探到他额上,喃喃自语:"没发烧啊,怎么了,这孩子?"

　　小家伙忽然僵硬了,大眼睛在很近很近的距离和阿衡对视,他说:"喂,快放我下来,一会儿我爷爷来了,看到你拐卖我,会打死你的。他很凶的,真的!"

　　阿衡恍然:"啊,是你们幼儿园话剧的台词是不是……呃,哦,我好怕,不要打我,啊……这么接行吗宝?"

　　幼儿园这两天排话剧。

温衡一直在关注着,主要是,她觉得儿子隐约犯了跟他爹一样的毛病,除了好看,没别的用。所以也许大概在话剧上有些天赋呢。

小家伙同情地看着她:"我知道,你是个疯子。"

阿衡"嗯",点头:"我疯了,言魔王。"

她儿子据说演魔王。

阿衡欢天喜地,幻想自己当上星妈的场景。

她抱着他,朝幼儿园外走。

她问:"小乖,你以后长大了想做什么?"

孩子费老大劲儿却挣不开,翻翻白眼,扮了个鬼脸:"我为什么要告诉你?"

阿衡笑了,说:"妈妈小时候想要以后吃上红烧肉,你在在舅舅想和普通人一样跑跑跳跳,现在都实现了呢。说吧说吧,说了就能实现了。"

孩子愣了,他沉思了一会儿,低头,点着小手,说:"我想做大房子。我做的房子,比所有人的都好看。"

阿衡说:"我能问为什么吗?"

孩子两只小手开得大大的,说:"我做得很大很大,这样,我喜欢的所有人都可以住在里面。"

阿衡若有所思。

小家伙眼睛定定地看着她:"你也跟他们一样,觉得我很奇怪是不是?"

阿衡笑了:"不,如果你盖好了,能请我去做客吗?"

孩子摸摸她的笑颜,看了很久,他说:"妈妈都像你这样吗?"

阿衡老脸挂不住,红了,温和开口:"怎么,妈妈这样不好吗?那小乖想要什么样的妈妈?"

孩子忽然抱住了她的颈,低声,有些落寞地开口:"不,你这样,就好。你的小乖丢了吗？我跟你说，我妈妈也丢了。"

阿衡轻轻地抚着孩子软软的背，温柔地开口："我一直都在，不要担心。"

小家伙许久，没有说话。

阿衡抱着他向前走，忽然想起在法国买的巧克力，掏出，递给孩子。

孩子却推开她的手："我讨厌吃甜的，我爷爷说，吃甜食的孩子都是坏孩子。"

阿衡笑眯眯，把巧克力塞到他嘴里："笨蛋，多好吃的东西啊，妈妈小时候想吃都没钱买。"

孩子舔了舔，然后，板着脸说："太甜，真难吃。"

他作势要吐，阿衡却皱眉，从小家伙嘴里哺过巧克力，嚼了嚼，纳闷，还行吧没多甜。

小孩儿却呆滞了，看着她，戳戳："疯子，脏不脏？"

阿衡"啊"，半天，才反应过来对方说的是自己从他嘴里劫走巧克力的事儿，扑哧笑了："早干吗去了？你一岁那会儿，妈妈天天喂你饭，吃你口水的事儿还少啊？小时候口水比现在还多来着。"

小家伙挠挠瓜皮头，脸红了，鼓鼓腮帮，说："疯子。"

阿衡捏他脸，说："你喊我什么？"

他忽然感到耳朵上有冰凉触动，抬头，说："疯子，下雨了。"

阿衡"啊"，夏日的雨，已经铺天盖地地袭来。

雨滴，砸落，重大，晕开。

阿衡把他往怀里带了带，手臂挡着小小的脑袋，在雨中疾奔。

雨水起了雾，家的方向一路泥泞。

他被圈在一方温暖的怀抱，第一次，感到自己弱小。

很久了，雨水顺着这个女人的下巴滴落，很久很久了，雨水也滴到了脸上，零落的声响，碎玉一般。

小孩子很寂寞，往怀抱中努力地抵了抵，轻轻喊了一声："妈妈。"

他在雨里哭泣："妈妈，妈妈，我很想你。"

"妈妈妈妈，你在哪里？"

"妈妈妈妈妈妈，你很讨厌我吗？"

"妈妈。"

从未有如此的绝望，在得到如此温柔的别人的母亲的怀抱后。

孩子睁大黑白分明的双眼，狠狠地咬了阿衡一口。

他咬她的手臂，像是对着仇人。

年方五岁的孩子。

而立之年的女人。

他几乎感到口中的腥咸。

阿衡吃痛，放下他，披起外套罩在两人头上，她的脸颊上，有雨水滴过。

"宝，你怎么了？"

孩子很古怪，脸上挂着泪，却笑了，脸色微红，双颊堆起两个小粉团儿，他说："我想吃麦当劳、肯德基，你是大人，所以，有钱的吧？"

阿衡："啊，你不是你说吃腻了吗？爸爸老带你吃那个。"

他说："我从来没有跟……妈妈一起吃过。"

"妈妈"两个字，他说得极不自在。

阿衡点点头，又抱起他，说："不过，要给你爸爸打个电话，他在家里会等急的。"

阿衡掏出手机，看了看屏幕，愣了。

半晌，才低头，望着怀中的孩子，惊愕、喜悦、激动、苦涩，眼中滑过许多不明晰的东西。

她步子依旧很快，沉思许久，却笑了。她眯着眼，轻问："你现在，已经喜欢吃排骨了吗？"

孩子纳闷："你怎么知道？"

"我猜的。"

阿衡笑了，看着他，俯拾间，过分柔和。

她把他抱到了屋檐上搭有燕子窝的杂货店下避雨，看了看钱夹中的纸币，苦笑。

低头，手上只有光华灼灼的婚戒。

紫梅印。

她想了想，又抱着孩子到了三十年的老珠宝店，二十多年前，这里已经小有名气。

她把戒指卖了，拿了钱。

他跟在她身后，好奇地看着这个女人一系列匪夷所思的动作。

依他平时跟着大人所见，这个人的戒指要值不少钱，肯定不是现在被珠宝店压下的这样的低价。

他问她为什么？

阿衡笑了，眼珠如漆墨一样。她伸手，牢牢地握住他，温和开口："走吧。"

天晴了，夜在水色中，明媚。

她说自己不认得路，孩子好奇："你不是B市人吗？"

阿衡含笑地点头："不过，我先生是。"

他带着她在夜色中穿梭，走到有许多孩子和父母的快餐店，爷爷不喜欢他来这些地方，也不允许李妈带他来。倒是思莞、达夷常常同他讲，里面有多好，让他有些好奇。

于是，顺手诓骗了眼前这个有些疯有些傻乱认儿子的外乡女人。

孩子推玻璃门，身子小，推不开。

阿衡莞尔，帮他推开。

里侧有小小的儿童乐园，有许多和他一般大的孩子，玩得满头大汗。

大眼睛好奇地转来转去，他握着她的手，却越来越紧。

阿衡凝视着他，轻轻地叹气。

他在害怕。

安全感这种东西，果然，是从小时候就没有的吗？

阿衡用戒指换来的钱买了许多吃食，每样都有一份，带他坐到乐园的对侧。

他吃东西时很有教养，即使眼睛里是说不出的欢喜。

阿衡拿勺子把圣代抹到了他鼻子上，看着他笑。

他有样学样，却更上一层楼，除了圣代，还有土豆泥，小手沾了许多，抹到了阿衡脸上。

看着她，得意地咬着勺子歪头笑。

他的话突然变得很多。孩子说："我跟你说，我们幼儿园的张老师可讨厌了，她总是敲我的头。今天，妞妞抢走了我的哨子在课上吹，被老师发现了，她不骂妞妞，却敲我的头。今天放学我故意躲在厕所里，她忘了我到时候回大院儿我爷爷看不到我会杀了她的哈哈。"

阿衡黑线，捏他的鼻子，怎么这么坏？

孩子鼓腮："我喜欢的小阿姨被张老师赶走了，没人喜欢我抱我回家给我念故事听了。"

阿衡说："思莞和达夷呢，他们呢？"

孩子撇嘴："他们早就被爸妈接走了，卑鄙的家伙，都不等着我，还兄弟呢，以后盖房子不让他们住。"

阿衡呵呵地笑了，不说话。

孩子眨巴眼睛:"你是不是喜欢别人喊你妈妈,要不要我喊一声?"

阿衡窘迫,却依旧温和:"你不要乱喊,我断然成不了你的妈妈。"

孩子低头,咬着汉堡,神色淡了起来。

阿衡抚了抚他的发,怜惜地开口:"你不要放到心上。我不是不喜欢你才不让你喊,事实上,怎么说呢……"

孩子抬头,笑:"没关系,你是好人,和小阿姨一样的好。"

固定的电视新闻播报,陌生而年轻的播音员,说三十分钟后首都会发生小地震,不会有震感,请市民安心。

阿衡想起自己在研究所的那阵眩晕,似有所悟,看着眼前孩子的面孔,表情越发复杂起来。

三十分钟。

孩子没有察觉,看着小乐园里玩着各种玩具的孩子,眼睛一直亮着。

阿衡把他抱到小乐园里,看着他和其他小朋友玩得热闹。

他时常不安地回头,却总是一瞬间,便看到这个女人温柔含笑的目光。

她一直这样看着他,让他大概隐约觉得这便是妈妈的感觉了,可是,却又有些不同。

他微小的词汇量中形容不出的不同。

他走出小小的乐园,这样小小的孩子,柔和清澈了眼睛,问她:"你要不要看我跳拍手舞?我刚学的。"

他拍拍手:"你好不好?"

弯腰,放到小小的背后,举起,拍一拍:我是好宝宝,看没看到?

双手叉在腰间,向日葵的微笑,再拍拍:我们做好朋友,好不好?

拍拍手:你好不好?

合拢,歪头,放在耳下,拍一拍:我是好宝宝,看没看到?

双手叉在腰间,向日葵的微笑,再拍拍:我们永远在一起,好不好?

阿衡看着他，忽然，眼中就有了泪。

她笑了，抱起他，亲昵地抵着他的额，说："好，我们永远在一起。"

她带着他走出玻璃门，小小的孩子对她表示着亲密，不停地唱着拍手歌，红灯亮了，他还在蹦蹦跳跳。

阿衡伸手，把他拉回怀中，喃喃："小心，言希。"

孩子愣了，他说："你的心……跳得很快。可是，可是，你怎么知道我叫言希……"

阿衡缩紧怀抱，恍若未闻，叹气："我很担心你，言希，你知不知道？"

他点头，说："对不起，我知道。"

阿衡看着手表，分针逐渐地靠拢，却苦笑起来："不，你不知道。"

时空扭曲，她才有这样的机会。

眼前的人，不是他的儿子。

而是她的丈夫。

她从看到自己的手机消失的时间和信号就已经醒悟过来。

白衬衫，带横梁的自行车，未兴盛的商业街，还是平房的幼儿园。

还有，才五岁的她的丈夫。

她不曾参与的一切的开始。

悲伤，痛苦，年轮齿序，红尘的车印还未从他身上碾过。

他未做了土，做了尘，做了匹诺曹，做了阿衡的言希。

她不知道自己和丈夫的初见，原来早已发生。

不是十五岁的少女和十七岁的少年。

言希呵言希，年少轻狂的男子，尚未拉开粉色的窗帘。

错乱的时空，这么荒唐。

现在是1986年。

故事尚未开始的遥远时空。

远处提醒时间的钟声,蓦地响起。

脚下有些微的震动,钟声悠长绵延,振聋发聩。

阿衡却抱紧了小言希,温声开口:"我说的话,你记清楚。"

"如果,三年后,你遇见一个叫陆流的人,不管他多好,离他远一些。"

"如果,十二年后,你遇见一个叫温衡的人,不管你看着她有多不忍心,如果着实不喜欢,便当邻家姑娘看待。"

"她有些极缠人的小心思,如果逼着你选择,不要理会,只选你一见钟情的女子。女子如果叫楚云,这很好。"

"如果不是楚云,也无妨,她要够独一无二,才配得上你的深情无双。"

言希,我给了你这许多如果。

如果,因此,我们的姻缘就此打断……可是,你有避开宿命、平安幸福的权利。

这是你的妻子给你的权利。

是以大爱,是以见放。


小小的孩子,感受到了强烈的震动,身上温暖的重负却一瞬间减轻。

他抬眼,本来一直抱着他的女子已经消失。

天上的星子,依旧眨着眼。

身旁的空气,如若不是还流淌着松香……

大抵,是梦。


阿衡再次走到大院儿里,她的丈夫和孩子站在夜色的榕树下等待。

他牵着儿子的手,向她走来。

微笑，肩头落了夏日红花。他的眼睛明亮沉稳："你回来了，宝宝。"
三十一岁的丈夫。
一切未有丝毫偏差。
阿衡抬手，手上的梅钻徐徐晕染芬芳。

很久以后，她问："言希，紫梅印源自哪里？"
言希说："哦，一家珠宝店送到慈善晚会的，听说开了二三十年。"
她吞吞吐吐："言希，你小时候遇到过一个请你吃麦当劳的女人吗？"
言希不以为意，笑了："兴许呢。骗我的人，我一向记不大清。"
谁还记得，有个人在他耳畔温柔低喃，好，我们永远在一起。
而后，消失无踪。
阿衡窝进他的怀里，微微闭上眼睛，唇角含笑。

## 番外三
## 琐碎时光

张若张少爷这几年日子不大好过。

尤其是打陆家老爷子去世，言老爷子从美帝国主义归国之后。

他便三天两头被自个儿老爹提着耳朵骂"识人不清，累及家人"。

张若郁闷，当年你巴结陆老鬼巴结得恨不得给他蹭鞋，我只是按你的意思和陆流交好，谁想三十年河东三十年河西，这会儿翻脸全怪我身上了，又是什么道理？

张参谋跳脚，我让你跟陆流交好，没让你跟言希对着干。

张若咬阿玛尼袖口，想他一介纨绔，还龙阳……

张参谋呸，你倒是不纨绔，把全套阿玛尼给老子扒下来！龙阳，兔崽子你看看人儿子几岁了，你呢，连温思尔的袖边儿都碰不着！

张若的脸立刻垮了，有气无力，你饶了我吧，只要不是温思尔，我明天给你带个媳妇儿，明年让你抱孙子。

张参谋横眉，张若你要是娶不到言家姑娘，成不了言家驸马，这辈子别说前途，不等我死，张家就到头儿了！

言老看着重孙顶漂亮顶白嫩的小脸儿，要是饶了张家当年挑拨自己和孙子的那茬子事儿，才叫见了鬼。

言老憋了一肚子火,就差没朝张氏父子狗血喷头了:"娘的!你才龙阳,你们全家都龙阳!"

陆流一直休养生息,张家没了这座外援靠山,在老上司身边,灰溜溜地夹着尾巴做人。

张参谋想缓和两家关系,歪脑筋动到了一直没嫁人、脾气有些娇气的温思尔身上。

如果张若娶了温思尔,张家言家结了亲家,不就……

张参谋算盘打得好,全然不顾温思尔和张若见面的惨烈后果。每次,两人约会回家,张若脸上都是青一块紫一块,西装上红一摊绿一摊,叫苦不迭。

思尔虽是个硬气姑娘,也是个孝顺姑娘,温母见她年近三十不婚,早就急得坐不住了,看张家小子殷勤,相貌不差,家境还算富贵,就眼巴巴地盯着女儿。温思尔憋着一股气跟张若耗,却不大愿意拂逆母亲的意思。

思尔本来想着,找云在撑一段时间,哪知这厮太精明,全不顾昔日胡混的情谊,立刻谈了个女朋友,爱得天崩地裂风生水起至死不渝,把云爸云妈喜得合不拢嘴,思尔很是无力,便作罢。

温思莞则爱蹙眉,斯文翩翩佳少爷,却心事重重,看着思尔和张若,忽喜忽愁,到最后,变成了面无表情。

他的女友其实也不大稳定,时有时无,水准忽高忽低,比中国足球还让温家老少忧心。

外甥言小宝同志很悲伤地总结了:舅舅,终于,相舅妈相得麻木了,全天下的舅妈在他眼里一个样了……

五岁的小宝有一句经典名言:我家的舅妈满天下……

其实,要说愁吧,不光这帮配角,言先生最近也很愁。

原因不大见得了人，说起来，也就是件小事。

前些天，法国的 Edward 不知道抽了什么风，闹着来中国分院视察工作，非要假公济私，让言太太陪着满 B 市转，美其名曰：遛遛。

言先生却火了，遛你大爷！

都多少年了，还色心不死呢美国佬。

最后，一合计一咬牙，把画笔一撂，跟着妻子，走到哪儿贴到哪儿，比橡皮胶还黏人。

这也本没什么，阿衡早就习惯了言希如此，只是夏天天太热，她月事迟迟不来，心中估摸大概也许是又有了，但因为还未确认，所以一直十分小心，就不大乐意言希跟个背后灵一样，到处冒冷气寒碜人，影响情绪。

好好哄着，哄不回去，反而膏药一样黏得更紧，阿衡皱皱眉，只得把他推远一些。

言希不明所以，自己明明温柔体贴多好一老公，怎么莫名其妙就遭嫌弃了？难道……

他看看 Edward，醋意一阵阵地往上翻，牙咬得嘎嘣脆。

Edward 看戏看得欢快，当医生的，看病人总比旁人清楚些。阿衡怎么了？他心里清楚，但是逗言希也挺好玩儿，就故意和阿衡相处得更融洽一些。

他转转眼珠，说要去新开的游乐园玩玩，到地儿，什么新玩意儿都要试一试，和言希比一比，碰碰车三六十个角度演绎人生何处不相逢，把言希撞得眼发红。

最后，Edward 不怀好意，说要坐过山车。阿衡本来婉言拒绝了，言希火气上来，哪能怕区区外国佬，拉着阿衡就要上车，阿衡甩了他的手，皱眉，说了一句："胡闹。"

大庭广众，他言希好歹大小还算一名人，不管是 DJ Yan 还是新秀画家，总要些脸面，被老婆当众当作小孩子骂了，颇是尴尬。

夫妇俩回到家，开始冷战，本来在客厅玩玩具的言小宝也很识趣，收拾完玩具背着包袱就到姥姥家了。哪知姥姥家一样可怕，舅舅姑姑也在冷战，不由唉声叹气起来。

这个世界，大人真闹心。

其实，说起冷战，言家的两只只有言希觉得自己在冷战，而温家的也只有温思尔在郁卒。

言老爷子下棋时，看着老朋友一直嘀咕："难道你们温家苗子要好一些？也不能啊……"

温老倒很淡定："一物降一物，各有各的命。"

言老重重地摔棋子儿："娘的，难道我下的崽儿就是为了让你家娃降的？呸，忒自恋！"

回到家，言老不怀了好意，时时趁阿衡不在，戳戳孙子心口："哟哟，阿衡别又是去找美国佬了吧，哟，我说言少，长得好看有什么用，媳妇儿都看不住。"

言希本来在画画，心烦意乱，打电话给阿衡，哪晓得铃声从卧室传过来了——阿衡上班时忘了拿手机。

最后，被爷爷幸灾乐祸了许久，敌不住了，拿着画夹，到光棍儿辛达夷家避难去了。

结果，晚上也不见阿衡喊他回家，更是气闷，索性在辛家客房住下，权当离家出走了。

第二日，清晨，言希的老上司，以前 Sometime 的总制作打了电话，说 Sometime 再过五天就满十年了，作为第一代且最红的 DJ，言希无论如何也要捧场，录制完这期怀旧版。

番外三 琐碎时光

言希没事干，心中抱着巴不得阿衡找不到自己，让她也好好苦恼纠结一番的心情，一口答应了。

小宝还记得自个儿有个爹，眨巴着大眼睛，很好心地亲切慰问老父："什么时候回家？爸爸爸爸我给你留了幼儿园吃剩的动物饼干，要不要抽空拨冗回家解决一下？"

言希一听，好小子，原来在你心里你爹就剩这点儿清理垃圾的作用了，脸更黑，更不想回家了，全然忘了先前明明是他自个儿总是抢儿子的零食了。

脸偏到一旁，很不自然地问了一句："你妈说什么了吗？"

小宝深沉片刻，言希一阵欣喜，正要开口，小宝又深沉地摇了摇头，笑得灿烂："妈妈本来在看大厚本的书，看我要出门，眼皮都没抬，就说让你和干爸爸好好过光棍儿二人世界。"

干爸爸姓辛，辛爸爸欲哭无泪。

言希眼皮抽搐，咬牙："她不说，我也会的！"

话音刚毕，这厢，阴沉着脸的温思莞长腿踹门，走了进来，众人皆惊。

只看温少揉着床单子，恨声道："这日子没法过了！"

小宝咧开粉嫩嫩的小嘴儿，对着舅舅眉开眼笑："姑姑刚刚在我家说了，要是在干爸爸这里看见舅舅，让我转达一句，有种，你这辈子都别回家！"

小宝虽然才五岁，但是个口舌伶俐的大眼小鹦鹉，传话从不带漏声儿的。

三个男人一起沉默，沉默啊沉默，末了，辛达夷干巴巴地总结：其实，身边儿没女人也挺好的……

说来也巧，五天后，言希在广播电台上节目，阿衡带着儿子逛街，在电台左边的 Icecream 店歇脚。温思尔和张若约会，在电台右面的咖啡馆聊天。

其实，真的是凑巧，只是，后面的事儿就有些失控了。

先说电台，电台从早上起就人山人海，挤得密不透风。小姑娘们老姑娘们就等着再看曾经的偶像一眼，拍个照签个名什么的。还有一帮拿着手机等着给节目发简讯，不遗余力地准备挖出 DJ Yan 曾经现在将来的深度八卦，以慰相思之苦。

提前要说明的是，今天的节目有些变态，观众可以问任何不触碰社会主义和谐社会根基的东西，DJ Yan 没有权利不回答。

言希知道的时候，已经坐在演播室，骑虎难下，无奈，硬着头皮，也只能上。

看着耳麦和曾经的一套设备，心中生出了些不知今夕何年的味道，感叹自己当年坐在这里的时候，才二十一岁，风华正茂。

他说："大家好，我是言希，言希的言，言希的希。"

话音刚毕，自己微微愣了下，随即，对着麦，笑了。

"许久不见，我很想念你们。曾经我和大家相伴在 Sometime 三年的时光，如今，Sometime 也走过十年了。或许有许多新听众并不知道我是谁，这也没有关系，就当我代班一次，带领大家走回 Sometime 的曾经。大家有什么烦心的事，或者关于 Sometime 关于我的问题，都可以以简讯的方式提出，我与大家相伴。"

第一条，比较直接，问节目为什么取名 Sometime。

言希想了想，说："Sometime，是我取的。每个人，总有些时候，是脆弱得沾染着黑暗的，如果这样的时候，有一个陌生人，不管是 DJ Yan 或者 DJ 赵钱孙李都好，只要有一个人愿意倾听，温柔相伴，我猜想，这是多么令人期待的事。因为大家心底的难以消化的压力才存在的这个节目,是 Sometime 永恒的意义。"

有人问,DJ Yan 有这样可以倾诉的人吗?这个人,一直都在吗?

言希笑:"Sometime 的灵感源自这个人曾经的温柔相伴,我在这个人身上第一次体会到,这个世界,有这样一种人,即使不说话,站在我的身旁,只留下影子,所有的困难也都是可以度过的。一直都在,是怎样一种含义呢?太太太宽泛,而我始终认为,没有一个人,能陪我们走到最后,重要的是,那些无法消除的记忆。"

第三条简讯说,DJ Yan,作为你的一名粉丝,一直很想问,不问会很好奇,问了心里却很苦涩,您有女朋友了吗?或者,您结婚了吗?

言希微微地笑了,念完,平淡地回答:"我儿子已经五岁,眼睛头发跟我很像,嘴唇鼻子却和我的妻子如出一辙。"

第四条简讯,哈哈,那一定是个漂亮的孩子,恭喜 DJ Yan。你的妻子是怎么样的人呢?你们相识多久了?在楚云之前还是之后呢?您不知道吧,之前楚主播接受采访谈说,这辈子最爱的人是 DJ Yan。呵呵,这么问,会不会很冒昧?我一直都是你和楚云的忠实粉丝,这一题,请您务必回答。

言希抽抽半边嘴角,嘀咕:"尾号 4302 的朋友,确实有些冒昧呢。这两天我妻子一直和我闹着别扭,你想害死我吗?不过,我也大概猜到了,大家最想知道的,应该还是我妻子的事。好吧,我就谈谈她。怎么说呢,如果和楚云相比,她实在平凡,不够美丽,不够耀眼,说话时声音总是很小。在我们相识的那些日子,我每一天为了让她说话时再鼓足些勇气,不知道费了多少功夫。"

他回忆:"说起相识,我们认识那会儿,最火的歌儿是《健康歌》,她家和我家在同一个大院儿,不过一个在南,一个在北。我骑着很破的老爷车载她上学,平时走路二十分钟的路程,我们却花了五十分钟。那一天,我们迟到了,一起在门外罚站,她很小声地告诉我,B 市的老师都是极好的,从不拿教鞭打人。"

他说:"楚云最爱的人是 DJ Yan,而我的妻子,从头至尾,认得的只有言希。"

有人惊呼,《健康歌》,是 1998 年吗?难道你们已经在一起十三年?怪不得楚云在访谈中说,很遗憾,没有与 DJ Yan 再早些相识呢。

言希笑了,面容带着些淡淡的温柔:"没有用的,楚云能够很轻易地让年少的我爱上她,这一点,毋庸置疑。但是,我妻子遇到我的时间,实在再恰当不过,无人能敌。"

也有人抱不平。只是,因为是你的妻子才变成对的时间的吧?只不过是因为 DJ Yan 太自私,不肯容纳别的可能性。听您的描述,我觉得,您的妻子是个很懦弱像菟丝花一般的女子,难道是因为这样的个性,满足了 DJ Yan 的大男子个性,才比得过坚强独立的楚云的吗?

言希挑眉,看着简讯,有了些怒气,本想开口,却思揣了一番,笑眯眯地开了口,不解释,也不承认:"我啊,最喜欢自个儿媳妇儿温柔和气,不像我家唯一的小妹,泼泼辣辣,三天两头把心上人逼得离家出走。"

不多会儿,导播就看见一个漂亮得像小天使的大眼娃娃吭哧吭哧地爬上楼,再走到演播室,爬到 DJ Yan 身上,仰头,慢吞吞地开口了:"刚才,妈妈一口气把一大杯五百毫升的可乐喝完了。"

言希翘起半边嘴角,抚抚娃娃一撮刘海儿,微微点头。

大眼娃娃屁颠儿屁颠儿地离开了,留了一句:"别忘了我的全套变形金刚啊。"

言希继续接简讯,有人问,DJ Yan 婚前谈过几次恋爱?

言希唇边带着戏弄的笑,懒洋洋地开口:"我数数哈,初中时一个,高中时一二三四五六七八个吧,然后大学,大概十多个,DJ Yan 时期,除了楚云,还有一个……"

大眼娃娃又屁颠儿屁颠儿地爬上来了，说："我妈把装饮料的玻璃杯砸了。"

言希笑得更欢畅，点头用口型对儿子开口："很好，继续，今天你妈砸了店，我给你去美国订做全套仿真变形金刚。"

娃娃吭哧吭哧地下楼。

众人汗，纷纷道，你……你媳妇儿呢，你们不是一直在一起吗？

言希眨眨眼："谁说的，她一直暗恋我来着，我们结婚都是她逼着我的。"

娃娃哭丧着脸上来，说："我妈把桌子掀了。"

言希漫不经心："摔就摔了，一会儿我下去刷卡。"

娃娃"哦"，又吭哧吭哧地下去。

众人觉得被言希要了，咬牙："这么说，你其实并不怎么爱你老婆？"

言希笑得眉眼骄傲得意："其实吧，要这么说的话，也不是——"

忽然，有一道阴影走过，背后有了难以言喻的压力，刚想扭头，儿子已经爬到他身上，泪汪汪小小声："我拦不住，我真的尽力了，妈妈杀上来了，说要宰了你。"

冷汗，瞬间流了下来，言希面不改色，对着耳麦大声开口："要这么说的话，大家就完全误解我的意思了。我这辈子，最爱的就是我妻子，她是我的心我的肝我生命的四分之三！"

背后压力稍解。

众人喊，刚刚还有一大堆女人呢，这会儿怎么就成最爱你媳妇儿了？

压力飙升。

言希不假辞色："那些女人，都是认识我妻子以前交往的，小时候，谁知道真爱是毛啊。"

大家说，不对啊，认识你媳妇儿之后，不还有楚云和另一个的吗？

言先生很淡定:"另一个就是我媳妇儿。"

压力降了降。

众人说不对啊,不是你媳妇儿一直暗恋你,逼你跟她结婚的吗?

北风那个飘,压力那个升……

言希悲愤:"我们互相暗恋行不行?她不逼我,我也正准备求婚!"

压力全消。

阴影前走一步,抱走了言希怀里的大眼娃娃,温和地开口:"我们在演播室外等你。"

言希擦汗。

有人发简讯:我刚刚好像听到了女人的声音,是幻听吗?

言希抽搐,幻听,绝对的幻听。

节目到了最后,言希说了临别寄语,顿了顿,微笑地开口:"除了祝大家永远幸福外,还有属于我私人的最后一句话……张若,我批准你当我妹夫,至于尔尔,不属于你的东西,不要太执着了,死心吧。"

阿衡在玻璃窗外看着丈夫,有些无奈,笑了,拨通电话给思莞,又轻声嘱咐儿子,到楼下咖啡店看牢思尔。

另一端,思尔听着直播中言希的话,愣愣地看着咖啡杯,目光胶着在褐色液体上。

张若有些无奈,叹了口气,开口:"温思尔,我和你纠缠了五年,要说没有感情,那是骗鬼的,只是我想娶你,却不知道你是怎么想的?"

思尔抬头,依旧有些呆,沉默许久,才轻轻地问道:"我跟你结婚,还是能时常回家的吧?我想好好守着我的爷爷、妈妈和……哥哥。要是你答应我这个条件,我便同意,和你结婚。"

张若欣喜若狂:"这又有什么难的?如果你一开始就跟我提出这个要求,我们何至于耗到今天?"

思尔淡淡地笑，眼中却有氤氲的液体："那时候，大抵还是没有死心的缘故。"

忽然，穿着一身灰色西装的男子走到了咖啡桌前，气喘吁吁，额上还有着汗珠，他轻声开口："所以，现在呢，现在是死心了吗？"

思尔的泪掉了下来，蜷缩双腿，往沙发内里靠了靠，只低着头，不敢看来人："你不要问我，你要当我哥哥，便当一辈子，不要问我这种问题。"

张若皱眉。

温思莞？

思莞却双手扶着沙发，弯下腰，擦掉思尔眼中的泪，无奈地笑了，温声开口："我想娶你，不做你的哥哥了，这问题，又问不问得？"

思尔心漏了半拍，抬起头，咽了口唾沫："你不用哄我，我不会上当，温思莞，我跟你说，我不上当。"

思莞眉毛皱啊皱，皱成了一团，还是年少时的好看模样。念书许多年，经商许多年，还是那副温思尔喜欢的模样。

他笑："你的心不死，总让我觉得十分闹心，没见过做妹妹做成这副没体统的样子的，又让我这哥哥怎么做得棱正？你吃醋一次，我的心便烦恼一次，可你如果不吃醋，不理我，我却更加烦恼。

"我问言希，什么时候喜欢上的阿衡，言希说，鬼才知道，看在眼里，就那副招人爱的样子，不爱才有鬼。

"现在，我看你，也是这副招人爱的样子，不娶你，反而委屈了我自己。尔尔，我娶你，好不好？"

思尔半天缓不过气来，反应过来，边哭边摇头。

"那你嫁我，好不好？"

继续哭，继续摇头。

"那你不嫁我，好不好？"

继续哭,继续……摇头。

言小宝折腾一天,回家的路上,缩在爸爸的怀里,吮着小手,睡得很是香甜。

言先生言太太了却一桩心事,牵着手,夫妻双双把家还。

言太太问了:"言希啊,你喜不喜欢女儿?"

言先生答:"像温思尔这样刁蛮别扭的吗?不喜欢。"

阿衡"哦",摸摸肚子,轻轻地开口:"我好像又怀孕了,本来想着生个女儿,你却不喜欢……"

言先生抱着儿子的身板摇摇晃晃,受了巨大的冲击,半晌,反应过来,在大街上吼了起来:"谁说我不喜欢的?!我宝生的女儿,像我宝宝的女儿,哈哈哈哈哈哈哈,老子盼了半辈子啊啊啊啊啊啊啊啊啊啊!"

阿衡笑了,轻轻地踮起脚,在他唇上轻轻一吻,郑重地开口:"谢谢。"

言希微微低头,纳闷,谢什么?

阿衡拥抱着他和熟睡的儿子,在那样浓重的温暖中,莞尔笑开:"谢谢我们还在一起。"

容颜,山明水净。

**番外四**
**浮生记**

　　三十年前，言希八岁的时候，和达夷、思莞一起去部队体验生活。
　　小孩子在家娇生惯养习惯了，升旗的时候总是东倒西歪。那会儿辛老还没退休，肩膀上的军衔和大嗓门儿让小朋友们人人自危。每次言希挨了骂，总是瞪着眼睛，扛着根甘蔗在宿舍里大步笔挺地站军姿，"一二三"踢着正步就蹦到了达夷小床前，大声地嚷着："大刀向着鬼子来，来来来，起来——"
　　达夷小时候爱趴在床上睡，保姆说他肚子里有虫子，需要吃打虫药，临走之前带了两大片儿，白药片从来都是苦的，如同一切反动派都是纸老虎！这孩子刚横下心，挤着眼"嘎嘣"咬了一口，就看见了言希的大眼睛，不由缩了缩小脑袋，硬气道："我爷骂你的，又不是我，再说真是咱们错了，我爷说从没这样的解放军英雄！"
　　辛老的原话是："你们这群鳖羔子，新中国成立四十年哈，国旗第一次是反着升的！言希、辛达夷、温思莞，出列！"
　　当时，四周人头攒动，全是当兵的，睐着眼望天，果然五颗星迎风飘荡在鲜红鲜红的红布下面。那会儿辛达夷被老爷子吓得眼里含泪，泪眼还挂着眼屎。

言希一想起来，就磨牙咯吱咯吱响，大庭广众被骂得丁零咣啷，他言小少脸往哪儿搁？你欺负我我欺负不了你我就欺负你孙子，于是刚啃了甘蔗脏乎乎的小手就要掐达夷。

达夷嘴里的药片化开了，带着浓厚的水果香，本来如临大敌的小脸一下子绽开了小小的花朵，他把剩下的半片塞进言希的嘴里，拍了拍小胸脯："吓死我了，原来是甜的。"

言希撇嘴："解放军战士是不会被糖衣炮弹收买的！咦……真是甜的啊……"

达夷乐了："甜的，真是甜的！"

思莞正在翻图画版的《资治通鉴》，眼明手快，小爪子从达夷黑黑的小手中抢过另一片儿，塞进了嘴里。

达夷操起言希手中的剩甘蔗，追着思莞打了起来，边跑边哭："这可怎么办呀？我只吃了一半，肚子里还有半片小虫子的尸体，可怎么办啊？温思莞，你这个狗奸贼！把我的糖吐出来！"

思莞鼓着腮帮子嚼糖，最后囫囵咽了下去，却没吃出到底是苦还是甜。

二十五年前，言希十三岁，有一阵子很迷《聊斋志异》，白话本看了三遍，七十八集电视剧看了三遍，课堂上人品爆发，创造了无数个狐花鬼怪的经典漫画形象。

陆流指着绿衣长发的小人儿问："这是男的还是女的？"

言希很热情地解释："公的，公狐狸。"

陆流哦了一声："我知道了。母的勾引男人，公的就勾引女人，是这个意思吗？"

言希义正词严："当然不是，公的主要技能是帮助母的勾引男的。"

陆流挑眉："那他不该是狐狸，应该是乌龟。"

言希嘴角抽抽的："为毛？"

陆流第三遍翻他的《包公案》："书上说，这样的男人叫龟公。"

言希义愤填膺了："毛啊，这只公狐狸可好了，救了个书生，然后把自己貌美如花的妹妹许配给了书生。多好的狐狸啊，不许侮辱我的狐狸！"

陆流望天："你家公狐狸义务劳动学雷锋呢。"

言希掀桌："你大爷的，陆流你大爷的！不许侮辱我偶像的小狐狸！"

当年，言希的偶像是蒲松龄。

事实证明，有信仰、有偶像的少年要付出惨痛的代价。不知道书里的狐狸是不是也想娶书生的妹妹？

二十年前，言希十八岁，他画的画里没有人，拍的相片里却有人。

温衡问为什么，言希说不会画。他画不出每个人眼中的那些东西，天真大多会伤人，恶毒背后藏私欲。

温衡喜欢干家务，她站在凳子上，踮脚一遍遍擦着高处的相片。那些画面，第一遍看的时候容易被色彩刺花眼，可色彩背后的角落却总是黑黢黢的。阿衡擦着擦着，就只能看到那些黑黢黢了。她难过地问他："你最想拍的人是谁？"

言希想了想，笑了："小丑。"

假期时，言希、阿衡、达夷三人玩扑克牌，输了要接受惩罚。言希和达夷被罚喝了快一桶水，阿衡却安然无恙，脸趴在扑克牌上都能闪光。这孩子玩什么都认真。谁知最后却连输三把，言希刚倒好水，阿衡小脸却从扑克牌上移开，眼睛带着笑意说："我扮小丑。"

她找来一顶五彩斑斓的帽子，脸上涂满了油彩，黄鼻子、红眼睛、蓝嘴唇、白面庞，瞧着真滑稽。小丑一咧嘴，达夷笑得前仰后合，她便也不好意思地笑了起来，从身后摸出准备好的塑料花，变给言希。

言希拿出相机，许久却没有按下快门。他蹲在地上，拿卸妆油轻轻擦去那些油污，难得温柔地看着她，笑着说："这世界太多悲剧都是人为的，可是，我却不想再给你制造一丁点儿悲剧。"

他想看小丑是因为心中满怀愤意，总是揣测那样让人发笑的面孔之下的眼睛是如何的恶意和光怪陆离。悲剧同样如此，总是不会显露人前。

那些年陆流一直问他为什么偏离了同样孤寂的自己，言希说："你从没见过那样快乐的小丑，因我才快乐的小丑。"

十五年前，言希二十三岁，当了许久的 DJ Yan。那时候很忙，有许多自称喜欢他的人给他写信，忙不过来时，便雇了一个私人助理，专门处理信件。

那姑娘有点缺心眼，拿着一捧信，在演播大厅就激动地嚷嚷起来："哎，言希，这堆写信的姓温！"

全电台的人都知道他在等一个姓温的来信。

他开始看信的时候是像扑克牌一样，一把摊开，到后来，就码得严严实实，永远惧怕看到下一封信上的署名。

他怕那些人都姓温，却不叫衡。

十年前，言希二十八岁，儿子终于学会了走路。他站在不远处，就那样紧张地攥着一块糖果，等着小小的宝宝走向自己。

儿子伸开的想要父亲拥抱的小手和见牙不见眼的笑，让他回忆起幼时的自己。他学走路时，永远像个小老头儿，背着小手。前方没有名叫父亲的怀抱。

小小的孩子终于歪歪扭扭地走进他的怀里，他剥开那颗糖，填入儿子的嘴里，问他好吃吗？小宝宝摇头晃脑，最后却抱着言希的脸，亲了起来。

那些沾有糖果气味的奶香印在他的脸颊上,言希笑了。

小娃娃第一次轻轻开口喊爸爸,言希握着那双小手,微笑道:"宝,多喊几遍,把爸爸的份儿也喊回来。"

他以前经常觉得哭得畅快淋漓才能发泄情绪,可是人一辈子又有多少眼泪,男人一辈子,又该有多少眼泪?

五年前,言希三十三岁,妻子第二次生孩子,思莞、达夷、云在三人在门口赌男女。

思莞大手一拍,压了十块钱:"外甥!"他这辈子就腻味像温思尔一样泼辣恼人的小丫头。

达夷犹犹豫豫,抽出二十块钱:"干儿子?"他想不出来言希生的姑娘该是啥模样,有时候光是想想,就觉得人生犹如车祸现场,早死早超生。

云在捻着佛珠扔五十块:"外甥!"心中冷笑,尼玛想要姑娘是吗?老子偏诅咒你生儿子,就儿子,对,外甥像舅!

阿衡这段时间喜吃辣,言希恶狠狠地递过去一百块,咯吱着牙说:"女,女,女!准了你们请我啃排骨,不准我啃你们的排骨!"

三人齐刷刷地面无表情地冒冷汗,言希的手机铃声响了。

"是姑娘吗?"对面是清清冷冷的男人声。

"又不是你老婆,生姑娘生儿子关你屁事。我说顾飞白,你不定时脑抽呢!"言希挑眉。

"没事儿。我就想说一声,如果是个姑娘,以后拜托恳请您千万一定不要把她送到江南,我怕她祸害我儿子。"对方的声音好听却隐约带着不知是苦是甜的深意。

"你想得美!"言希摔了电话。

一会儿护士喜滋滋地抱着孩子出来了:"恭喜您!"

言希抖着手,打开小被子,看了一眼,有个米粒大小的东西骄傲得不得了。

新生的孩子睁着懵懵懂懂的大眼,言希悲从中来,捏着儿子玉白的小耳朵大骂:"老子没打算整个中国男足,你来干什么?"

小娃娃听不懂,没皮没脸地朝着唯一的光源笑着,眼睛弯起来和阿衡一模一样。

言希愣了三秒钟,却紧紧地抱着孩子,笑着泪流满面。

他以为自己想要的是个姑娘,可是其实,他只是想要一个跟妻子一模一样的自己。

他希望上天赋予儿女一切属于阿衡的美好品质,但是,只要他们有一点点像阿衡,哪怕顽固,哪怕胆怯,哪怕懦弱,哪怕笨拙,他都觉得开心得难以言喻。

夫妻之情显得如此世俗自私,或许不是多伟大无私的爱,可是那些升华到不知哪里的爱,往往不会持续十年二十年三十年,白发老翁渗入泥。

谁又稀罕。


今年,言希三十八岁,得了一种念名字都要念半分钟,喘口气就不知再从哪念起的病。他们称它叫"重病"。

他有个当医生的好妻子,于是这重病总变不成病重。

晚上在医院,家人不让陪护,他撒尿时还得拖个吊瓶,常常尿一半,在男厕所撕心裂肺地惨叫:"回血啦回血啦,温医生!"

那个从研究院挤进医院的女医生练就一身好本领,噌噌地从办公室蹿过来,一边举着吊瓶一边骂:"又不是过年了,你兴奋个什么劲儿!"

再定睛,那针管干干净净,没有一丝血印,她偏头皱眉问他:"哪里回血了?"

他却抱着那个温医生,轻轻地低喃:"有,真有,只是被你一吓,又回去了。"

心中却有句话,没有说出口:"阿衡,我又想你了。"

抽血时他嗷嗷叫,叫得越大声,皮肉疼了,心就不疼了。

孩子们上学阿衡上班的时候,他就坐在医院的花园里画画。画太阳画池水画海棠,画完了继续画。温医生偶尔经过花园,他笑着说不要动,阿衡便站在那里看他画自己。

他画她的时候却从没抬起头,看妻子一眼。这样的眉这样的眼这样的微笑,活着便再也忘不了。他吃过许多激素药,情绪总是忽然高涨又忽然低落,烦躁时扔了画纸,像对着仇人一样对她口不择言:"你是噩梦吗?一直刻在我心里!"

说完,一直盯着她的眼,瞧瞧,这样,她还不肯哭。

他狠下心回过头:"我们离婚,温衡,你走,走!"

她却把头枕在他的腿上,轻轻地微笑:"好,等你好了。"

医院下过三张病危通知单,他虚弱地咬着米粒问她:"你真准备当寡妇吗?"

那个阿衡,他的阿衡温和得不得了地说:"你大可以试试看,看是我先当寡妇,还是你先做鳏夫。如果你不想三个孩子没了爸又没了妈的话,你大可试试,这个世界,自杀是不是比病死快得多?"

言希脸抽了,积极配合治疗。好不容易才在三年前得了个姑娘,眼瞅着还没把她养得白白胖胖,眼瞅着还没去祸害顾飞白的儿子!

三十八岁生日是在医院度过的,切完蛋糕主治医师就一脸凝重地把阿衡叫走了。

言希看着孩子们吃蛋糕,吃着吃着,一直闷不作声的小儿子一脸白胡子地就哭倒在了他怀里:"爸爸爸爸,你是不是快死了,爸爸,能不能不要死……"

幼儿园的老师刚刚告诉他们什么叫生,什么又叫死。

言希抱着他,这个孩子长得最像阿衡。到头来,谁能想到,他最疼的不是大儿子,不是小女儿,而是这个沉默温柔的二儿子。

"言净,爸爸不会死。"他喊着儿子的全名,一脸认真地告诉儿子,"我向你保证,爸爸不会死。"

刚满三岁的小丫头本来傻乎乎地看着两人,却忽然跟着哥哥哭了起来:"爸爸说瞎话,爸爸上次也保证了,跟笨笨一起去捡螃蟹的,可是爸爸也没去,爸爸说瞎话!"

言希讪讪地道:"爸爸这不是逃不出去嘛……"

已经上了初中的大儿子言齐一向负责照顾弟妹,本来好好抱着妹妹,这会儿也红了眼眶,把弟弟从爸爸怀里往外拉。小家伙却憋红了脸,紧紧拉着言希的衣服,怎么也不松手。

到最后,言齐松了手,也哽咽了起来:"你说你不死,要我们怎么信你嘛!"

这小少年已经有了言希旧时的模样,漂亮而爱钻牛角尖。

他一边哭一边扯:"你死了我又不能把你挖出来,你死了我哭死了你也不知道,你死了妈妈要是改嫁了……我跟你说,继父会打我们骂我们虐待死我们的!你完了言希,你的孩子都被别人欺负死了,你还敢死……"

言净、笨笨哭得更大声。

温衡在门外看了半天,末了,父子四人抱头痛哭,哭号声实在惨不忍睹,就轻咳了一声:"虽然很抱歉,打扰你们父子拍连续剧,但是,我还是想说一声,言希,你可以出院了。"

言希涕泪三千尺:"终于宣告不治了吗?"

阿衡咬牙切齿:"虽然很遗憾,我没机会给你家三个小崽子找后爹虐待虐待他们,但是,我还是要说,言希你痊愈了!"

病房里沉默了三分钟。

言希抱着小儿子慈祥地说:"都说爸爸不骗人了,爸爸从不骗人。"

转身,他瞪着大儿子骂:"事儿妈,回家跪排骨去!"

他再笑眯眯地摸了摸小女儿的小脑袋:"笨,爸不带你抠小螃蟹,咱们去逮大海蟹,大大的、大大的,这么这么大。"

他一边比画着,一边偷看妻子的脸色。

阿衡走了过来,冷笑:"带你姑娘逮螃蟹之前,先把离婚协议书签了,我怕你被大大大螃蟹钳死了没机会!不是心心念念想离婚吗?今儿成全你!"

软软肉肉的小笨笨真挚地看着妈妈:"什么叫离婚?"

阿衡抱起小姑娘:"就是妈妈不和爸爸一起吃饭一起睡觉了。"

笨笨想了想,呆呆地看着妈妈,然后大眼又浮现了难过的泪水:"可是,没有妈妈,爸爸会饿死的。"

言希本来低着头,听到女儿的话,眼睛却红了。他抬头,看着阿衡微笑轻叹:"阿衡,这可怎么办,这可怎么办呢?"

阿衡抱着女儿,多少恐惧委屈痛苦全都烟消云散。她拿手背挡住眼中的湿热,哽咽道:"你死不了,不是不让你死,只是,我一点也不想死。"

言希怔怔的,却听懂了她的话。

到头来,谁承想,世上夫妻有谁如他们一般,离了一个,另一个竟不能活?

谁承想,少年时,已是如此。

他浮生总算也有六记,记童年识得世界最初之真;记信仰识得做人不变之豁达;记苦难,为记点滴善意,为记使人不受如己痛楚;记一个女子,患得患失之后才懂真爱;记子女知为人子女虽有难处,可为人父母又何尝不是这世间最善人;记初生懂得血脉的珍贵,不只因为我,还因为你。

最后一记,跌跌撞撞识得点滴夫妻情意,悲伤恐惧阴影不知哪年便如影随形,可人生来时婴儿啼哭便明了这辈子是受苦受难,任谁也无遗漏,但最要识得,有同样对等的女子在大难临头时,站在枝头同他一起等待死亡或者另一段开始。

## 番外五
## 与我无关的盛世(陆流篇)

> 这是一场盛世。
> 
> 与我无关。

左手,还是右手。

我迅速移动双手,繁复瞬影,看着眼前的少年。

他笑了,瞥了一眼:"陆流,你几岁了,还玩这个。"

"猜一猜。"

他的脚跷在玻璃桌几上,红色的布鞋,还带着泥土。外面刚下过雨。

他拿着新游戏机,低头玩,无所谓地开口:"左手,就左手。"

我把 Zippo 悄悄地从左手移到右手,翻开手掌,告诉他——错了。

他抬眼,眯起,看了看我右手的银色打火机,又低头,说随便。

言希很爱说随便。

这是他的习惯,对着我,才有的习惯。

其实,这很寻常,当你知道他常常对着俊秀的温思莞喊"跟屁虫,快点儿",对着憨直的辛达夷挑眉戏谑——"猪,骗你的。"

从幼时,我便和言希一起上学,一起放学,一起吃饭,一起玩游戏,一起恶作剧。

我们是极好的兄弟。

小学同学录,人手一本,我们互相传送,全班每人都收了一沓。

言希写给我的话,很敷衍。他常常嘲笑,兄弟,这个是不熟的人才写的，是吧。

——对他最初的印象？

——八岁，宴会，抢他三杯果汁四份排骨五叠鱼子酱还笑，好骗。

——他的性格？

——顽固，虚伪，软弱，无耻。

我看完，揉成一团，塞进了桌屉。

我骂他："言希，你个畜生。"

言希挑眉："你个狗娘养的。"

没人看见的时候，我们如此相处。

明明我十岁的时候已经学会国骂京骂三字经，偏偏，还有人，说我长得像小菩萨。

正如同十二岁的言希好不容易，端端正正地看了会儿黑板，下课后，他前桌的女生还是会脸红心跳地问："言希，你上课一直看着我，是不是，是不是喜欢我？"

言希笑得很温和："我喜欢你全家。"

天生招惹桃花的命，没得救。

我很同情他："总有一天，你会死在烂桃花丛中。"

言希却要笑不笑："你少挖几个坑，我能多活十年。"

十年，十年是多久，够不够他生命中的那个女人抹去？

他说这句话的时候，我还不知道，也无法预知，日后，会有一个女人存在十年，我与言希，面目全非。

而陈秘书，则是除了言希之外，和我相处最长时间的人。

我喊他哥哥，黏着他，温柔和气，处处听话，只是，希望，他在和爷爷汇报时，淡化言希的存在。

比如我们形影不离，比如我们打游戏打到睡死在地毯上。

只要，稍微淡化，只要，没有碍到老爷子的眼。

陈是个有温度的人，虽然被陆家收养，似乎还有那么点儿人情味儿，他确实隐瞒，但手段不高明，事情没有按我想的这样平衡下去。

老爷子是个眼里不揉沙的人，要把陈赶走。

我那天，哭得当真惨烈，害自己都以为，我与这人感情深厚至极。

老爷子一直审视着我，看我是否在演戏。

我不得不疏远了言希，和陈走得越发近。

我默念，兄弟啊兄弟，大家活着都不容易，不要怪我。

言希去公园喂着脏兮兮的小猫，然后扔到我身上，说："去吧，皮卡丘。"继而哈哈大笑的样子我记得清晰，可是，小猫不甚理他的模样，我早已忘记。

那段日子，他有些沉默，我不知道看到旁人的眼中我们是个什么样子，但这样的言希，确实不是正常的言希。

他不上课，只顾画画，老师告到言老那里，言希又被饿着肚子关到了一楼的书房。

我偷偷摸摸地给他送饭，他骂我："你个畜生，怎么才来？饿死老子了。"

我也恼了："言希你个畜生，我给你送饭就不错了，招你了，妈的，老子真贱啊，自个儿跑来让你骂。"

他埋头吃东西，东挑西拣，不爱吃的统统扔到了窗外。

八岁那年，也是如此的场景。

我摸他头发，叹息："兄弟，我再挖最后一次坑，成吗？"

我手掌中的头发顿了顿，他淡淡地笑了："这算良心发现吗？还懂通知一声。"

我下了狠心，语气却很无奈，我说："言希，我必须出国，离开一段时间了。这是摆脱我爷爷和我妈，唯一的时机。他们两败俱伤，我才能……"

他打断我的话，说行了，随便。

他笑了，弯眼："在国外，如果你能收敛收敛本性，多交几个没有压力的朋友。"

我却笃定："言希，你知道我做了什么，会恨我的。"

一贯地，我爱在他面前虚张声势。八岁时，我板着脸说，言希，我要的从来不是这样弱小的你；又哪知，言希唱作俱佳，只是装哭，转眼却做了鬼脸——知道了。

不知道，是谁更弱小。

放下筷子，他坐在书房的转椅上，忽然，眼凉如水，伸出手，攥住我的颈，使力，微笑问我："害怕吗？告诉我，陆流，你害怕吗？"

我无法呼吸，却看着他的眼睛，轻轻地摇头。

他一字一句："为什么？陆流，说说你的理由。"

我说："这个世界，只有我的兄弟……言希，不会……害我。"

他松手，指如玉般白皙，放在窗台。面容高傲着，平淡地开口："记住你的话。我希望，有一天，这句话，也成为我原谅你的理由。"

而我，终究，害了他。

看着他不可置信的眼神，疯狂炙热的火焰中，第一次，清楚了，背叛伤的永远不是一个人。

我无暇自顾，如果想要拥有一个一辈子可以在一起的人，他务必，与我一般，心硬如铁。

时常在想，那场大火，如果言希死了，如果他死了，我会后悔吗？

可是，他熬不过，即便活着，如此弱小，也终究与我陌路。

而与其是陌路人，还不如是死去的兄弟。

他说，陆流，我不会恨你。我要站在你面前，即使比你活得长一天，也要让你亲眼看着我活。

我趴在他的耳畔,轻声开口:"言希,四年,给我四年时间。"

老爷子,终于相信我与言希毫无情义,反而把陈留下,当作拿捏我的筹码。

我离了国,却没有想到,我妈会如此雷厉风行,把言希打入尘埃中。

我煞费心思,瞒住了老爷子,却没有瞒住这个女人。

为什么?

我问她。

她却说:"儿子,好好收敛你的眼睛,如果,你真的没有这样在乎一个人。"

我喃喃地问她:"你知道什么是兄弟吗?兄弟,兄弟,不是筹码,不是交易品,不是敌人。"

她看着我,同情怜悯,这是一个自诩温柔和蔼的母亲。她很大度,把照片的底片扔到我的面前:"陆流,如果,这些,能让他永远留在你的身边,你这个好兄弟,还愿意毁掉吗?"

陆流。

陆流,问问你的心。

她说:"言希很思念你,很思念。我给了他绝境,他无法回寰,而你,如果不能击败我和你爷爷,完全地掌握陆氏,就永远没有挽救他的资格。"

她的眼睛,望去了,是深刻的爱意和绝望,深潭一般。

我留在维也纳。

黑夜经常做噩梦,有人一寸一寸碾去言希的脊骨,我却站在一旁,静静地看着。

我无能为力,一直吞食安眠药助眠。

忘去,睡去。

认识了陈倦,是个极有意思的人,照言希的嘱咐,没有压力,与他相处,常常被他滑稽刻意的装扮逗得大笑。

这是个美国的孩子,带着美式的开放,行为荒诞肆意。

他的眼睛很干净,像鸽子。

他问我:"陆流,中国男人可以喜欢男人吗?"

我笑,摇头:"不知道。"

明白了他的欲望和意图,这相交,这友谊,变得让人惶然难过。

第一次,不带目的,与人交友,依旧不得善终。他告白,我拒绝,这人愤而归国。

吃了安眠药,梦是好梦,在梦中,与看不到模样的人背靠背,他递给幼年弱小的我红红大大的苹果,那滋味,真香甜。

我们,相互依偎,汲取余暖。

母亲在陆氏更加猖獗,大用外戚,上上下下,血流成河。

爷爷含而不露,递给我几个企划案,问我怎样处理。

他加速步伐,培养我。

却不知道,再怎么弱小的狼崽子长大了,也会撕人。

这世界,黑不是黑,白不是白。

太荒唐。

我常常转到唯一的中文频道,盯着天气预报,首都阴晴雨雾,天色好不好。

2000年,无雪。

从思莞处知道正牌温姑娘回到家,亦接过孙鹏的电话,提到言希的时候,偶尔,不经意,就挂了这姑娘的名字。

言希,温衡,成双四字,好似它们原本的天造地设,不见突兀。

我挂掉电话,心中越发痛楚,却不知道,痛来自哪里,又有什么心力,去痛。

可惜了。

陆流，言希。

也曾经如此。

安眠药的量加大了，陷入黑甜乡时，幼年的我，常常望着苍茫，背后的人，却不见了踪影。

年前，我邀四人到维也纳赏雪，独独漏了温衡。

我终于，又见到了我的兄弟。

他抱我，低笑："我还活着，你看。"

我回抱，这样舒服，这样融洽。

不想去问，他要不要原谅我，或者，这本与我无关。

与人比肩伫立，何问前尘。

他总要娶妻，总要生子，总要百年长岁，我们彼时，当了老爷爷，坐在棋盘前，对笑一局，亦好。

我妈问我："知道为什么大家爱叫你小菩萨吗？"

我笑："他们青光近视加散光，我怎么知道？"

我妈也笑："你常常容易安逸恬和，如果没有人逼着，永远走不到下一步。"

她给我看了言希和温衡在一起的照片，每一张，都十分清晰。言希温柔宠溺，张开了无限的暖意，似乎，便等着，这个女孩，一头撞入。

他就着她的汤勺喝汤，把牙膏挤在她刚清洗过的窗户上扮老爷爷，扯着她的衣角大笑，嘴张成心形。

我把这些照片摆在床头，吃过量的安眠药，也无法入睡。

我终于知道，言希为何待我能不带恨意。

他极高明，怕彼此这辈子为对方挖坑太多，恨意太多，先抛下我，寻了条退路。

他极高明。

我妈微笑着问我,他这样快乐,又留你一个人,陆流,你要怎么做?

那些照片再次被冲洗,言希这辈子,最无法容忍的,就是别人践踏他的尊严和抛弃。

我第一次看那些照片,指握成拳,依旧抑制不住颤抖,我妈说:"这样脏的东西,不是你该碰的。"

她亲自寄去,把回执扔给了言希。

言希愣了许久,看懂了回执,很久很久了,就跪在了地毯上,眼睛望着我,那样惨痛,他喊的不是我的名字,我却几乎能听到他心脏裂开的声音。

他低喃着阿衡。

阿衡。

阿衡。

阿衡哎。

一遍遍。

忽然起身,疯了一般,在雪中,跌跌撞撞。

我知道他要去哪里,他怕被温衡抛弃。

那样脏的东西,给那么温柔干净的女孩,遍体鳞伤的言希,想着追回,太可怕。

辛达夷看着我和我妈,警戒得像个小兽。

他和思莞、思尔匆忙回国。

母亲一直自若,微笑着,我回去,还有一出戏。

"陆流,你的东西,只有靠自己,才能抢回来。"

她这么说。

母亲第三天,打电话,笑了:"游戏又增加了些难度,你还敢继续下去吗？"

所谓难度，就是指温衡对言希的不离不弃。

我笑不出来，看着窗外的晴雪，淡淡开口，还由得我不继续吗？

言希得了癔症，闹得轰轰烈烈，园子让一个病人搅得天翻地覆，利益，亲情，权衡，他们的戏，从不会落幕。

我从不怀疑言希会自己走出来，即使听说医生几乎对他判了死刑。

言希何等高傲，怎么会容忍自己一直处于那样痴傻的状态？

温衡？

温衡不过是催化剂。

没有温衡，结局也不会有半分改变。

我一直这样深信不疑着。


在过往的十八年的岁月中，我一直以为，自己明白苦难的意义。因为，我亲历苦难，亲见苦难。纵使衣食无忧，纵使人上为人，这二字依旧无法摆脱。

譬如言希，是我诸多苦难中，最让人痛心的一个。

他第一次疯了的时候，我没有在身边；第二次，却已然麻木。

我痛恨自己，质问自己，为何会变成如此？可是，心中却总是忐忑不安而依旧绝望笃定地想着，言希会醒来，言希会原谅我。

这种笃定，源自于我相信，因一时义愤割掉的右手，永远会原谅左手。这是人之本性，虽然言希痛恨这种本性，但我此生，依赖他这种本性。

空闲之时，在我脑海中描绘过千万遍的，不是言希容貌的变化，而是，那个传闻中叫人无法忽略的陌生人——温衡。

我视温衡为言希对我的背叛，可是，当她真正从大院中消失的时候，无数次看着言希在播音室发呆沉默的时候，我才发现，也许，一切在我不在的时候发生了太大、太深刻的颠覆。

我痛恨、嘲弄,而后扔给了言希一个陈晚,这个和相片中的女子有八分相像的少年。言希在 Cutting Diamond 看到他的时候,自始至终,没眨过眼。

我要他温柔体贴,我要他会做排骨,我要他学会对言希一心一意,我要他做到温衡做到的极致。

可是,他却失败了。

我还记得,那一日,下着雨,陈晚走进我的办公室,满身是雨水。他抓着我的衣袖,悲戚地看着我,他说:"是你败了,陆流。"

我败了?我怎么会败?愚蠢的爱情不是唯一的标准,拥有这个所谓的唯一的,是温衡,不是我。我没有败,我不会败。

大学时,曾经做过一道逻辑分析题。

欧洲人很欣赏中国的《高山流水》,它是中国古典音乐中的瑰宝。那么,请问,身为欧洲人的 William 对《高山流水》如何感观?

答案是热爱。因为不是不欣赏,所以只得热爱。

《高山流水》之于 William,如同,言希之于陆流。正因为没有选择,所以热爱得如此浓烈。

而陆流之于言希,却永远无法热爱。他的热爱,他的隐忍,他的无法发泄的感情,全部对准了温衡。

若有可能,若是想要杀死一个人代表中断一份爱意,那么,温衡在言希心中想必早已死而复生千万次。

温衡像毒品,无法戒掉、无法丢弃、无法忽略,即使微弱,即使隐蔽,即使无处生存的存在,我也无法掐断这种存在,更何况自制力自幼尔尔的言希。

我曾经看到过言希和温衡在马路上闲逛，他们靠得那么近，却没有牵住彼此的手。许久之后，在夕阳中，言希低下了头。他的手的姿态很奇怪，距离温衡很遥远，却一直那样僵硬地维持着。

我也低下了头，可是，低下头的一瞬间，步履有些踉跄，扶住了身旁的树干。

言希僵硬的维持，原来只是为了握住温衡双手的影子。他一步不肯退让，狐疑而卑微。这不似我，可是，这样的一瞬间，被逼无奈的我，却只能停在距离他们很远的距离。

我看着他们远去，静静地坐在树下。风吹起的时候，我想起了还年幼时，和他一起安静坐着数落叶的时刻。

我以为我们还是我和他，可是，他不要我们。我们，只剩下了我。

我们中只有我，还如被毒蛇啃噬一般的不断回忆着过去，伴随着痛苦，不断不肯忘却的回忆。

这一刻，我才意识到，如果，友情、亲情无法包容我对他感情的全部，那么，转向爱情的对他的全部感情，教陆流甘之如饴。

也是这一刻，我们已经远离，无论曾经，如何朝夕相伴，无论曾经，多么企盼过，这样朝夕永恒的一辈子。

我热爱言希，非常热爱。

独自一人时，我曾经听一首无人哼唱的曲子。那张黑胶唱片磨得太久，已经看不出原先的字迹。我不知它的名字，却一直听着。

有些人总是自诩自己如何念旧，用过的圆珠笔不肯丢弃，走过的街道不愿替换，爱过的初恋不肯相忘，这是诸如温衡之类的傻瓜的骄傲。可是，只有我不断催眠自己忘记，每一桩都要忘，忘得彻底才能新生，忘得所有才能理直气壮，忘得细致才能丢掉卑鄙的我。

言希与我一致，他也在忘。他努力忘记我，我也在努力忘记他。他忘得快一些，我忘得慢一些。无可奈何，只能逼他同温衡分手，每日看到他，看到他的相忘，才能告慰奠缅，我的至今无法相忘。

听闻他出车祸的时候，我坐在办公室一下午，手头的文件却没有瞧进去一个字。

这个傻瓜，连智商也逐渐与温衡之流趋同。

我把没死的他带回到了家中。他开始绝食，开始逃跑，开始向我示威。

我心中这样想着，你等着，言希，你个畜生，你不用这么嚣张，你等着我忘了你的那一天，你等着，等着我不再喜欢你！

我听着黑胶唱片，握紧了坐着的转椅的扶手。

我坚信，这样一天的到来，直到，我看腻这个深深热爱过的人。

可是，最终，还是没有等到。

孙鹏为我和他，做了个了断。

他亲自斩断了"左膀"和"右臂"，直到，谁都再也无法妄想得到对方的原谅。

可是，我深深地笑着孙公子的幼稚。

这又有什么用？正如我依旧听着我的不知名的黑胶唱片，这个同傻瓜相像的我依旧热爱着我无法彻底忘去的人。无论，过去或是现在，无论，我多么想要忘记。

我还能完整哼出那首曲子，不知名又如何？

番外六
也是兄弟（陈倦篇）

【一】

我今年三十一岁，辛达夷三十二岁。我记得相识时，我们都在高一。我还记得他的生日是除夕，但是已经记不得，时间是怎样流逝。

它这样飞速走过，带走了我年少时大半不想记起的回忆，却没有带走一个辛达夷。

我以为我向往最多的东西是自由，可是没有一种自由，刻画出这样孤独的陈倦，让陈倦也感受到痛苦和迟疑。这世界，最大的自由不是因在一个角落在脑中放过无数只白鸽，而是，能够走出房间，适应人间的拥挤。

我不是言希，我没有言希那样的耐心。

是的，是耐心。

他表面不愿意与这世界妥协半分，可是，他的每一幅画，却展现出无与伦比的细心与野心。

高中时的同学参加言希、阿衡孩子的满月宴，回来时同我嘀咕道："从未见过像他们这样不像夫妻的夫妻，一个总当妈收拾烂摊子，一个撒娇无赖任性胡闹。他们怎么就能成，我怎么还单身？这不科学啊。"

我笑了，没说话。

对于我们身边的同学，大多只会看到委曲求全的阿衡和高姿态恣意的言希，他们不与我们这帮人，对，我们这样"曾经"的一群人深刻相处，永远不会明白，温衡生气时，眼中的忍耐和悲伤该用什么样的语言形容；言希望着阿衡房间的窗，而无表情时眼泪却不停滚落又是怎样一种表情。

我已经不大记得我自己曾经是什么样子，更不记得谁特别深刻地喜欢过我，可是我却能对我的朋友们说过的话、爱过的人、恨过的人如数家珍。我亲爱的朋友们，身为朋友，我还能做到何处？

爱上辛达夷是我这辈子做过的最错的事。错误不是我爱上了一个叫辛达夷的人，错误是我爱上了一个男人。而这个男人，又恰巧承担着这世间最朴实温柔的期许和责任。

这世间红男绿女，就是这么回事。他们标榜着真爱无罪，可真爱受到阻力，撒丫子跑得比谁都快。末了，来了一句：我们毕竟曾经真爱过，这样就够了。我无数次对着我家的墙说："辛达夷，我们毕竟曾经爱过。"

空旷的房间回响着，辛达夷，我们爱过……辛达夷，我们爱过……是的……辛达夷……

可是，这……不够啊。

说这句话的是陈倦。

陈倦十指空握，无命无运。

【二】

我把所有的钱都打给了达夷，消失在这个城市的角落中。

这样大的地方，藏起一个人显然并不困难。三十岁的男人，早已学会收敛。走到人群熙攘的街上，不会看到三十岁低着头的上班族，他们注意的永远是一群叽叽喳喳、灿烂大笑的孩子。

只因，我们曾经都那样年轻过。

并且，深刻地思念着。

阿衡、言希的第二个孩子出生时，同学们又相约而去。他们在MSN上问我去不去，我第二次摇了摇头，但是，我想，我也该拥有一个属于自己的孩子了。

去孤儿院的时候，年纪小的孩子都已经被领养得差不多了，剩下的都是年纪偏大的，所谓的养不熟的"白眼狼"。

我选了最调皮、话最多、年纪最大的孩子。因为他最不安，因为他即使年龄最大，也不过七岁而已。

我在想，我七岁的时候，在干什么？七岁的时候，我的父母离异。无人疼爱，个子矮小又长成这样的黄种男孩子总是不断地被欺负。最后一次转校，我扮成了女生，软弱而美丽对我而言，第一次成为生存的壁垒。

我收养的孩子有个好听的名字，叫蒋墨。

他带着戒备地说："我妈妈给我起的名字，我一辈子都不会改。"

"嗯，很好。"我笑了。

他说他有一个弟弟，被送到了别的孤儿院。他说他以后，只能靠着名字和弟弟相认，所以绝不能改名字。

蒋墨的父母出车祸身亡，临死前把一双儿子托出了窗外，才痛苦死去。

蒋墨无法忘记，我也不许他忘记。

## 【三】

蒋墨上小学的第一天，拉着我的手不肯丢。他和其他的小朋友参加入学典礼，还一步三回头地看着。

所有的孩子嬉笑打闹，蒋墨孤零零地站着，垂着头，不肯同其他的小朋友亲近。

我看了有些难过,远远地挥着手,大声喊:"蒋墨,爸爸一直在这里陪着你,不要怕!"

他回头,看着我,然后就掉眼泪了。他狠狠地点头,"嗯"了一声,才转过头,加入了他人生的第一个小集体。

我第一次体会到身为人父的滋味,这滋味让我的心暖了起来。

蒋墨每天吃饭时,连说带演,眉飞色舞地给我讲学校发生过的事情,一顿饭能吃上一个小时。我喜欢这种感觉,总是微笑着听他说,偶尔训斥他太过调皮、做得不对的地方。

蒋墨说他有一个特别好的好朋友,想带到家里玩玩具。我托朋友给蒋墨从国内外买了太多玩具,他对每一样都很新奇,总是自己一个人乖巧地玩着,从没在我面前提过可以相伴的玩伴。我点点头,答应了他的要求,让他问他最好的小朋友喜欢吃什么。

蒋墨坐在我的腿上,抱着我的脖子撒娇:"爸爸,你真好。"

我笑了,把他抱起来,向上抛道:"乖儿子,快快长大吧,爸爸快老咯!"

蒋墨却突然就不乐意了,噘嘴,掉起了眼泪。他紧紧地抱着我的脖子说:"爸爸,不要老,也不要死,不要留下我一个人。"

不要老,也不要死。

这真是世间最美好的心愿。

## 【四】

蒋墨的小朋友来到家中时,我正手忙脚乱地做菜,可看到他的那一瞬间,还是有一丝发愣。

他很有礼貌地鞠躬说:"叔叔好,我是言齐。"

我摸了摸这孩子的头,忍不住用温柔的眼神望着他。当他扬起犹如向日葵一般灿烂快乐的小脸，我点点头，没纠正这个小小的误会，让他们去游戏室玩。

吃饭的时候，蒋墨眉飞色舞地给言齐夹菜："我爸爸做这个可好吃啦，你尝尝。"

言齐吃每一样都很开心，直到吃到排骨，皱了皱眉。

蒋墨问他："你怎么了？"

言齐弯弯大眼睛，笑道："我妈妈也经常做排骨。"

他这话一说，我扑哧一声笑了出来，是忍不住的大笑，这回不该做排骨的，碰到做排骨的祖师爷了。

蒋墨和言齐面面相觑，以为我受了什么刺激。我捏了捏言齐的小脸，忍俊不禁道："你长得跟你爸爸可真像。"

"你认识我爸爸？"言齐的眼睛亮了，小家伙似乎对他那祸害精爸爸抱有什么不该存在的幻想和敬仰。

"嗯，认识。我还认识你妈妈。"我笑了，说，"我跟你爸爸妈妈是高中同学。"

"啊，那你也认识我干爸爸了？"言齐越发兴奋。

干爸爸？

"我干爸爸叫辛达夷，他姓辛，妈妈说，是辛苦的辛。"小家伙看我一脸迷惑，解释道。

噢。辛，原来是这个意思啊。

辛如果带苦，那陈，陈就是旧，就是过去。

我说："我也认识辛达夷，他小时候，自己给自己起过一个英文名，叫 Eve，就是除夕的意思。"

除夕，除旧迎新。

## 【五】

言希开了一场画展，我从他和阿衡的爱儿言齐口中得知。

我戴了一副墨镜遮住脸，牵着儿子的手，到了那里。

那些画的颜色鲜艳亮丽，是我一直所熟悉的。周围的人评头论足，或赞赏，或不屑，可是，那种第一眼见到的震撼，无人否认。

他们无人读出这些旧时画稿背后的痛苦，只有我清楚，这是阿衡远渡重洋，言希被囚禁的那段时间画出来的。色彩有多绚丽，有多多变，表面有多明媚灿烂，他的心就有几分萎缩，几分封闭，几分悲伤。

这是言希的遮掩，失去一切之时，却没有失去对爱的耐心等待和不曾变过的尊严。

他曾经指着我问道："陈倦，你耳朵跟我一样，也聋了吗？听见了吗？为了这种人，你害了朝夕相伴八年的达夷！"

八年，八年是多久呢？

八年与十年相比，少了两年，八年与十年不同，十年成全了温衡和言希，八年成全不了陈倦和辛达夷。

我怎么舍得害他？

我仰望那张大得挂满半个展厅最高处的画，上面写着：天堂。

## 【六】

陆流从四面楚歌中走出来，花费的时间并不长。

他是个天才，无人质疑，可是，他曾经的失败，所有人也都看在眼里。我隐约记得，从很久以前，陆家不光与言家不共戴天，跟孙家也不共戴天起来。

这个画展，出现了陆流的身影。我以为他永远不会再出现在阿衡、言希面前，至少厚脸皮如我，只敢戴上墨镜偷偷地出现。

陆流带着他的一群秘书下属，高姿态而来，点名要买言希的那幅《天堂》，只因言希曾经让他身处"地狱"。

阿衡还是老样子，但是头发又长长了一些。我曾经深深疑惑的，至今不能理解的一件事，就是阿衡高中三年的头发的长度永远都在一个高度，没短过分毫，也没长过一寸。

我曾经抓着她的头发匪夷所思地问为什么，达夷更比我还吃惊这个问题。这个孩子就是这样的一个人，即使生得不太美，没有新衣服穿，没有人疼爱，也永远尽量让自己看起来干净一些。

她与陆流，除了性别，最大的不同便在于此。阿衡从不问自己为何得不到一些东西，陆流却永远在索取得不到的东西。

这是我所见过的，言希第二次与陆流对峙。第一次，只有我在场，温衡同学听了个挠心肝的电话。这一次，我依旧在场，言夫人当仁不让，也在场。

言齐看到了蒋墨，两个小孩子笑嘻嘻地蹲在一起玩起了游戏，大人之间的剑拔弩张丝毫影响不了他们。

我站在了挺远的地方，看个热闹，并不打算做被殃及的池鱼。

"言希。"难为他出口一句，还能说得这么温柔诚恳。

言希点点头，然后摇头："我不卖，你走吧。"

阿衡皱眉，问："你出多少钱？"

陆流淡淡地笑了："三百万。"

言希："不卖。"

阿衡："卖。"

言希："你疯了？卖给他，你说的，回家甭跟我闹。再让我睡沙发，吃辣排骨，我就……我就离家出走！"

阿衡："滚，现在滚，立刻滚，有多远滚多远！整天不知道矫情些什么,办画展不就为了卖画?"

言希:"老婆,你不懂我的艺术。"

我在一旁听着听着就笑了。

陆流划拉了一张支票,扔给阿衡,随意道:"三百五十万,够不够?"

那种态度,让人看了可真不爽。

阿衡噌噌地撕了,看着陆流,伸出手笑道:"重新签。"

我在后边憋笑,陆流显然也吃了一惊。他这会儿性子也倒好,又耐心签了一张:"两千万,这个画展,所有的画我都买了。"

依言希现在这身价,这个价钱倒也算十分合理。

言希的表情从刚才的扭曲变得面无表情。他在观察陆流,猜测他的意图。

从这二人的表现,我深刻地发现了一个道理,旧情人这种东西,无论多旧了,都不要招惹。

阿衡反而不好意思了:"言希胡乱涂涂抹抹的,真的值这么多钱?虽然我不太懂,也不会做生意,但是你如果真的要买,那就打个八折?"

言希瞅着阿衡,表情像憋尿憋了好几天,最后却温柔无奈道:"对,打个八折。这些都是我前些年画的,功夫并不十分够,也不值这么些钱。"

陆流点了点头,又撕了一张,重新划拉了一张。

他递给阿衡,右手的无名指上却戴着旧时被阿衡垫了桌角的戒指。

旧情人这种东西,无论多旧了,都挺扎眼、挺鲜明。虽然,陆流的旧,旧得比较一厢情愿。

言齐曾经无意说过,辛达夷已经有了孩子。

我在想,辛达夷会不会因为我的暗恨遗憾打喷嚏打个不停?他的妻子有一日,又会因此怎样揣测他的旧情人?

爱得多深,旧得多浅,才这样,不肯放过不肯相忘。

阿衡虽然一贯表情温和，但我分明看到她的脸僵了一下。她接过支票以后，便不说话了。

了解阿衡的人，都知道她是怎样一个小气敏感却又温柔沉默的姑娘，陆流的出现如果是为了让阿衡不舒服，那么，我想，他是成功了。

言希似乎也看出了，他自己用任何人都无法想象的耐心在爱着温衡。

陆流让他的秘书拆画。先拆下的是《天堂》，那样浓墨重彩，温暖绝望。

陆流面无表情，蹲下身子，爱惜地摸了许久，却掏出了打火机。

所有的人几乎都没反应过来，那幅画，已经轰然在火光中化为灰烬。

火光外的陆流，面容平静而闲适。他微微一笑，还是我初时认识的小菩萨模样。他抬起头，温柔地质问言希："我沦落至今，凄凉如此，你有什么资格走进天堂？"

他问他，你有什么资格？

陆流继续烧第二幅画，他问言希："人都有其友，我也有。我为我友，倾尽半生。我友为我，又做过什么？"

他烧第三幅，又寻常地说道："言希，爱一个人有多么不容易，你比我清楚。"

他烧第四幅、第五幅，终于痛苦地哽咽："言希，这么多画，我见你一笔笔画完。你爱温衡，为她苦恼，为她伤感，因她才有灵感。而我，从以前到现在，只教你痛苦，教你难过。可是，我的不平你永远不会懂得，因你从未真正失去你的阿衡。可是，我却永远失去了我的言希。"

他烧第六幅，已经面目冰冷，他说："我烧掉这里所有的画，是为了让你记得，只要我活着一天，因为我的痛苦，你的天堂永远都只会是一堆灰、一片虚无。"

阿衡傻眼了，她跟陆流的脑回路从来不在一条线上。我猜她在想，这人拿一千六百万买纸烧,这是多有钱、多骚包、多有病啊?果然,阿衡扑在了火光中,她眼疾手快,脱掉了外套去灭火。

毛衣被灼烧掉了几个洞。

言希拉起她。

然后拽起了陆流,目光冰寒,狠狠地给了他一拳,冷声道:"疯够了吗?"

我清晰地瞧见,陆流的唇边溢出了血痕。

言希这个样子,我第一次见到。

他把支票一点点撕碎,扔到天上,对了陆流,一字一句道:"这些画,都是我为了阿衡而画,但除了《天堂》。你烧掉的《天堂》是我为了曾经的挚友陆流画的天堂。我从不稀罕进天堂,因为我清楚,哪怕是下地狱,也有死心眼的温衡陪着。"

他说:"你错了,每一句话都错了。因为你,我已经失去温衡。可失去她并不可怕,因为我笃定她是这世间最有福气的女子。即使世上无一人怜惜她,即使所有人都背叛她,即使她无法拥有我,她依旧不可怜,她依旧不悲惨,她依旧身处天堂!因为她已经得到世间他人,包括优秀狠毒如你,也无法得到的最完整、最真挚的感情,而这份感情,来自于我。我从未这样坚信过,自己不会因你或者任何一个女人背叛这段感情。无人可夺,无人可轻蔑,是我给你最后的告诫!

"你如果想要玉石俱焚,那么,身处死亡境地,最害怕的绝对不会是我,而是你这个浑蛋!"

言希松开了陆流,嘴角弯起,眼神却充满了冰冷和鄙夷。

陆流可不会死,陆流宁愿孤独终老,也要坐在至尊高位,堆积"丰功伟业"。

他怎么敢死?

他甚至不爱言希。

陆流的爱可没那么长久,他的执着和仇恨比爱长久太多。

我明白言希的每一句话,奇怪的是,我竟都懂。

陆流望着言希,目光犹如沙盘坍塌的一瞬间,充满绝望和了悟。

不远处出现了一个男人。我有些瞧不清楚是谁,于是匆匆上前。

男人一拳打在陆流身上。陆流向后倒,正巧砸在匆匆慌张的我的身上。

他胖揍陆流,被陆流压住的我也受到波及。

"陆流!你这小畜生你怎么有脸出现在老子眼前,怎么有脸烧言希的画?不是不让言希好过吗?成啊,老子也不会让你好过,见你一次打你一次,你这畜生托生的东西!拿钱砸吧,看是你能把老子砸死,还是老子把你砸死!他妈的,害死我爷爷!"

我的耳膜被这男人震得生疼。他拳头下得不轻,我也挨了好几拳,憋了好久,他才满脸汗泪地咆哮道:"陆流,你到底把他怎么了,怎么就能他娘的六七年找不到踪影?"

"你也说句话,陈倦是死了还是活着?"

世间的男人,除了辛达夷,没这么特别活泼别致,特别畜生的。

我快被他们两个压得内伤了,猛咳一阵。蒋墨和言齐两个小朋友似乎终于注意到悲惨的我了,很有良心地跑来拉我。

"爸爸!"

"蒋叔叔!"

言希和阿衡也匆匆走了过来,把达夷拉了起来。

小朋友们把我拉了起来。

我缓了口气儿,还没说话,达夷就愣了。他颤着手,拿下了我的墨镜。

"我没死。"我觉得自己笑得挺自然、挺灿烂、挺邪魅、挺有型的,可是我那不长眼的儿子却尖叫一声,"爸爸,你怎么哭了?"

## 【七】

我跟我的旧情人相对无言。

他抿着唇,黝黑的脸正泛着铁青。

"我不是来找碴的,跟陆流也不是一伙的。我就是来看言希画展,结果他们闹起来了……"我生硬地解释着,却死死盯着他的脸。

"滚丫的死人妖,谁让你回来的,不是跟陆流私奔了?"他忍不住拍桌,破口大骂。

我哑然无语。

该怎么解释?我把所有的钱都还给了他,还倒贴了自己所有的私房钱,只是为了让他好过一些。

估计说完,我俩也得干一架。

小时候就爱打一架解决问题,他的智商,注定无法正常冷静地解决问题。

所以,我就面无表情,我就挑眼角,我就死猪不怕开水烫了。

我悄悄地在桌子下面挽起袖子,以防他一会儿突然袭击时无招架之力。

他果然……伸出了手。

我戒备地朝后挺了挺脖子,辛达夷的手却顿住了,他看到远处的蒋墨,勉强笑道:"你儿子长得真好看,跟你挺像的。"

什么眼神,能看出我们父子俩长得像。吃睡一块儿DNA也能一致啊?

他对着远处铲沙子的三四岁男孩招手,那孩子衣服虽然穿得整整齐齐,但长得傻乎乎的,嘴边还有没吃干净的棉花糖。他忙不迭地指着孩子道:"我儿子。怎么样,长得跟我像吧?"

我儿子蒋墨却愣了,抱着那小娃娃猛地痛哭了起来:"水儿,是哥哥啊!"

那傻不拉叽的小娃娃也抱着我儿蒋墨猛哭起来,撕心裂肺地喊着:"哥哥。"

我面无表情地勾着唇角鄙视辛达夷:"蒋墨是我从孤儿院收养的。"

相携而来的阿衡、言希笑成一团:"蒋水也是,达夷年初收养的。"

我生硬地加了一句,冷幽默了一把:"那啥,辛狒狒,你这么一说,还真是,他俩别是你跟我生的吧?长得不光跟我像,跟你也像。"

辛狒狒满脸通红,一拳头挥了过来。

我们俩果真……还是,打了起来。

## 【八】

我跟辛达夷没在一起。

我和他约定,如果二十年后,孩子们长大了,他依旧没有改变主意结婚生子,那么,我们再老来相伴,相依后半生。

我和蒋墨依旧住在一起,达夷和蒋水也一直快乐地生活在一起。

孩子们长得很快,偶尔我会送蒋墨和弟弟见面,偶尔达夷也会带小水来我家做客。

蒋墨和蒋水是兄弟。

我和辛达夷,也是兄弟。

永远的兄弟。

诚如阿衡、言希,十年修来夫妻缘。我猜,我和达夷,只有兄弟缘。

**番外七**
**娃哈哈八点半（言齐篇）**

言小宝一直不大相信父母是相爱的。

小胖说，如果睡得很晚很晚，会看到爸爸妈妈亲亲。可他从没看到过，于是他下定决心熬到很晚很晚，直到撑不住了，言希和阿衡还是没有亲亲。

可是，他们对他却很好。他们总是含着笑看他，一直看着他，不看对方。每次，不吃胡萝卜，围着餐桌和爸爸捉迷藏，把爸爸惹急了，也只是伸出手做出打他的姿势，落下时却只是捏捏他的脸颊，认命地吃他剩下的蔬菜。每次，妈妈教他写大字，他故意把墨全部蹭到她的脸上、衣服上，妈妈从来只是好脾气地握着他的手继续写字。

身为一只才四岁的男宝宝，言小宝童鞋很忧伤。他觉得，自己的爸爸妈妈只是为了给自己一个完整的家，才一直忍辱负重的。

他很焦虑，虽然不晓得四岁的男宝宝为什么会焦虑，但是他小小的背影还是给幼儿园小老师留下了这样的印象。

第一天，男宝宝女宝宝们拔河，啊哟啊哟，言宝宝落寞地瞪着大眼睛，看着童话书插图中的白雪公主。

第二天，男宝宝女宝宝们吃点心，啊咩啊咩，言宝宝落寞地瞪着大眼睛，看着童话书插图中的灰姑娘。

第三天，中班的男宝宝和大班的男宝宝打群架，呀呀打打，言宝宝落寞地瞪着大眼睛，看着被自己打倒的，爸爸妈妈会亲亲的小胖。

第四天，言先生被叫到了幼儿园。

"为什么打别的小朋友？"言先生之前特意戴了黑框平光镜，尽量成熟，尽量慈祥地问儿子。

言宝宝低着头，吸着鼻子，不说话。

言先生皱皱眉，对小胖的妈妈道歉："对不起，张太太，今天真是太抱歉了，回去我会好好教育他的。"

张太太很气恼："我家小胖，在家里，我和他爸爸都舍不得打他一下的，到学校竟然被你家孩子打了，你们是怎么教小孩的？这么没素质！"

言先生的眼睛闪过一道冷光，压下脾气，温和开口："不要说您，我们在家，也从没舍得打过孩子一下。您也看到了，不光是小胖脸上有伤，我儿子脸上也有抓伤。这件事只是孩子们之间斗气，还请不要太放到心上。"

张太太一听更怒了："好呀，行，走，我们找校长去，我先生年前刚给幼儿园捐了一座楼，今天你儿子要是不道歉，我就让校长把他开除了！"

言先生表示很无奈，咳了咳："张太太，孩子还小，不要让他们学会这个风气。"

言宝宝撇嘴："我才不会道歉，我没错，我绝对不道歉！"

张太太勃然大怒："走走走，今天我非让院长给个公道，不把你儿子开除，我儿子还不在这儿待了！"

言先生摘了平光镜，大眼睛清澈生光，微微一笑："您确定？"

园长妈妈把言氏魔王父子送走时，捏了一把冷汗。

张太太一把眼泪："老娘今天跟你们拼了，我家给你们捐了一座楼啊，结果，呜呜呜，你们看他长得好看就欺负我们娘俩。"

园长妈妈黑线,幼儿园除了你家那一座,其他全是他们家捐的……

言先生把儿子提溜回家塞到沙发上,冷淡地开口:"现在开始检讨,不然,今天吃外卖!"

言宝宝食指相对,撇着小嘴,半天才抬起大眼睛:"我讨厌你,坏言希,我讨厌你,坏言希,坏言希,阿衡不在家,你就欺负我,我讨厌你!"

言先生冷笑:"很好,外卖没了,吃方便面。"

言宝宝小小的身子从沙发上站起来,昂起头:"明明不是我的错,凭什么我要检讨?小胖还扯我头发了,我就没哭,他都是装的!"

言先生把西装外套脱了,平淡地瞄他一眼:"好吧,方便面也没了,你就坐在这里,什么时候想明白了,去画室找我。"

然后,转了身。

言宝宝把沙发上的抱枕狠狠地朝爸爸的背扔过去,哇哇地哭了起来:"我知道,你不想要我了,也不想要阿衡了,你一点也不爱我,小胖他说你从不和阿衡亲亲,你快要给我找后妈了!"

言先生顿了一下,长腿一迈,看也没看儿子一眼,朝书房走去。

言宝宝开始哭,坐着哭,走着哭,趴着哭,打滚哭,声音越来越大,泪汪汪的大眼睛盯着书房,书房的门却关得死死的,没有一点动静。最后,哭得不行了,踩着凳子爬上茶几给妈妈拨电话,摁摁摁:"阿衡阿衡阿衡,我不是言希生的,对不对?"

言太太正在开会,缩到会议长桌下,条件反射:"嗯,你确实不是他生的。"

言宝宝抽噎几下:"我就知道,我要去找我亲爸爸。"

"啊,喂,喂?"

言宝宝挂断了电话,收拾了玩具,背着书包,狠狠地关上门。

言先生画了会儿画,叹口气,给温家莞尔打了电话。

言小宝正在他外婆怀里哭得死去活来,不一会儿却看到舅舅拿着一只会动的小兔子玩偶蹲到他的面前,瓮声瓮气地开口:"我是小兔子,宝宝,我们来玩个游戏,好不好?"

小宝窝外婆怀里继续抽抽:"什么游戏?"

思莞操控着小兔子开口:"找出所有和你爸爸亲亲的坏蛋,怎么样?"

小宝眨巴着大眼:"怎么找?"

思莞笑了:"他十九岁时,第一次亲吻的女子,曾经有一样东西,就埋在你家园子里的那棵大树下。"

小宝跑回了家,拿着玩具铲子在树下挖了很久,才发现一个铁盒子。抱出来打开,里面是一本泛黄的日记本,还带着泥土的气息。

思莞走到他的面前:"宝宝,要不要舅舅念给你听?"

"可是,阿衡说过,偷看别人的日记是不好的行为。"

"没关系,如果是你,我想她不会介意。"

思莞翻开了日记。

"2002年,一月十日,雪。今天,是我的生日,言希喝醉了酒。外面的雪真大,他在这样冰冷的季节亲吻了我。"

"2003年,一月十日,阴。今天,是我的生日,言希在电视上说,以后要葬在那个山清水秀的地方。我想,我不能比他早死,这样,我便能在他坟前守着他。"

"2004年,一月十日,雪。今天,又是我的生日,他在电视上唱的歌真好听,可是,这样好听,却不是为我而唱。"

"2005年,一月十日,雪。今天,言希被我逼着亲了嘴唇。叹息。"

"2006年,一月十日,雪。今天,和卢莫军见面的时候,隔壁桌的那个男子,真的很像他。"

"2007年，一月十日，雪。言希亲吻我的时候，并不记得今天是我的生日。我在想，为什么每一次他亲吻我的时候都是冬天，为什么每一次都是我的生日？因为，这太偶然，因为，不是每一个季节都是冬季，不是每一天都是我的生日。"

小宝迷茫地看着舅舅，问："她是谁，言希为什么总亲她？"

思莞笑了："嘘，游戏还没有结束。接下来，你要去找另一个女人了。她遇见你爸爸时不过才十五岁，可是，这个女人更厉害，这次是你爸爸暗恋她许久，却不敢开口。"

"怎么找？"

"你爸爸的床头柜里藏着她的东西。"

小宝偷偷跑进家里时，画室的门还是紧闭着。

他蹑手蹑脚地走到二楼，却看到了二楼主卧前站着的思尔。小家伙迷茫了："姑姑，你怎么在这儿？"

思尔手上拿着一个小狮子布偶，捏着鼻子说："我是带你玩游戏的小狮子，给你个提示，坏女人就藏在糖果罐子里面。"言先生有一个糖果罐子，小宝吃的所有的糖都是从爸爸那里得到的。

小宝蹲下来，拉开了爸爸的床头柜。

糖果罐是白水晶做的，里面镶嵌着一张照片。

照片上是渺渺漫漫的残烛和沾着奶油的"生日快乐"。

小宝每天见这个照片许多次，却第一次发现罐子是活动的，照片可以抽出来。照片后面，是几行字。

他拿给思尔："是这个吗，姑姑？"

思尔看着照片后面的字，轻轻念了出来："我拍照之女子，是言希生平挚爱。她无人爱护，十五岁时便跟在我身边，我心中怜惜，待她如手足，却未曾想，2001年冬，我竟已予此女子极深爱慕，恨不能时时刻刻亲吻她,她却蒙昧不知。而我,虽然知晓,但却震惊,不愿承认。之后,两次人祸,一次天堑鸿沟,一次咫尺深渊,每每到她生日,我便痛入骨髓,药石罔效。他人都盼言希换一个女子,可是别的女子再好,都不是我的傻姑娘,又为之奈何。自今,唯愿每年生日,她都能在我身边,与我共饮一瓶之酒,食一罐之甘甜,至亲至疏。言希书于二〇〇八年。"

小宝哭丧着脸:"这个女人又是谁?言希想跟她亲亲。"

思尔笑了:"小宝贝儿,去找你爸爸吧,让他告诉你。"

言宝宝抱着日记和照片,拧开了画室的门。

言希转头,看着儿子,笑了,放下了画笔。

言宝宝却抽抽搭搭,噘着小嘴:"我讨厌你,你和好多坏女人都亲过,却从不亲阿衡,我讨厌你。"

言希挑眉:"日记女和照片女,是吗?"

言宝宝狠狠地瞪大那双占了半张脸的眼:"她们是谁,你为什么要和阿衡结婚,为什么要生下我,为什么不和她们结婚,生下别的男宝宝?"

言希一手扯下刚刚蒙在硕大油画上的白布,随着夏风的吹拂,满目的向日葵田中,油画上的女子抱着一个呼呼大睡的小宝宝,音容笑颜,栩栩如生。

言先生捏着小宝的鼻子,笑了:"日记女姓温,照片女我喊她阿衡,和画上的女子是一个人,这样说,你明白了吗?傻小子?"

小宝皱着鼻子,半晌了,才眨着眼睛扑到了言希怀里:"言希,你爱阿衡的,对不对?言希,你也爱我的,对不对?"

言希抱起儿子端详了半天,不厚道地扑哧笑了:"笨成这样,到底像谁?"

"阿衡说,我不是你生的。"

"废话,我能生出来吗我?你当然是阿衡生的。"

"你和阿衡,从不看对方。"

"我即使不看着你妈妈,也知道她在哪儿,做些什么,我们从很小时就在一起相依为命,她早已成为我身体的一部分。"

"你和阿衡,都只看着我。"

"我虽然不知道你妈是怎么想的,但是如果你不是她生的,我保证不会多看一眼……"

"可是,可是,你和阿衡从不亲亲,我熬到很晚很晚,也没有看到你们亲亲。"

"儿子,你说的很晚很晚,是晚上八点半吗?"

**番外八**
**小女婚事**

【一】

言颂扑通一下跪到她舅舅面前的时候,她小舅舅敲着木鱼眼皮都不掀一下。

"佛啊,救救我。"姑娘抓住灰色的僧袍,一把鼻涕一把泪。

"施主所为何事?"白净俊美的佛声音温柔,口气却不大有诚意,轻轻抽回袍子。

"佛啊,我喜欢上了两个男生,我不知道自己该选谁。"

"施主……"

"佛啊,事情是这样的,A是我同院的学长,他还兼职当了牧师,所以我经常找他告解,吐槽我两个太受欢迎的哥哥,吐槽因为他们,我在女生群中承受着我这样幼小的年纪本不该承受的压力、糖衣炮弹以及示好,搞得我都不知道我的好人缘是因为我有两个好哥哥还是我本身的魅力。"

"施主,依贫僧看,你的好人缘来自你的二哥啊,毕竟他长得更好看。你大哥,说实话,真的太丑了,和你爸一个模子刻出来的,真是好……丑。"

"佛啊,重点不是这个,重点是学长A老是很耐心、很温柔地劝慰我,所以我渐渐地喜欢上了他。然后呢,在我准备表白的那一天,我遇上了校友B，他在我面前默默地吃了一碗麻辣烫，对，我也在吃麻辣烫，那家麻辣烫还挺好吃的，可是我吃得一脸鼻涕一嘴油，他吃得一身风度满脸白月光。他是……我见过的吃麻辣烫吃得最好看的男生。然后，我就又喜欢上了B……现在，我既喜欢学长A又喜欢校友B，所以，佛啊，我该怎么办。"

佛温柔地抚摸外甥女白皙的小脸，这张脸真年轻又真可爱。他问她："依照贫僧的看法，事宜从简从易，心宜从轻从淡，太困难的反而不是最正确的。那么，问题来了，A和B，谁喜欢施主呢？"

小姑娘抱着僧袍擦鼻涕，如同儿时的模样，她认真地告诉眼前的佛陀，也认真地回答："其实大概也许，其实吧，他们都不喜欢我。所以啊，佛，我该怎么办？"

佛半晌没吭声，闭上了眼睛，许久才缓缓睁开眼，温柔道："不喜欢你的，舅舅帮你诅咒他们下辈子变癞蛤蟆，让他们都滚犊子，笨笨。"

【二】

言颂问了佛，很苦恼地回到了学校，她的母校也是母亲的母校，可母亲的名字现在还刻在校史上，而她的名字也就只是个名字。言颂长相、性格很像母亲，可是学习成绩却万万不及她那个学霸妈，从小又被父亲一颗心肝宠溺得过了些，越发不好好学习，高考之后，勉勉强强读了Z大，学的专业也很是勉强——哲学。

哲学系自古出奇葩，传说Z大校史上疯了三个半，三个学哲学的，还有半个来自哲学院百年不变的好邻居法学院。所谓环境影响人格。

哲学院的学子们一致认为，言颂长了一张懵懂的脸，懵懂是比较客气的话，其实就是一张时时刻刻都在发蒙的脸。

比如这样的："言颂，你喜欢尼采还是卢梭还是黑格尔还是伏尔泰还是亚里士多德，尼采太狂卢梭太理想伏尔泰私德欠佳黑格尔个人认为被追捧太高亚里士多德生错了时代，你觉得咧？"

言颂：懵。

再比如这样的："这个时代被恭维为自由的时代，理想很自由，爱情很自由，衣食住行每样东西可供选择的品质空间都很大，可到最后，理想没有办法实现，爱情依旧向钱向权看齐，衣食住行样样可供选择可样样选择不起，依旧局限在能力之内。而人的能力又和先天遗传相关，那么据此而看，莫非自由永远是空谈？提倡的平等公正虽然有了可实现的土壤，可因为种子的不佳只能变成一种时髦的观念，那么我们的前行究竟有何意义？思想的进步远不能解救人类啊，你觉得呢，言颂？"

言颂：懵。

再比如这样的："言颂同学，昨天我跟我爸妈商量了一下，虽然你妈是院士你爸是传奇人物你两个哥哥都非常优秀，虽然你家世显赫，虽然你勉强长得还算清秀，但是我们还是一致认为你这个人有些愚笨，与人相处显得不够灵光，显然与我是不大般配的，所以，我单方面通知你，我决定不暗恋你了，以后请你不要骚扰我。"

言颂：懵。

当然，最多的是这样的："言颂你大哥喜欢吃啥穿啥看啥电影听啥歌，什么，你大哥有女朋友了噢没关系啊，那话说你二哥喜欢吃啥穿啥看啥电影听啥歌？"

言颂："……"

鉴于此类人物层出不穷，言颂经常去一个自称在神学院受过洗礼的学长处告解，学长温柔如和风，俊美如松柳，她说什么他都能听懂，她说什么他都能接上话，每一句安慰都像一把坚定的熨斗，让人心里帖服极了。

可偏偏有一点不好。

学长姓顾。

她爸说，以后上学碰见姓顾的，拔腿就跑哟，笨笨。

为啥呀，爸爸？

因为咱们家和顾家有世仇呀。

虽然顾学长眼睛灿烂若星子，唇红齿白很诱人，看着她的表情都像是在鼓励她告白，可是……爸爸的话又不能不听，所以言颂小闺女一直在犹豫，要不要告白，怎样告白，直到有一天，言颂一边听歌一边下楼梯，一个趔趄滑倒在顾学长的臂弯中的时候，四目相对，意浓如酒，情醇如茶，小闺女觉得时机到了。为了罗密欧，哪怕做回朱丽叶呢。

她熬了三个夜晚，写了一封情书。情书上说："从没有人认真地说，言颂你是个可爱得会发光的姑娘，可是你说了；从没有人和我认真地交谈，只因为言颂是言颂，不因为别的，可是你做到了；从没有人认真地告诉我，言颂，你看，春天来了，风清爽而不黏人，麻雀虽灰扑扑但也胖乎乎的，草变绿了花儿结了苞，大家脸上挂着平和的笑意。我们奔赴努力，更奔赴生命的内里，这可真好，不是吗？

"我做了一道证明题，证明我可不可以喜欢你，答案如下：

"可以而喜欢，或不可以而喜欢。

"所以，可以或者不可以，我都喜欢你。"

言颂自认写了一封感人至深的情书，这剧本瞧着也是正正经经，她预备趁着傍晚无人，塞进顾学长的课桌里，可一顿麻辣烫的工夫，改变了一场风花雪月。

言颂去教室的路上吃了一顿麻辣烫。坏了一只脚的路边小桌，对坐两人。对面的人也吃了一碗麻辣烫，可是这是一碗朴素的麻辣烫，比起言颂加了牛肉丸鱼丸外加鱼豆腐泡面的满满堆成谷堆的一碗，那一碗中只有青菜和萝卜。

但言颂觉得对面的麻辣烫更好吃，至少被那人吃着的模样，让人觉得，非常非常的……好吃。

言颂被一碗麻辣烫勾得牵肠挂肚,她握着的情书,就这样,神不知鬼不觉地递给了对面的人。

等她回过神的时候,对面美如山秀如锦朗如日的少年已经很严肃地伸出一只白皙有力的手,他说:"我答应和你交往,言颂同学。"

再等她彻底回过神的时候,多了一个男朋友。

言颂第二日咨询了已经出家多年还酒肉穿肠过的小舅舅,没有得到很好的建议,晚上又致电妈妈。

"妈妈,我恋爱了。"

对面沉默了一会儿,然后言颂就听到了尖叫:"笨笨你说啥?!你有男朋友了?!谁拐骗了你!老子这会儿就过去,我要跟他拼了!不对!老子要报警!你在那儿站着不许动!"

显然她爸偷接了她妈的电话。

言颂叹气,撒娇:"爸爸爸爸,笨笨好想你。"

手机的另一头泪光闪闪:"爸爸爸爸也好想笨笨,你大哥二哥都不好玩儿,没有笨笨可爱,我的儿你啥时候放假啊爸爸好想你,我的儿爸爸昨天从法国回来给你带了一条小裙子你快回来。"

言颂的心都要化了,软语哄了爸爸一会儿,才挂断了电话。

对面的言希感伤远赴H城读书的小心肝,俨然忘了这场对话的最初了。

阿衡晚上给女儿回了电话,言颂又给妈妈说了一遍经过,阿衡想了会儿,提建议道:"妈妈建议你,至少要看清楚,自己究竟喜欢的是谁。"

"什么是真正的喜欢,妈妈?"

"一种需要吧。"

"什么样的?"

"忙碌的时候我们可能把一切都忘了,可是忙碌过去,你脑海中最初浮现的那个人,就是建立在意识之中的最深刻的需要。"

"你是因为需要才爱上的爸爸?"

"对你爸爸一见钟情,是我这辈子做过的最没理智的事。那……不只是需要。"

## 【三】

言颂莫名其妙多了个男朋友,之后才知道,男朋友叫宋延,跟她名字刚好掉了个个儿。可是相比"言颂"这个名字,宋延的含金量要大得多。宋延奥数满分进学校,读了计算机系,曾经带着团队制造了不少功能型机器人,代表学校去国际参赛,拿奖拿到手软。言颂经常在各类报纸各类期刊上看到他的名字,但一直未见其人,只闻其声。

如今经过打听才知道,最出名的还是他的脸。女生多实惠,只要脸好看,其他有关智商有关性格有关人品都可以自动柔光处理。所以,即使宋延性格人品外人不得而知,追求他的依旧一箩筐。

言颂和宋延虽然交换了电话号码,但起初两人并无动静。又过了几日,言颂分明还在犹豫要不要主动联系,要回情书,正式致歉,宋延却已经打电话,请她去城外五里河游玩。

言颂一听宋延的声音,腿就软了,看他吃麻辣烫那会儿的眩晕感又来了,点头像小鸡啄米。

等她到的时候,宋延已经像老僧入定一般,坐在河边垂钓。旁边柳树绦绦,桃树窈窕,和风顺畅,言颂微微笑了笑,刚刚一直紧张的心情瞬间放松了。

她说:"今天天气真好啊,宋延。"

宋延则说:"是啊。"

然后他继续专注地盯着河水和随时会至的涟漪。

言颂并没有打扰他，安静地坐着，一转身，却看到他身旁放了一个精致的硬壳彩纸做的小风车，于是有些好奇地瞅着。

宋延把小风车递了过去："今天南风二级，气流不断，我刚刚叠的，送给你。"

言颂愣了，拿着小风车，朝着南北向，果真小风车就晃悠悠转动起来。言颂似乎回忆起了幼时的美好回忆，站起身，朝着风的方向跑了起来，小风车也就转动得更加快了。

她第一次觉得，奔跑也是有意思的一件事，不自觉地就笑了。

那天宋延钓了四条鱼，两条烧烤，两条炖煮。言颂觉得烤的鱼肉香嫩、煮的汤味鲜甜，之后看向宋延的目光都带着非同一般的柔软。

阳光最温暖的时候，他们在树边各居一隅，酣畅睡去。

言颂做了个梦，她梦见了幼时，在妈妈怀中的自己。醒来时，却莫名有些感慨，宋延真的是个很有温度的人啊，虽然有些不爱说话。

似乎便是这一天，开启了两人相处的模式。总是宋延约言颂周末出来，言颂应约，两人在舒适的情绪和环境中相处一天，每一次宋延都会送给她一件小小的手工礼物，看不出用心，大概对他而言都是简单的小事。而她毕竟是他名义上的女朋友，用小心思讨她开心也似乎是应该的。

开始时他比较严肃，再熟悉一些的时候，他会对她微笑。宋延笑的时候，眉毛都似乎被阳光晕染，让言颂觉得可亲可爱，也俊秀极了。

等到后来，再再熟悉一些的时候，他甚至会做一些简单的小机器人带给她，然后言颂看着草地上机械地走来走去的小机器人，咔咔咔咔，转身，再走来走去，然后莫名地哈哈大笑起来。

和宋延在一起的时候，时间过得很快，言颂因此期待每一个周末。熟悉的同学都知道她有了约会的对象，可是却不知道这个人是谁。毕竟不是随随便便一碗麻辣烫就能随随便便召唤出一个男朋友，这种神奇而美妙的事，还是不要说了吧。

这种相处如同一场梦境，他们在学校时，彼此并没有见过面，也没有什么交集的机会。她总是在电视采访和各类报刊上瞧见他，这个少年带领他的团队渐渐地在凝聚力量和权威。他引起她身边所有人的赞叹和仰慕，可是她却还是那个平常的人。她变得惶恐而疑惑，又总觉得自卑而奇怪。在相恋两年之后，言颂认真地思考：当年的他，为什么会答应她那显然不大对头的告白。

宋延的小机器人和一整个可以撒欢的山野溪流，再也没法让她笑出来。宋延清清淡淡，似乎哪一天哪一眼瞧不见，他便会彻底离开这片凡尘，回到属于自己的天堂。可她呢，在如涓涓细流的相处之后，真正开始依赖他、需要他，好吧，其实也就是爱上他之后，又该如何脱身？

这种不平等的爱情，言颂甚至连拒绝的权利都没有。埋下了疑惑的火种，宋延的一举一动都让言颂方寸大乱。他没有牵过她的手没有抚摸过她的脸颊，更没有亲吻过她，如果说"朋友"和"恋人"的定义截然不同，那么，"朋友"显然更契合两人相处的模式。

## 【四】

偶然的一天，学院聚会。约有两年未联系已升入研究生院的顾学长也参加了这场聚会。言颂在有了宋延之后，与他渐行渐远，他虽依旧待人那样亲切，可是此时瞧见他，她却只能点头一笑。

言颂心中冒出一句话：我是有了男朋友的人啊。

小姑娘脸上泛起了微微的红晕，好像一朵初初抱蕾的鲜花。言颂一向算是好看的姑娘，毕竟她有那样好看标致的爸爸。所以，对于好看的姑娘，大家看到了也觉得赏心悦目。

而喝了酒的人总爱诉衷肠，大学即将毕业，男孩子们有些像不甘心的猎人，毕竟圈养的小羊们马上就要走向更广阔的草原，那是他们大概再也触碰不到的温柔纯净。因此也有一二男生向言颂告白，言颂很认真地拒绝了，然后回敬了对方一杯酒。最后一个，在醉眼迷蒙中走来的是顾屹。顾学长单名一个"屹"字。

他说："言颂，你大概不知道，每次给你做告解的时候也是我人生最痛苦的时候。"

言颂一直觉得那是一段美好的回忆。

"我为了父亲的一段执念，才走到你的身边。他因为得不到的执妄，而要求我必须得到。"

言颂觉得自己又懵了，彻底听不懂了。

"我引诱你喜欢我，似乎是一件很简单的事，因为你显然并不能抵抗一个对你温柔有耐心，并把你当成独立的你的人。你的人生太过平凡，而你的父母兄长都十分耀眼，他们的宠爱让你在家中感受到自己独一无二的价值，可这种价值一旦走出家门就荡然无存。所以你无措、你苦恼，你无法摘去父母兄长带给你的附加的价值，可是你又显然无法凭借自己的能力走上巅峰。你一直试图说服自己，我是言希、温衡的女儿，所以我一定是有才华、有能力的，可是事实上，你没有这种东西。你承认了，而后自卑。我带给你温暖寄托，让你正视自己，而你喜欢上我，也算是一件顺理成章的事，不是吗？"

言颂被一种震撼的类似"草泥马"的心情掀翻在尘埃中。

顾屹继续带着闲适和嘲弄开口："我预备拿到你的告白书再狠狠地拒绝你、羞辱你，也顺便告诉我那高高在上的父亲，他想得到的爱情，魂梦相牵的爱情，不过如此而已。我已经准备好了，我那么兴奋地等着你的一封告白书，快要到达的快意折磨着我的心，我亲眼看着你下定决心而后离开，那一天，我等了你一夜。我以为你下一秒就会带着情书而来，可是你并没有。我以为你会羞涩支吾地告诉我，你喜欢我，你也并没有。事实上，并不只是那一晚，之后的每一天，我都没有等到你。你再也没有找过我，也不再向我告解。大家都知道你喜欢上了宋延，我这才清楚，你毕竟是你母亲的女儿，你继承了同她一样的三心二意。"

言颂本来听得无地自容，原来大家都知道那个男生是宋延，只是她自以为瞒得很好。可是听到最后，姑娘脸却煞白，握紧拳头，瞬间捶到顾屹的脸上，咆哮道："你说我，我就忍了，你说我妈干吗，我妈招你了？你爸为了你妈把我妈抛弃了，我妈没说啥，你家怎么这么多废话，你再说我妈一下试试，我打不死你，你个臭皮蛋！"

终于这一次，她没有愣，轮到别人愣了。

言颂晚上给她爸爸报备说她打了顾家的儿子，言希说，爸爸送你上战场，不够再送俩炸弹。

"俩炸弹"一个看书一个看电视，无奈地翻了翻白眼，一模一样的表情，一个耀眼的俊美，一个如水般的温柔。

言颂打电话给宋延，宋延颈间夹着手机，手中还握着一支钢笔。他放下钢笔，耐心地听了会儿，轻轻道："阿颂，这不重要。"

"什么？"

"我说，他的话并不重要。你为此而愤怒大抵是因为你还在意他。"

言颂啼笑皆非，她想用笃定的话语铿锵有力地说明自己的立场，宋延却似乎不感兴趣，只是淡道："抱歉，我这边有点忙，先挂断了，稍后电联。"

言家小名笨笨的姑娘放下了话筒，沉默地垂下了头。她不知道怎样表达自己的情意，可是一直如同妈妈一样温柔理性的宋延似乎并不在乎她那样笨拙的情意，莫说她如今已经完全不在乎顾学长，便是在乎，这种在乎也显然没有成为宋延的苦恼。

他不为她苦恼。

可她有。

她有很多很多的苦恼，每一样都和"宋延"二字相干。

她知道了妈妈说的喜欢是什么感觉。她了解了那种发自内心深处的需要，不是因为自己无法独立完成，而是和他在一起，每一件事才变成能记得住的回忆。

宋延像是一支记号笔，他在的地方，她人生的每一页贫乏都被重重地标注上颜色，显眼而清楚。

言颂终于意识到此处，当她再打电话给宋延时，他却已经关机。

她等着周末再与他见面，可是关于他的名字再也没有随着手机的铃声浮现。姑娘魂牵梦萦，只不过，果证前尘只是一个梦。

等他再次出现，是一个月之后的全国报纸头条："Z大宋延对战疯狂军团，中国天才终胜美机器人。"

宋延团队赢了美国权威机器人军团，各方性能均有碾压性优势。他站在台上举起奖杯致辞的时候，言颂笑了。她为他感到骄傲，也深知这种因爱而产生的隐秘的骄傲很快就要消失了。当年他与她，都未长大，瞧着少年一般青嫩，如今他与她，正如大树和蚍蜉。他光彩熠熠如明珠，定不能暗投于她怀抱。

言颂笑了之后便开始淌泪，淌了一两日，想明白了什么，振作起来读书。读了一两日，又愣神，愣着愣着便抽噎了。阿衡给女儿打电话，听她哭了一回，她十分爱她，心中有所感应，也难过地陪她哭了一场，言颂见从未哭过的妈妈哭了，很是无措，反而止了眼泪，答应阿衡，做个永远快乐心境乐观的孩子。

毕竟，失恋只是小事。

之后，宋延也打过一回电话，电话两头俱是沉默。最终，两人又同时沉吟开口。宋延说，你话一贯很多，你先说。

言颂说，那我替你说了啊，阿延。亲爱的阿延，我们分手吧。

宋延沉默了许久，姑娘用嘴咬着手，鼻涕眼泪全糊在了手背上。

宋延并未立刻答应，他虽然沉默，却是个内里温柔的人。他说，过几日吧，你如果改变主意，打电话给我。

## 【五】

可想而知，言颂也是被骄傲的小公主情怀惯养长大的，她怎么还会给他打这样一个电话。若被喜欢的人看轻，这懊丧恐怕会烙印一生。

她如别的姑娘一般，好好读书，保送读研，研究生换了专业，读了心理学，心理学硕士毕业，紧赶慢赶一个证没落，之后回B市公立医院应聘成功，便安稳下来，当了一名心理咨询师。妈妈爸爸一早退休，却是从年轻时起，一直传奇光明、鹣鲽情深、深深眷爱世间，也被世间眷爱到如今，哥哥们均有所爱，与她一起承欢膝下，瞧着这一切竟是人间富贵之极花团锦簇至美之景。

言颂渐渐开始相亲，她性格开朗，也有不少好男孩追求，父母掌眼，选了一个与她一样平凡又开朗的好男孩。她定婚期挑婚纱，选戒指而后约婚庆，为了一场幸福忙得不亦乐乎，可是忽有一天，晕倒在十字路口，急促的脚步才骤然停住。

那时，距离年少的风花雪月，已经整七年。

看报纸减去科技版，读新闻略过Z大新鲜，她啊，终于忘了那一天。可是，又终于回到那一天。

她醒来时，身边围了一群人，好心的大妈在拿报纸给她扇凉，大妈说，姑娘你中暑了，试试看能不能站起来。

姑娘盯着报纸上的字，愣愣地盯着。

美国知名记者采访机械天才宋延，问他与美国名模杜瑞的婚期是几月。

宋延在采访中温柔地笑了笑,知名记者描述,说这个俊秀美好的东方男人眼中有群星闪烁,从不与人传绯闻的他大概这次真的碰到真爱了。

言颂像初生的孩子看到移动的物体,下意识地轻轻抓住那份报纸,她站起身,说着我没事劳您费心了,可是一边开始走一边哭,多年前的绝望重新浮现,她恨自己自以为早就能够一笑泯去所有,可是,那种不能与他相匹配的差距感从未消失过。言颂恨自己,她知道自己能力比起父母有限,她知道自己与宋延隔着一个宇宙,她甚至明白,这种不匹配除了源于她不能与他并肩辉煌的不足,还源自,他并不爱她。

至少,他见她,眼中何时有群星闪烁。

她年少时酷爱告解,总觉得自己麻烦一箩筐,可是当真有了不可告解的心事时,那些可告解之事放眼望去,不过是少女心事,而此不可告解之事,才真正是一生之隐蔽苦楚。

那苦,名为深爱入了膏肓的相思。

言颂回到家,莫名其妙地,就病了。她做了许多梦,每一场梦都在如天一般蓝的河畔,小小的机器人在稻田中笨拙地行走,每一个机器人都走到她的身边,递给她一张纸条,纸条上说,我是爱你的啊。

我是爱你的啊。

自以为得了相思之疾的姑娘一觉从虚幻中醒来,望着现实历历,只觉心中枯索惨淡至极,中药西药胡乱吃了几口,就又沉沉睡去。

又过几天,送去医院,倒并非是什么相思病,而是比相思病更难解的疑难杂症,阿衡蹙着眉头半天,一生未被病痛难倒的温院士叹了口气。

那样病不止让女儿肌肉萎缩,站立不稳,也让她花儿般的年纪,却如骷髅,不再美丽。她为女儿重新披上了白衣,两鬓灰白之时再次回到研究院。而言希则四处奔走,游历世界,只为找到昌明之医术,救治小女。

言颂的未婚夫不过是个普通人，普通人只能过锦上添花，却不能经大起大落，自然也是着急退了婚。

言颂有一阵子精神极好，坐起来颤巍巍地描眉画眼，她如老妪一般行动不便，画得并不好看，可是涂了口红，端正地坐好，问言希："爸爸，我好不好看？"

言希便笑，抚摸着女儿的脑袋，用清澈温暖、充满慈爱的眼神看着她。他说："好看，和你妈妈一样好看。"

言颂呼了一口气，说："那我就放心了。妈妈那么那么好看，我和她一样好看呀，这可真好。"

言齐、言净兄弟轮流守在言颂窗前，他们如同对待幼时的她，为她念有趣的书，告诉她窗外新开的花叫什么名字。

言颂忽有一日照镜子，就瞧见自个儿头发灰了，病痛压身，苦熬不住，便坐在床边，轻轻趴在爸爸耳边开口："爸爸，笨笨难受呢，放笨笨走吧。"

言希自女儿生病，没掉一滴眼泪，这会儿胡乱劝她几句，便压不住了，几步快走出了病房，坐在门口，号啕大哭起来。

阿衡自女儿生了病，一直泡在研究院，只在傍晚定时看望女儿，今日匆匆而来，瞧见丈夫坐在门口咽泪，蹙了蹙眉毛，含着泪抱着他，轻声道："没事儿的，言希，有我呢，笨笨没事儿。"

她如无事人一样，喂女儿吃饭，与女儿温柔谈笑，还给她梳了个漂亮的辫子，行动举止如往常一样不疾不徐，临走时，她背对她，声音坚定："你是你们兄弟三人里面最不省心的孩子，出生时我疼了整整二十四小时，这份债没有妈妈会计较，但我计较，我要你还；你幼时挑食，只喝母乳，俗语说一滴母乳一滴血，这份债我要你还；你小时候是个小胖子，走不动路的时候我宠你溺你背着你走，你那时节问我累不累，我说不累，你问我要不要报答我，我说妈妈不要。那些统统都是骗你的，妈妈也会累，妈妈要你报答。你欠我的统统还给我,莫要想着下辈子才还,下辈子我不是我,你不是你,皆是空话。"

言颂喉头哽了哽:"可是,妈妈,我不知道还能做几天你的女儿。"

阿衡眼圈红了,深吸一口气,轻轻说道:"再给我一个月,就一个月,再多熬一个月。"

言颂把脸伏在膝盖之间,一低头,泪就落了,她说,好呀,妈妈。

再疼也熬着?

好呀,妈妈。

【六】

言颂作为小白鼠,被送到了母亲的研究院,阿衡说:"这是将死之人,得了万人也难见一例的怪疾,请各位施展医术,治好了我替她给大家磕头,治不好了我背她回家。"

研究所中众医师从未听温院士说过这样肺腑衷言,且似乎无了退路,只剩决心。

言颂一个月后活了下来,她的母亲找着病根,医好了她。病说是从遗传中来,阿衡略思索,便知道了,这病来自她曾经重病过一场的丈夫。女儿之疾之所以比丈夫难治,是因为她有了弃生的心。

阿衡狠狠地打了女儿一巴掌,她说:"无论你为了谁,如此畏难怯惧,苛待自己,都是你的错。我和你爸爸盼了十余年才盼来一个女儿,心肝明珠一样宠大,你咳嗽一下你爸爸都心疼,他天性向往自由,可去哪里第一件事就是给你买衣服、买玩具,被你束缚住还心甘情愿,后来听说病根从他来,坐在沙发上半晌没说话,他素来不是爱哭的人,为了自己带给你病痛又哭了一大场,头发都白了一半。你年纪小,只当一场执念就是天荒地老,可又偏偏少了勇气,做起懦夫来,作践自己,也作践我同你爸爸。我们夫妻俩年少时便相依为命，算起来也是两个人一颗心一条命，随你作践也无妨。可是你如此年轻，为什么就如此轻视人生？"

言颂抱着阿衡，哭着说："妈妈我错了。"

阿衡说："你现在也不必回家，我和你爸爸暂时都不想再瞧见你。反正天长地远，你不妨看看世界究竟是什么模样。"

言颂离开了家，看了阿尔卑斯山上的白雪，读了大英博物馆的古书，她站在欧洲的一个海港之上眺望不舍昼夜奔流的海水，也坐在日本的新干线上听四月樱花落下的声音，她结识了许多平凡的朋友，终于知晓平凡不是无能的代名词，平凡也能有趣，将一粥一饭入味三分。她终于明白，当年的宋延是因为知晓了世界与自然的奥妙，才能如此安定平和，是她用无知与戾气把他逼入了只得放弃她的绝境。

她终于释怀，用手机拨通了宋延当初的电话，无论他是与杜瑞还是旁人结婚，她都欠他一句"对不起"。但是她猜想接电话的也许已经不是他，毕竟过了这么多年，可是接通了的电话对面只是一种长久的沉默，言颂听着那种压抑而断续的呼吸声，疑惑自己似乎听到了悲伤和慌张。宋延不是这样的人，他一向自信而豁达，如先秦孔子之徒曾子，有着"穿着轻薄春服，在沂水河畔沐浴，在高坡展臂吹风，一路唱着歌而回"的理想和风度，大抵不会如此，只是她听错了吧。

她停顿了，而后开口："是阿延吗？"

对方依旧没有说话，也并没有挂断电话。

言颂心中却因此确定是他，竟羞愧得不能自已，之后，才小声道："阿延，对不起。"

她为当年自己不负责任的放弃而道歉。

电话那头，当年只是初初恋爱的少年，如今却是成熟稳重的男人。

他开口，简洁而沙哑："一千八百零五十。"

言颂诧异："什么？"

那边的人窒了窒，许久才轻轻叹息："我说等你几日，之后每天都在想，过几日，你才能改变主意。过了几天你没回来便又等了几天，起初没察觉，刚刚不经意算了算，这许多个几天已经一千八百零五十天。"

他如此轻描淡写，言颂却懵了，随后哭得不能自己。

【七】

她跟爸爸打电话说："我又恋爱啦。"

爸爸跟她说："换了人啦。"

她握着一双如玉的手，微微微笑："还是那一个呀。"

言希睁大眼睛，迷迷糊糊想着，还是哪一个呀，他问阿衡，阿衡把灰白的头发靠近逐渐松弛的长颈。

他们在一起半辈子，阿衡笑了，亲了亲不知何时爬满皱纹的俊颜，轻道，那不重要。

只要本心还在，那些在的不在的，守在原地的还是离开的，都不重要。你真正需要什么，只有你知道。

【八】

言颂曾问宋延："你当年为什么那么随意就答应了那封表白信？"

宋延说："你在情书里说，'言颂，你看，春天来了，风清爽而不黏人，麻雀虽灰扑扑但也胖乎乎的，草变绿了花儿结了苞，大家脸上挂着平和的笑意。'你看着我，让我觉得，如果拒绝了你，风会停，麻雀也会变瘦。"

言颂窘迫："那是别人告诉我的话。"

宋延说："我初读大学时，别人告诉我，哲学院的言颂很有名。"

"是因为言颂有很出名的爸爸妈妈和哥哥吧。"言颂笑了，如今却只剩释然，释然面对自己是平凡人的模样，也释然放过自己。

宋延讶异："他们告诉我，哲学院有一个秀美得像一幅画的姑娘，她的眼睛会发光。因为热爱助人，又不与人争强斗狠，所以特别招人喜欢。后来，他们还曾拉我去偷偷看你。"

言颂吃惊极了，从没有人跟她说过这样的话。

她几时也是别人眼中仰慕的对象。

她说："那你那天……"

宋延微微笑了："我还以为，你永远不会问我，从不吃辣的我那天为什么会出现在满是辛辣的小摊前。所以，你会不会写情书，情书写给谁，情书里说了些什么，又有什么关系。"

"阿延，为什么没有主动找我？"

"我怕你再告诉我，你要分手。拒绝一次，我骗自己这是假的。拒绝两次，我却不知如何挽回。毕竟，你是个优秀又开朗的姑娘，喜欢你的男孩有很多，从理性的角度，我想让你有更好的选择，可是从私人的角度，又不愿意放你离去，所以一直犹豫僵持在原地，自欺欺人，仿佛时间永远停止在我们还是情侣的那一日。"

言颂心中竟酸涩难忍，她知道自己大概真的误会了什么。爱上谁，谁便是那个眼中最优秀的人，饶是他在旁人眼中如何，竟都是没有什么干系了。

她耿耿于怀的只是外人的目光。

言颂擦去眼泪，深吸一口气："阿延，为什么没有选择名模杜瑞，那是个极出色的姑娘。"

宋延说："杜瑞是我君子之交的友人，记者李维斯问我，她是个大家公认的好姑娘，同她的婚期是否是真。我告诉他，我有了女朋友，她也是个好姑娘。我没有理由为了别的好姑娘而舍弃自己的好姑娘。"

毕竟，好姑娘很多很多，我喜欢的好姑娘，却只有那一个。

## 【九】

言家小女订婚时，双方父母才初初见面。

阿衡说："宋延妈妈，你好。"

宋延妈妈两眼发光，害羞地躲在丈夫背后，探出头，看着昔日仰慕的女神："温学姐你好，我姓阮。"

言先生说："宋先生，你好。"

宋延爸爸淡淡一笑："言先生，你好。不过，我不姓宋。"

嗯。

嗯？！